UN SEUL ENNUI, LES JOURS RACCOURCISSENT

DU MÊME AUTEUR

Chez le même éditeur :

MAXIME OU LA DÉCHIRURE, roman.

MÉMOIRES DE MOI.

Aux éditions Denoël
(en collaboration avec Benoîte Groult)

JOURNAL A QUATRE MAINS.

LE FÉMININ PLURIEL.

IL ÉTAIT DEUX FOIS.

FLORA GROULT

UN SEUL ENNUI, LES JOURS RACCOURCISSENT

roman

FLAMMARION

Il a été tiré de cet ouvrage :

QUINZE EXEMPLAIRES SUR VÉLIN ALFA,
DONT DIX EXEMPLAIRES NUMÉROTÉS DE 1 A 10
ET CINQ EXEMPLAIRES HORS COMMERCE NUMÉROTÉS DE I A V

ISBN 2-08-060937-8

I

— Elle a fait éclater notre enfance d'un coup, comme on lance un pavé dans la glace, dit Délia et, l'air de s'arracher un pansement, elle tira son chandail au-dessus de sa tête et projeta avec rage devant elle le léger ballot turquoise, grommelant tout bas : « Ce qu'il peut faire chaud dans cette baraque ! »

Après le déjeuner, ils s'étaient tous les trois assis dans le petit salon bleu. Pââvo venait à peine de remporter le plateau des tasses à café et déjà, au delà des rideaux fleuris, la lumière passait du perle au gris sombre.

Délia s'enfonça dans les coussins du canapé de chintz, rebondis comme des joues, et se mit à tourner machinalement les pages d'une revue dont elle ne regardait pas les images. La broussaille brune de sa chevelure, l'ardeur sombre de son regard et sa moue bougonne la faisaient ressembler à ces têtes de Méduse en colère que l'on peut voir au musée de Naples. A ses pieds, Lawrence, ses jambes maigres étendues roides devant lui, fermait à demi les yeux, ses cheveux d'un blond caramélisé coulaient d'un côté sur sa joue sans qu'il s'en préoccupât. Il fumait une mince cigarette russe dont il secouait sans cesse les cendres frêles dans une coupe. Dos à son frère et à sa sœur, Emma s'amusait à écraser son nez contre la vitre, afin de voir de plus près les flocons de neige légère voleter au travers de la baie et piqueter de blanc les branches des arbres et les bosquets alentour ; d'une main, elle pianotait les trois mêmes notes sur le carreau.

— Je ne lui pardonne pas, scanda Délia les yeux à terre. Elle repoussa d'un coup de coude la revue aux pages glacées qui tomba sur le sol en s'écartelant en deux avec un bruit de déchirure. — Bon, j'avais encaissé son divorce. D'ailleurs, on était trop jeunes pour réaliser vraiment. Mais qu'il lui vienne subitement l'idée de se remarier et qu'il nous faille, nous, accepter sa nouvelle vie et même la partager, alors qu'elle a toujours prôné les vertus de l'indépendance, non ! Quand même, faire ça à ses enfants avant qu'ils soient grands, c'est gonflé ! — Elle frappa le fauteuil avec le plat de la main. En tous les cas, moi, je ne veux pas me plaire dans cette fichue Finlande glacée, je ne veux pas de beau-père, je ne...

Lawrence leva la tête :

— « Avant qu'ils soient grands »... tu exagères. Nous sommes « grands ». Même Emma n'est plus une petite fille. Maman nous avait élevés quand elle a pris sa décision. Peut-être, justement, avait-elle attendu ce moment-là. Elle est libre, comme nous le sommes. Ce n'est pas parce qu'on est une mère...

— Oh, toi, le fils... (la voix de Délia était trop forte pour la pièce), tu la défends toujours, on le sait, mais quand même il ne faut pas pousser. TU NE VAS PAS lui trouver des excuses quand elle a fait la malle.

— Elle a fait mal à ses enfants en faisant la malle... chantonna Emma, puis elle appuya sa bouche en limace sur la froide vitre : « Hummmmmaallemaalle... »

— Ne dites pas « elle » en parlant d'elle.

Lawrence se leva en bousculant les genoux de sa sœur.

— Ah, c'est vrai, elle n'aime pas ça, dit Délia. Mais moi, je n'aime pas être un enfant de la malle. On est quittes.

— Les enfants de la malle sont les enfants de la balle...

continua Emma sur le même ton en mineur et, se retournant, elle se mit à jongler avec des balles imaginaires.

— Les enfants de la valise diplomatique, tout au plus, ironisa Lawrence.

— Les enfants de qui ?

Lison venait d'entrer par la porte du fond. Devant le silence qui suivit sa question, et dont elle devina d'emblée la substance, avec cette connaissance de la peau, absolue, viscérale, qui caractérise certaines maternités, elle eut encore une fois, depuis le début des vacances, l'impression d'arriver au mauvais moment. N'allait-il plus y avoir que des mauvais moments, dorénavant ? Elle s'approcha de sa fille cadette qui restait interrompue dans son geste, les mains à demi en l'air, un pied en danseuse.

— Où allez-vous, cet après-midi ? demanda-t-elle en caressant un peu l'épaule dodue d'Emma, s'attardant avec plaisir sur l'os pointu qui faisait crête au milieu de cette rondeur encore enfantine. — Tu n'avais pas dit que tu irais patiner sur la Baltique, Emouska ? La petite Italienne n'est pas venue te chercher ? En tout cas, Claude a annoncé qu'il serait bon pour une partie d'échecs. Si cela te chante, Lawrence, il sera rentré vers cinq heures.

Lison avait une façon de prononcer « Lawrence » qui continuait malgré l'habitude à troubler son fils. « Law...au...wrence... » Le « R » se faisait imperceptible ; sans s'attarder à gratter rugueusement dans la gorge, il roulait tout rond, presque inaudible, sur la vague douce des « au...au... ».

Délia s'était redressée et regardait son frère. Il va se faire avoir, se dit-elle. Le pauvre vieux fils, il va accepter, il ne peut jamais lui résister.

Lawrence, le dos tourné, était conscient du regard de sa sœur planté dans son dos comme une lame.

— Je ne sais pas, oui, peut-être une partie, plus tard, cela ne serait pas mal. Mais je crois que je vais d'abord aller écrire des lettres, dit-il avec une désinvolture appliquée.

Quoi qu'il répondît, il le savait, Délia allait lui reprocher de pactiser avec Claude. Et pourquoi pas, après tout ? Et pourquoi pas ? Il se sentit soudain las de comprendre et de tenter sans cesse d'expliquer les autres aux autres.

Debout devant la cheminée dont elle s'était approchée en parlant, Lison regardait ses enfants. Elle aussi se sentait lasse. Il aurait fallu avoir déjà quitté la pièce, mais la gêne qui l'avait assaillie à son arrivée la clouait là malgré elle, comme si, en s'attardant, elle allait savoir tout à coup recréer le climat des chaudes intimités, abolir les ombres. Les mains oisives, elle poussa un peu le pied de la lampe, redressant contre son abat-jour la tige d'une fleur tropicale alourdie, tête basse, sous ce soleil artificiel, puis lança dans le feu le contenu touffu d'un cendrier.

— Ce que vous pouvez fumer !

— Bon, en voilà au moins un qui sait ce qu'il veut faire ! s'écria Délia. « Monsieur » veut jouer aux échecs, et moi, par contre, je sais que je ne veux rien faire du tout. RIEN ! Je veux rester là à regarder la nuit tomber comme un sale rideau. A-t-on déjà vu des nuits décentes tomber à trois heures moins trois ? Et je veux regarder la nuit quand elle sera tombée, et je veux attendre désespérément que le ciel se lève à nouveau, ce qu'il ne fera bien entendu que demain matin dans les environs de dix heures, et je veux dormir peut-être et ne pas rêver du tout. D'ailleurs, Alfred se trompe, les jeunes filles ne rêvent strictement jamais.

Elle récita la fin de sa tirade d'un trait, sans souffler, le ton volontairement monocorde. Puis elle mit sa figure dans ses mains et étouffa entre ses paumes un petit cri strident, dont on n'aurait su dire s'il s'apparentait au rire ou aux larmes.

— Alfred ? dit Emma, l'œil rond. Connais pas d'Alfred.

— De Musset, enchaîna Lison. Les enfants avaient tendance à être incultes, ces jours-ci, cela l'irritait. Elle ajouta en regardant sa fille aînée : — N'oublie pas, en tout cas, que les Brésiliens viennent dîner ce soir, avec les Suédois et l'attaché militaire anglais. On sera vingt-quatre en tout. C'est en smoking... Tiens ! j'ai aussi invité le fils de l'attaché militaire.

— Tu as invité Signor Bouton ? Délia relevait son visage un peu rouge. — Et, comme par hasard, on va encore le coller à côté de moi, Signor Bouton, avec ses mains en rôti de bœuf saignant et son pantalon trop court ? Ne me dis pas, ne me dis surtout pas qu'il va falloir mettre une robe pour sourire à tous ces gens-là. D'ailleurs, Signor Bouton est contagieux, il donne des boutons. Il vaudrait mieux l'asseoir à côté d'Emma, qui en a déjà. Mais pourquoi doit-on sans cesse se recevoir dans ce foutu monde diplomatique où tu t'es fourvoyée, ma pauvre mère ? Les Brésiliens... les Suédois... les attachés militaires... Qu'on les détache, enfin, les attachés. Elles ne sont pas enragées, ces pauvres bêtes ? Et pourquoi ne les appelle-t-on pas par leurs noms, tous ces mecs ? Ils ont bien un nom dans le coin, l'ambassadeur du Brésil et sa senhora ? Est-ce que par hasard, ils seront aussi à la chasse à l'élan, demain ? On les a déjà rencontrés chez les « Turcs », hier, cela devient obsessionnel. En tout cas, ça m'est égal, je n'ai pas envie d'y aller à la chasse à l'élan. Je n'ai pas d'élan pour voir mourir les élans, dit-elle d'une voix complaisamment dramatique, accompagnant sa tirade d'un geste théâtral du bras.

— Ils s'appellent Marquèse-Barca, dit Lison, très bas. Délia la bouleversait quand elle était méchante pour faire semblant de ne pas être malheureuse. — Ils s'en vont bientôt, c'est pour cela qu'il y a beaucoup de réceptions pour eux et comme l'ambassadeur n'est pas là, c'est à nous que revient... c'est Claude, en tant que chargé d'affaires, qui doit recevoir à sa place. Ils sont très gentils, les Brésiliens, conclut-elle.

Cela semblait si vain tout à coup d'avoir à s'excuser et à donner des raisons.

— Mais oui, ils sont délicieux, les Sanchez-Basta. Surtout la bonbonne, je veux dire, la bobonne. Délia gardait sa voix stridente. — Mais n'empêche, il ne faudra pas trop compter sur moi pour me changer en leur honneur. Comme chacun sait, je me sape comme ça me chante pendant les huit premiers jours de mes vacances. Si l'on passe neuf douzièmes de l'année en uniforme et en taule, on a le droit de se fringuer à sa guise les trois autres mois.

— L'année prochaine, tu ne seras plus en uniforme.

— Je sais, je sais, je vous dispense de vos informations, Mère Lison. Tiens ? Pourquoi tu n'aurais pas été bonne sœur, toi aussi ? Cela t'aurait été très bien. Délia prit la mine trop convaincue d'un mauvais acteur de boulevard. — Tes cheveux blonds rasés sous un petit bonnet, ton air sérieux et tes yeux gris de biche triste, parfait ! Je sais aussi, Mère Lison, que, si je m'étais montrée plus ardente dans mes études, je ne serais pas encore en classe à dix-huit ans entamés, mais telle qu'en moi-même enfin (c'est presque une citation, Emma Aviss !) je n'ai pas envie de me changer pour coller sur mon dos la robe de jeune fille de bonne maison diplomatique que tu m'as achetée à mon corps défendant, souviens-t'en, pour les Foutèze-Tacca... Laisse-moi le temps de m'habituer aux petites manches... les petites manches mollasses. J'ai l'air d'un phoque des îles Galapagos avec ces membranes-là.

« Cette façon qu'elle a de truffer sans cesse sa conversation de bouts de vers et de morceaux de phrases célèbres. C'est terrible ce qu'elle me plaît. » Lison eut envie d'interrompre sa fille pour lui dire : « J'aime t'avoir faite. J'aime me souvenir que tu as passé neuf mois en moi. »

Délia, apaisée par le son de sa propre révolte, adoucit un peu ses yeux pour regarder sa mère :

— Allez, ne prends pas cette tête de pénitente, ma Révérende, je la mettrai peut-être ma robe de couventine, parce que je vous aime peut-être, malgré tout... entends-tou ?

— Merci, mon enfant, je vous le rends bien. Lison rit un peu trop fort, avant d'ajouter : — Je vais aller me reposer. Je me suis levée si tôt, ce matin. Monte me dire ce que tu fais, hein, Emma, et n'oublie pas d'écrire à ton père.

« Mon père, ton père, son père. » Ecartant les coudes, comme pour prendre l'envol, Emma disparut par la porte entrouverte avec cette rapidité déconcertante qui étonnait ses proches.

— Et toi, as-tu envoyé une carte à ta maîtresse de classe, Délia ? continua Lison. Tu sais comme cela lui fait plaisir.

Délia releva le nez, qu'elle avait court :

— Non, je n'écrirai certainement pas à ma maîtresse. Je vais plutôt envoyer des messages à mes futurs amants, et à mes vieux coups, et à mes prochains coups.

— Et à ton père aussi naturellement.

— Madame ma mère, Monsieur Renan, mon père, n'est plus à vous, ne me dites pas qu'en faire, voulez-vous ?

— Je dis à ma fille de faire comme une fille qui a un père. Lison parlait très doucement. — Ce n'est pas parce que nous avons divorcé que je ne me préoccupe pas de Maurice.

— Ah, oui, je sais, tu l'aimes toujours, lui aussi d'ailleurs.

Délia avait l'air grave.

— Je l'aime beaucoup, dit Lison sur le même ton, je l'aime bien. Nous sommes des gens de bonne foi, qui avons vécu un grand morceau de vie ensemble et qui ne pourrons jamais être indifférents l'un à l'autre. Tiens, à propos, où est-il Maurice en ce moment ?

— Oh, il traîne son ennui et une minette indistincte, il les prend de plus en plus jeunes et de plus en plus communes, le pauvre vieux loup, en Italie, je crois. Mais il ne m'en a pas dit long. Tu sais comme il est sinistre, quand on ne fait que passer. Il lui faut au moins huit jours pour se dénouer. Au fait, tu aurais pu l'inviter, Maurice, puisque vous êtes restés si bien ensemble ? Il n'a jamais été dans le Nord. Bonne idée ! Il y a l'air d'avoir une jolie chambre d'amis dans la petite maison au bout du jardin. On n'y met personne, dans cette maison, j'irais bien m'installer là, moi. Pourquoi ne t'en sers-tu pas ?

— Parce que quelqu'un y est mort.

Lison se tourna lentement vers la fenêtre où Lawrence venait de s'appuyer.

— Mais quelqu'un est mort dans chaque pièce de chaque maison, en principe. Délia ferma les yeux et joignit les mains, s'efforçant de donner à son visage la *rigor mortis.* — Ce n'est pas une raison, cela. Puis elle se laissa glisser à terre, entraînant un coussin dodu à sa suite, et demanda, recroquevillée sur le sol :

— Alors, il vient quand, ce père ?

— Ne dis pas trop de bêtises, ma Délia.

Lison réalisa, à peine avait-elle parlé, qu'elle aurait très bien pu l'inviter, Maurice. C'est vrai, il restait dans ses pensées. Sa présence lui manquait parfois. Au fond, souvent, quitter un être, c'est pouvoir le réaimer d'une certaine façon, et cette fois-là il ne le sait pas. Lison passa la main sur son front pour chasser l'image baroque : Maurice et Claude de chaque côté d'elle. (« Je vous présente mes maris », dirait-elle aux gens) et se dirigea vers la porte sans plus parler. Lawrence en retint le battant ouvert pour la suivre.

Quand ils furent de l'autre côté, il lui effleura le bras :

— A tout à l'heure, chérie.

Sa voix était rassurante. Lison lui sut gré d'être là, efficace et tendre. En même temps, il ressemblait tellement à son père qu'elle en éprouvait parfois une espèce de malaise.

— Oui, à tout à l'heure, lui dit-elle en souriant. Reposetoi un peu aussi, je veux te renvoyer tout grossi à Paris.

Elle mit sa main sur la rampe. Les marches de l'escalier étaient hautes. Malgré le tissu épais qui les recouvrait, où que le pied les abordât, elles craquaient avec un bruit profond et modulé qui changeait imperceptiblement de ton à chaque degré. Elles sentaient le bois, toute la maison sentait le bois, une odeur entêtante et vraie.

Lison posa un regard amical sur les daguerréotypes disposés en quinconce sur le mur blanc. Comme des papillons épinglés, des messieurs sérieux, des dames à visages de tantes sages, figés à jamais dans leurs riches cadres, avec leurs cols durs, leurs guimpes blanches et leurs mains croisées, esquissaient dans le vide des demi-sourires guindés, l'œil fixe. Elle allait finir par les adopter comme des gens de sa famille, tous ces étrangers, à force de les saluer plusieurs fois par jour en s'interrogeant à leur sujet.

Devant sa chambre, elle croisa la gouvernante, Mme Haakinen, un ballot de linge à repasser sous le bras. Mme Haakinen lui fit un salut de la tête et se dirigea vers la salle de bains des enfants.

— Il faudra préparer la chambre de Sylvie, dit Lison un peu fort. Elle arrive après-demain. La chambre rose, prononça-t-elle lentement pointant son doigt dans la direction du couloir.

En guise de réponse, Mme Haakinen fit un autre petit salut et effaça sa vaste poitrine contre le mur afin d'accorder tout l'espace nécessaire à l'index de la maîtresse de maison.

Lison poussa sa porte, fermant au passage le tiroir béant de sa coiffeuse, d'où s'échappaient en tripes un flot de bijoux de pacotille. Les signes incongrus de son désordre commençaient vraiment à l'inquiéter. Elle avait parfois l'impression d'assister à sa propre mue. Est-ce que, par hasard, l'on changerait aussi de personnage lorsque l'on change d'homme ? Elle se dirigea vers la grande baie vitrée pour profiter de la scène qui s'offrait à elle et saisir le moment furtif où la grosse boule rouge sombre du soleil allait se noyer dans l'immense horizon plat. Rien ne bougeait. Seule la mer d'un gris uniforme tressaillait sous sa fine carapace de glace. On discernait au loin, dans la brume, l'ombre fantôme d'un navire dont les lampes, déjà allumées, portaient sur l'eau quelques reflets d'acier brillant. Tout contre les berges, les branches nues des arbres noirs semblaient dessiner sur le ciel sombre un gribouillis savant à l'encre de Chine.

Cette vue ne ressemblait à rien de ce qu'elle connaissait déjà, elle se sentait au bout d'un monde où tout lui était étranger. « Comme il est beau, ce monde inconnu, et comme il est triste ! » Lison avait envie de prendre la nature à témoin : « C'est vous qui êtes triste, n'est-ce pas ? Je suis heureuse, moi ! »

Ses yeux s'attardèrent un instant sur le profil pâle du pavillon de bois, au bout du jardin. « Délia a raison, je devrais m'occuper de l'aménager, cette petite maison, c'est vrai, pourquoi me suis-je abstenue d'y pénétrer depuis que je suis ici ? »

Quand elle regarda à nouveau vers le soleil, celui-ci avait disparu. Il ne restait plus sur la mer que la traînée de son halo sanglant. Elle resserra les épaules, traversée par le frisson de ce crépuscule anticipé. Ce n'était pas possible, cela ne pouvait pas aller si vite ? Mais oui, le temps d'une pensée, le jour avait été escamoté et la nuit se mettait inéluctablement à emprisonner le pays jusqu'au lendemain.

La proie du climat, se dit-elle, le froid comme un personnage obsédant qui vous impose sans cesse sa loi. Un bruit lui fit tourner la tête. Une troupe d'enfants déferlait dans le parc voisin. Rentrant chez eux, ils riaient, traînant leurs luges sur les monticules de neige fraîche. Les pompons multicolores de leurs bonnets dansaient dans le vent. Elle éprouva comme un soulagement. Allons, ce climat avait du bon et il ferait à nouveau clair, demain.

Lison resta immobile contre la vitre, jusqu'à ce que le dernier enfant se soit estompé dans la brume, puis, après avoir attardé sa main un instant sur le velours doux des rideaux, d'un coup bref elle tira sur le tissu, aggravant à plaisir la nuit précoce, et, sans même ôter ses chaussures, elle se lança au travers du lit, imprégnée à nouveau du privilège de vivre.

Elle venait à peine de se diluer dans l'inconscience quand quelque chose de chaud la frôla tout près du cou. Elle vit en remontant à la surface le museau d'Emma, cerné de fourrure frisée.

— La fille des Italiens vient de venir me chercher. On ne va pas patiner, c'est trop tard. Mais elle demande si je peux aller coucher chez elle. C'est oui, hein ? Sa chienne vient d'avoir des petits et ses parents ne dînent pas là. Elle a promis qu'elle me ferait une mise en plis. Je voudrais être coiffée comme elle, tout plat... tout plat. Emma fit mine de tirer sur le colimaçon indocile de ses boucles.

Lison avala un soupir, elle dormait si confortablement. Mais au moins Emma ne pensait qu'à elle. Quel soulagement.

— Mais oui, chérie, vas-y et couvre-toi bien. Il doit faire au moins dix en dessous de zéro, dehors. Où sont les autres ?

— Délia est sortie. Elle a dit qu'elle voulait marcher vers la mer, pour voir s'il y a d'autres canards pris dans la glace au bord de la jetée. Elle en a sauvé deux, hier. Mais la pauvre buse, elle va se geler les pattes, elle a oublié de mettre ses bottes. Alors, je les prends. Elles sont plus jolies que les miennes. Tu lui diras, s'te plaît ? Lawrence est dans sa chambre, je crois, il écrit. M'man — Emma se pencha vers Lison plus près encore, pour l'embrasser —, c'est dans deux jours qu'arrive la nouvelle fille. J'ai peur. Et si on l'aime pas, qu'est-ce qu'on fait ?

— Oui, la fille de Claude arrive après-demain soir. Tu seras revenue, j'espère ? Mais il n'y a pas de raison pour que tu ne l'aimes pas. Elle a à peine deux ans de plus que toi, cela peut devenir une amie. Et puis vous n'avez que quelques jours à passer ensemble. Je ne la connais pas très bien non plus, tu sais.

— Cela me fait tout bizarre, dit Emma, ouvrant la

porte sans plus regarder sa mère. Tout bizarre... tout bizarre.

Pourquoi donc répète-t-elle les choses plusieurs fois ? se dit Lison en essayant à nouveau de s'abolir dans le sommeil.

Claude lui embrassait la nuque. Elle avait là une zone sensible, dont elle n'avait jamais osé avouer la réceptivité, comme si c'eût été révéler la présence d'un talon d'Achille mal placé, mais lui, qui n'avait pourtant jamais l'air de rien remarquer, lui et sa conscience originale des êtres, il avait deviné, c'est sûr.

— Mon Dieu, c'est terrible. J'ai dû dormir longtemps.

Elle se redressa contre les oreillers.

— C'est agréable de te retrouver quand tu as dormi longtemps, dit Claude. Et moi, je n'ai pas mis longtemps à être battu aux échecs par ton fils. Ce que c'est que de se croire le plus fort parce qu'on est le plus vieux. J'ai commencé par jouer du bout des doigts, et puis j'ai réalisé que j'allais avoir la partie rude. Ce qui fut fait. Imagine-toi qu'il m'a pris ma dame : il ne pouvait rien m'arriver de pire. (Claude se mit à rire.) C'est dans l'ordre, les jeunes finissent toujours par vous prendre vos dames. Je l'aime bien, ton fils, ajouta-t-il. Il a la modestie de ceux qui réfléchissent. Cela me flatterait qu'il m'accepte. D'autant que je ne sais pas très bien parler aux garçons de cet âge. Tu as remarqué comme la jeunesse de votre propre sexe vous dérange ? Pourtant, à peine vingt ans entre nous ! Si c'était une femme, cela ne me ferait ni chaud ni froid.

— « Une dame », à parier que cela te ferait plutôt chaud.

Claude regarda son poignet.

— Hé, il va falloir qu'on se dépêche, on a le cocktail des Espagnols avant le dîner. Et tes enfants qui te cherchent partout. J'ai dit à Délia que tu étais probablement en train de dormir. Je ne lui ai pas signalé, elle me fait trop peur, que nous avions fait l'amour et puis ensuite parlé jusqu'à l'aube et qu'il était douteux que tu fusses très réveillée. C'est qu'elle est péremptoire : elle affirme que tu ne dors jamais l'après-midi.

— Délia a raison. Je ne dormais jamais l'après-midi, « avant ». Elle s'étira en soupirant. — Tu as une influence déplorable sur moi. Je suis en train de prendre tes défauts, sans me débarrasser des miens. Ma mère m'avait bien recommandé de ne jamais épouser d'homme dans ton genre.

— Et quel est ce genre, madame Segalen ?

Claude remontait ses lunettes sur son front pour étudier le visage de sa femme, sans remarquer qu'il ébouriffait ses cheveux au passage.

— Assez beau. Très léger. Sans foi, sans loi, coureur, paresseux. Joli programme ! Un peu gros aussi, ajouta-t-elle en lui entourant la taille. Mais ça, ma mère n'a rien dit à ce sujet.

Claude tomba gauchement exprès sur le lit. Il était lourd, Lison ferma les yeux sous le choc. Quelle place il tient, se dit-elle, cet homme a une densité particulière à laquelle je ne suis pas encore habituée. Je me demande ce que pensent les chevaux quand ils changent de jockey. Elle s'étonna de sa propre comparaison, tandis que Claude se mettait à l'embrasser à petits coups, la plaquant contre l'oreiller. Au même moment, ils entendirent la voix de Délia, de l'autre côté de la porte, qu'elle s'abstenait avec ostentation d'ouvrir depuis le début des vacances.

— Maman, tu viendras voir, je ne sais pas quoi mettre comme chaussures.

Lison tira sur sa robe et se leva.

— Embrasse-moi, dit Claude, ou je te garde. Dis-moi quelque chose de gentil.

Elle posa vite ses lèvres sur la fossette, là, à côté de la bouche.

— Je reviens tout de suite, cher amour, fit-elle avec une ombre de honte.

Il y a des mots déjà trop souvent prononcés pour un autre, on finit par croire qu'ils lui appartenaient.

Droite sur le palier, le visage rosi par le froid, les cils brillant des cristaux de glace qui avaient posé des diamants sur eux pendant la promenade, Délia attendait sa mère comme une proie.

— Pas de chaussures, dit Lison. Et tes sandales noires ?

II

Enfin, la fin ! Le dessert, se dit-elle, comme s'il se fût agi d'un voyage dans le désert plutôt que d'un dîner.

Lison esquissa un soupir. A sa droite, un cristal heurté gémit une sorte de cri fêlé. Ouille ! C'est vrai, selon l'inévitable usage, l'hôte d'honneur allait répondre au discours de bienvenue qu'avait prononcé Claude au début du repas. Surprise encore une fois, un petit four à mi-gosier, le verre qui venait de quitter ses lèvres à la main, elle leva les yeux vers son voisin.

Le Brésilien qui s'adonnait depuis quelques semaines au marathon des adieux affichait la gueule type de l'ambassadeur en fin de poste. Les paupières roses, le visage las, il n'avait cessé pendant le repas de tenter de se refuser à des bâillements opiniâtres. On le sentait loin au delà des conversations, fatigué d'avance des questions auxquelles il avait trop souvent répondu, sans plus de curiosité pour ceux qui allaient sous peu disparaître de son horizon. Mais venait de sonner l'heure vespérale de sa revanche. Il rida de grimaces sa figure de batracien en train de changer de peau, et se leva. On entendit s'empresser autour de la table quelques-unes de ces toux qui se font écho au concert entre deux mouvements d'une symphonie, puis les têtes consentantes des convives ondulèrent au rythme des mots qui défilaient selon l'ordre prévu, en un discours qui avait dû servir plusieurs fois :

— Mon cher collègue... Délicieux dîner... C'est avec un grand plaisir... Notre charmante hôtesse... Le regret le plus sincère... mon épouse et moi-même...

Légèrement hypnotisée, Lison regardait son voisin passer d'un pied sur l'autre. Un ours de foire, se dit-elle, avec l'anneau des convenances au bout du nez. Mais il est de ceux qui aiment le son de leur voix, le voilà tout rajeuni depuis qu'il parle. En comptant au plus juste, on en a encore pour cinq bonnes minutes. Sans pouvoir en cerner la cause, Lison fut envahie soudain d'une mélancolie déraisonnée. Je ne le reverrai pas. D'après un élémentaire calcul de probabilités, nos chemins ne se croiseront plus. Une fois, peut-être, à Lisbonne ou à Moscou, quelqu'un me demandera : « Mais est-ce que vous n'avez pas connu Barca, à Helsinki ? Nous étions ensemble en Birmanie... » Je fouillerai dans ma tête. Barca ?... Barca ?... Je l'aurai totalement oublié. Que doit-il rester, en fin de compte, en fin de carrière, dans le creuset du souvenir ? Une vaste soupe d'étrangers où surnagent seulement quelques têtes, comme des bouts de gras.

Le masque de l'intérêt affable plaqué sur son visage, Lison laissa errer son regard sur chacun. Y avait-il des bouts de gras dans cette assemblée ? Bout de gras, la femme du banquier avec ses bras en colin bouilli ? Bout de gras, l'attaché militaire qui s'obstinait à parler de l'habitant avec, sous ses dehors polis, cette déférence méprisante dont il avait dû hériter le secret de ses ancêtres de l'armée des Indes. On avait l'impression qu'il disait « les indigènes » quand il disait « les Finlandais ». Non, il n'y avait, ce soir, un peu d'espoir que du côté du troisième secrétaire, invité au dernier moment en bouche-trou. Il avait un visage sensible et ahuri, une de ces têtes à aimer la poésie, et de très vilains souliers craquelés. Lison en avait été touchée quand elle l'avait vu arriver. Elle eut une envie féroce de chambouler les règles et de choisir enfin ses voisins selon ses goûts plutôt que d'après les convenances. Si je disais cela à Claude, il me citerait sa phrase de Talleyrand : « Le protocole simplifie la vie. » Oh, basta, va pour simplifier ! En tout cas, en jument qui connaît l'écurie, elle humait à des signes avant-coureurs que s'épuisaient les grands thèmes et qu'on allait atteindre la conclusion. « L'amitié qui lie nos deux pays... Je lève mon verre... Pour moi un honneur... », continuait l'orateur, faisant traîner à l'extrême ses derniers instants de tribune.

Une nuée d'applaudissements mous flotta autour de la table, tandis que le Brésilien, l'air d'un bon Médor, qui l'a mérité son os, se tournait vers sa voisine.

— Vos roses sont somptueuses, lui dit-elle, pensant sans plaisir à leur forêt sanglante. Vous avez remarqué, je les ai mises à côté de la photographie du Président. Elle eut envie d'ajouter : « Somptueuses, d'accord, mais soyez bon, dites à votre successeur qu'il nous envoie autre chose que de la Baccara. Une des seules roses vulgaires, avec son dernier pétale ombré de noir, comme une mauvaise jupe de danseuse espagnole. C'est plus fort que moi, je ne supporte pas ce rouge-là. »

— *Skoll !* Le Suédois, à sa gauche, posa sur elle un œil grave. — Je sais bien que je ne devrais pas trinquer avec la maîtresse de maison, mais puisque vous me le permettez...

Et chacun, levant son verre à la hauteur du troisième bouton, c'est-à-dire pour une femme au bouton de sein, ils se saluèrent encore une fois avec cérémonie, après qu'elle eut avalé une nouvelle rasade.

Je bois trop, se dit-elle. Je tourne à l'intérieur. Au fond, je suis peut-être en train de rêver une grande mascarade. Nous sommes toujours dans notre ancienne vie, à Paris VIIe, mes petits, Renan et moi. Je vais me réveiller avant la fin. C'est bien connu, les rêves ne sont jamais capables de vous aménager une conclusion. Elle chercha ses enfants des yeux. Lawrence, penché en avant, parlait à son vis-à-vis, la fraîche fille du banquier. Elle avait des seins roses qui bondissaient de sa robe comme les poitrines en pomme dans les tableaux de Zurbaràn. En fait, c'est aux seins qu'il parle, se dit Lison. Comme je suis contente qu'il aime les femmes. Je n'ai rien contre chez les autres, mais j'aurais eu du mal à me faire à un inverti comme fils. Quant à Délia, elle tournait résolument le dos à celui qu'elle appelait « Signor Bouton », il ne voyait que la masse touffue de ses cheveux. Non, tout était dans l'ordre. Chacun se comportait selon ses prévisions. On est bien là, se dit-elle. On est réveillé et c'est la Baltique et non la Seine qui frissonne de l'autre côté des rideaux gris.

En arrivant au salon, après qu'une grappe avide d'invités se fut disputé le droit de la remercier sous le lustre, mue par une habitude qu'elle avait contractée avec un autre et qu'elle avait omis de perdre, Lison allait vers son nouveau mari pour partager d'un coup d'œil complice la soirée avec lui. Mais Claude s'était déjà dirigé vers une petite femme pâle, de cette pâleur translucide qui donne un éclat si particulier à la peau des Nordiques. Une robe vert d'eau serrée en gant qui plisse sur son corps étroit, faisant écho à son teint, la femme pâle semblait déterminée à trouver des raisons de rire, la gorge en arrière, l'air d'un oiseau qui avale.

La bique, elle doit avoir de jolies dents du fond. Lison grognait en elle-même.

La femme posa sa main sur la manche de Claude et l'y laissa. Sans parvenir à commander à ses yeux, Lison, la bouche demi-ouverte, fixait le couple qu'ils formaient. « Elle m'énerve, celle-là. Je crois que je ne vais plus la regarder. Mais est-ce que ce n'est justement pas chez elle que nous allons demain ? Quant à lui, le gros qui parade, je parie qu'il s'assoira toujours à côté des jolies femmes. Je m'en tape », se dit-elle en grinçant des dents. Et elle fut saisie par une envie brutale de s'en aller. « C'est vrai, je me le disais bien tout à l'heure, qu'est-ce qu'on fout là ? » Elle chercha ses enfants des yeux, avec l'intention confuse de leur crier : « Allez, assez joué, vous aviez raison, on se tire ! » Mais les enfants étaient partis avec les jeunes dans le petit salon bleu. Les pensées de Lison flottèrent : « Je serais légèrement saoule que cela ne m'étonnerait pas. Ce Suédois m'a fait trop boire, et ces liquides du Nord sont trop forts pour moi. Je ne suis bonne que pour le beaujolais. » L'alcool, qui est généreux, lui donna l'impression réconfortante de s'être adonnée à une réflexion profonde.

Elle était désemparée, entre deux gestes, quand un petit homme étriqué dans un smoking mal taillé, le visage bistre de ceux qui vivent plus dehors que dedans, s'approcha d'elle. Il lui souvint vaguement de lui avoir dit trois mots avant le repas.

— Vous possédez le talent des bouquets. J'aime les bouquets, dit-il. Mais vous avez l'air crispée, il y a quelque chose qui ne va pas ? Est-ce que je peux ?

Elle lui sourit distraitement, sans le regarder, agacée par la question, tandis que Claude, au fond de la pièce, faisait retentir sa grande voix :

— Tu viens, chérie ? On parle de l'Irlande et des chevaux. Lison a une grand-mère irlandaise, dit-il à sa voisine qui eut l'air de s'en ficher, et moi je suis aux trois quarts breton. A nous deux, nous faisons un Celte entier.

Je ne suis tout de même pas atteinte de jalousie sans raison, se dit Lison. Ce n'est pas maintenant et n'ayant jamais ressenti aucun symptôme du mal, même quand Maurice se rassurait sur sa virilité avec ses manucures, que je vais me permettre cela. Mais une chaleur désagréable lui barrait le front et elle se sentait une vague envie de mordre n'importe qui, sans avoir à fournir la moindre explication. Elle fit un geste du bras comme pour éloigner son interlocuteur et posant sur ses lèvres un sourire d'emprunt, mais qu'elle avait décidé éclatant, elle se redressa, jouant de son port de tête, et alla lentement vers Claude, tandis que la femme menue l'observait, un scalpel caché dans le regard.

Tous les invités partirent d'un coup. Un vol de mouettes effrayées.

— Voilà de braves Cendrillons, dit Lison, dégrisée, selon la méthode homéopathique qu'elle pratiquait pour toute chose, par un nouveau verre d'alcool. On peut compter sur eux pour s'égailler avant minuit, hein ?

Claude prolongea un bâillement.

— Oh, ce n'est pas seulement cela. Certains des invités seront à la chasse à l'élan, demain. Ils vont avoir à se lever à l'aube, nous aussi d'ailleurs, mais je n'ai pas vraiment sommeil, et toi ?

Ils étaient affalés dans le grand salon désert. A l'étage au-dessus, on entendait sangloter un vieux disque de jazz par la porte entrouverte de la chambre de Délia. Claude rebâilla :

— Alors, il s'est bien passé ton dîner, madame la femme du Conseiller ? Tout le monde chuchotait des compliments sur toi. J'aime !

— Oui, il doit être utile de vivre une vie publique avec toi, j'ai remarqué que tu m'appréciais souvent dans les yeux des autres.

— Entre autres ! Claude dressa l'oreille. — Tiens, elle met *Night and day*, maintenant. C'était un de mes favoris. Il se mit à fredonner : *Only you beneath the moon and under the sun...* Tu te souviens de la suite ?

— Non, et je n'ai pas le cœur au passé ce soir. Si on allait dormir maintenant, ta... ta conseillère s'est levée très tôt ce matin pour aller visiter cette crèche modèle aux environs d'Helsinki. Il y a beaucoup de crèches modèles, n'est-ce pas, pour les femmes de diplomates ? C'est drôle, parce que partout dans le monde il est dit qu'on en manque, mais depuis que je suis ta moitié, morbleu, mon ami, j'en ai déjà vu trois.

— Tu n'es pas ma conseillère, tu es celle de la France. C'est plus important, non ? Mais attendons la fin de mon cigare pour monter, tu n'aimes pas l'odeur dans la chambre. Tu viens près de moi ?

Il tendit la main.

Lison quitta son fauteuil et s'assit sur le divan. Contre Claude, elle réalisa à regret qu'elle n'allait pas avoir le courage de se taire. Au fond, elle l'avait d'abord épousé parce qu'elle aimait parler avec lui. Il fallait continuer à valoriser ce détail.

— Tu les connaissais bien, tous les Finlandais qu'on avait invités pour les Brésiliens, ce soir ? Il m'a semblé que la femme aux cheveux... oh, on pourrait dire aux cheveux verts, te plaisait ? Celle-là, tu sais, avec laquelle tu es resté presque tout l'après-dîner. Elle appuyait malgré elle sur le mot « tout ». — C'est bien chez eux que l'on va demain ?

— Oui, un de leurs premiers rendez-vous de chasse depuis leur retour des Etats-Unis. Gunnar et Kaya étaient déjà des amis quand j'étais en poste ici, il y a dix ans. J'ai été content de les retrouver. Tu te poses souvent des questions sur les qualités et les défauts de la vie diplomatique, mais tu vois, il y a des avantages. On revient parfois. On se retrouve. Il y a dix ans, ajouta-t-il, l'œil flou tout à coup, Kaya avait une poitrine... une poitrine...

Claude esquissa un globe parfait dans l'espace.

— On ne devrait jamais parler des femmes comme si c'était des pouliches, dit Lison sans rire. Ta femme était déjà morte, il y a dix ans. Elle se retourna vers Claude, évitant la main rousse qu'il posait sur la sienne. — Est-ce que par hasard, toi et, comment l'appelles-tu déjà, la verte à poitrine... vous... ? Je me suis demandé si...

— Kaya et moi ? C'est drôle que tu l'aies ressenti. En effet, on a eu, euh, une petite aventure. Oh, une toute petite aventure. Je n'ai pas été amoureux d'elle bien longtemps, pas amoureux du tout, même. Je n'en avais pas envie à ce moment-là.

— Son mari le sait ?

— Ça, ton mari ne le sait pas. Ils vivent assez librement. Lui, il boit pas mal, il couche aussi de son côté. Il travaille très dur aussi. C'est un grand industriel, un grand sportif, un grand chasseur, un homme quoi. J'ai été un peu étonné, c'est, comment dire, c'est Kaya qui a évoqué ce souvenir. Moi, j'avais décidé de l'oublier. Elle est jolie, n'est-ce pas ?

— Oui, maquignon, elle est jolie, dit Lison, les yeux au sol. Jolie dans le genre modèle de poche, pour voyageur, précisément. Mais tu aurais pu me prévenir. C'est désagréable de ne pas savoir. Je l'aurais regardée d'un autre œil, elle ne m'aurait peut-être pas agacée alors. On avait pourtant décidé qu'on ne se cacherait rien et c'est la deuxième fois, non, la troisième fois, que tu ne me racontes pas quelque chose de ce genre ; c'est beaucoup en deux mois.

— Mais puisque moi-même j'avais décidé de l'oublier. Nos vies demeurent à nous, notre passé aussi. Comment veux-tu, même si je le voulais, que je te raconte tout ? Tu sais, cela n'a pas eu d'importance, une petite coucherie d'été, un feu de paille, un feu de la Saint-Jean. Si j'avais pensé...

C'est drôle comme « ils » ne pensent pas, se dit Lison et elle se mit debout.

— Aide-moi, chérie, je ne peux plus bouger. Cette promenade en ski de fond, hier, m'a rompu.

Claude simulait la profonde ankylose, avec ce talent futé de certains hommes pour éviter de nager trop longtemps en eau trouble.

Elle lui tendit la main et il l'enlaça pour monter l'escalier.

Bien plus tard, lorsqu'elle rêvassait encore, sans bouger, les yeux ouverts sur la nuit, flottant dans une espèce de mélancolie nébuleuse et croyant son voisin depuis longtemps endormi, Claude se retourna vers elle et enroula sa jambe en serpent autour de celle de sa femme :

— Je suis un vieux célibataire, il faut me donner le temps.

Elle posa sa main sur la cuisse chaude qui se collait à la sienne et ne répondit pas.

Moi aussi, après tout, je viens de renoncer à ma liberté, se dit-elle, et il n'y a pas tellement longtemps. Le premier Claude qu'elle eût vu passa devant ses yeux. C'était au mariage de la filleule de celui-ci qu'ils s'étaient rencontrés. Elle épousait un jeune publiciste avec lequel Lison avait travaillé. Une fête très gaie. La fille s'était déguisée en mariée sioux. Une robe de daim blanc, découpée de franges. Elle était un peu enceinte, la peau s'arrondissait joliment sur son ventre. Le mari aussi était en blanc, comme la plupart des invités. Tous des gens dans la « pub ». Ils avaient l'air de jouer dans un remake d'*Orange mécanique*. Lison, en arrivant, s'était sentie dépassée, amortie, au milieu d'eux. Ils étaient si jeunes, si beaux. La fille — comment se faisait-elle appeler, déjà ? Muscade ? Cannelle ? — vivait avec le garçon depuis un an ou deux. Ils recevaient chez eux, au dernier étage mansardé d'une de ces ravissantes maisons Directoire de la rue Cambon.

Lison avait beaucoup parlé avec Claude. On les avait probablement présentés l'un à l'autre, parce que, à part la famille, ils étaient parmi les rares quadragénaires. Est-ce que Claude ne lui avait pas dit, ce soir-là, qu'il avait été un temps amoureux de la mère de Cannelle ou de Gingembre ? Jolie, la mère d'ailleurs, et jeune. Claude aurait très bien pu être le père de la mariée. Elle avait de beaux cheveux auburn, comme lui. Il faudrait qu'elle lui demande, un jour. Elle s'était dit : « Tiens ! C'est juste le genre d'homme qui... » Ce visage impassible, presque un peu bougon, et puis, dès qu'il parlait, cette gaieté, cet optimisme, et une optique originale sur tout. Il écrivait un livre sur les sociétés primitives en Amérique du Sud. Elle aimait cela, les gens qui écrivaient des livres. Elle avait espéré qu'ils repartiraient ensemble. Ce genre de désir que l'on éprouve à vingt ans, à la fin des soirées. Elle devait dîner avec un vieil ami-amant, en principe, mais elle avait fait quelque chose qu'elle désapprouvait tout à fait, elle l'avait décommandé quand Claude avait proposé :

— On va prendre un verre au Ritz, un peu plus haut ? Je me sens décadent comme un héros de Fitzgerald. C'est juste le genre de bar qui convient à mon état d'âme.

Les enfants étaient avec leur grand-mère paternelle, pour les vacances de la Toussaint. Elle avait ramené Claude chez elle, après le dîner. Ça avait été bien. Ils avaient parlé très tard. Claude retournait, quelques jours après, au Venezuela, et ils ne s'étaient revus qu'une fois avant son départ.

— Mais je m'en vais seulement pour fermer boutique. Je change de poste. Je serai sur le pas de votre porte dans deux mois, avait-il assuré en la quittant.

Et c'était vrai. Il avait téléphoné le lendemain de son retour. Pourtant, pendant ces deux mois elle avait systématiquement omis de penser à lui. Trop tard pour les déceptions, s'était-elle dit alors. Mais ensuite, avec quelle délicieuse irréflexion elle s'était précipitée dans leur aventure. C'était comme une espèce de cadeau de la vie, quand on l'aime encore mais qu'on a déjà un peu cessé d'y croire.

Et si tout cela n'avait pas eu de suite, elle n'aurait rien regretté. Comme elle continuait à ne rien regretter, pas même cette souffrance nouvelle qui s'épanouissait parfois en elle comme une fleur du mal depuis qu'ils se connaissaient. Ce qu'il fallait, c'est qu'elle se durcisse un peu. Ce n'est pas parce que l'on recommence que l'on a vingt ans. Oui, c'est cela, se durcir, inventer l'indifférence. Et puis dormir de temps en temps, tout de même.

Lison interrompit le plaisir qu'elle éprouvait à sentir

sous sa paume la chaleur de ce corps ami et qui demeurait cependant étranger et, n'osant se demander l'heure qu'il était, tira les couvertures vers son menton.

Claude, que tout réveillait et que tout rendormait avec la même aisance, se coula tout contre elle.

— J'ai envie de faire l'amour, dit-il.

III

Mme Haakinen venait d'apporter le petit déjeuner. L'odeur poivrée du café, mêlée à celle si éphémère des toasts chauds, agissait par effluves persuasifs sur les narines. Lison avait autant envie de se réveiller que de continuer à flotter vaguement sur l'oreiller du sommeil, et prolongea, un temps, l'exquise hésitation. Enfin elle se décida à ouvrir les yeux tout grands et les referma aussitôt. Il faisait si noir dehors qu'elle eut l'impression que les volets n'avaient pas été repoussés. Le ciel était encore épais de nuit. Lison se retourna sur elle-même. Ah non, alors, je ne m'habitue pas facilement à ce climat, se dit-elle. J'ai chaque matin envie de repartir dans le sommeil, comme un enfant qui ne veut pas naître. Et il va falloir se lever, se harnacher et aller jouer à la dame avec des inconnus. Elle coula un regard vers Claude. Et si je ne le réveillais pas ? Claude dormait avec abandon. Offert sans restriction au repos, il y avait quelque chose d'un gros chat japonais dans sa pose. Il respire la bonne conscience, se dit-elle avec un peu d'irritation. Je me demande si j'ai l'air si paisible, moi, quand je dors. Non, j'appartiendrais plutôt à la race des épagneuls orphelins de naissance. Je dois avoir un sommeil de chien qui fait de mauvais rêves. Elle se planta sur un coude pour voir son voisin de plus près. Ce demi-sourire ! La sagesse et la ruse du Bouddha. Lison arracha les deux épingles qui roulaient ses cheveux et, feignant pour elle-même d'hésiter encore à aborder la journée, elle continua d'observer son mari avec le microscope que met en vous l'impunité. Tiens, il a un vilain petit bouton sur le menton. Mais quelle jolie bouche. Si j'étais femme, c'est vrai, je pourrais être amoureuse de lui ; « cosi fan tutte ». Femelle ou pas, elle en voulait un peu à l'homme, ce matin. Rien que parce qu'il était lui et qu'il avait un pouvoir sur elle. Et puis, ce qu'il pouvait faire jeune, la brute ! Voilà ce que c'est que d'épouser des gens qui ont un an de moins que vous. Lison étendit sa main vers sa brosse à cheveux, sur la table de nuit, et tira sur ses boucles claires, avant de dire :

— Alors, tu te réveilles, grande masse ? Tu n'oublies pas que nous allons chez les Seulstöms, aujourd'hui ?

La masse accomplit une rotation complète et grafouilla sans ouvrir les yeux.

— Erreur, c'est demain matin que l'on va chez les Seulstrrrrbrouou...

Un soupir comateux accompagna le gargouillis.

Lison souleva sa cafetière d'une main qu'elle tentait de rendre menaçante :

— Réveille-toi. Tu sais bien que, hier soir, tu nous as recommandé à tous d'être à l'heure. Je vais aller secouer les enfants. L'un dans l'autre, je vous donne trente minutes, pas une de plus.

« L'un dans l'autre ! Cette femme est folle et vicieuse par surcroît. » Claude fit un geste vers son transistor. Il écoutait les nouvelles à toute heure du jour, comme d'autres prennent leur pouls.

Lawrence et Délia étaient debout sur le perron, leurs bonnets de fourrure tout neufs sentant encore la vraie bête, enfoncés au ras des cheveux, l'écharpe nouée haut sur le col. Tout gourds, empruntés dans une image d'eux-mêmes qui ne leur était pas familière, ils attendaient en bavardant, s'étonnant que chaque mot prononcé se solidifiât, devînt en quelque sorte glaçon sur leur haleine. L'arrivée des « parents » les fit taire.

Lison embrassa ses enfants.

— Assieds-toi devant, Délia. Tu verras mieux le paysage.

Délia avait sa tête des matins d'orage, mais la proposition de sa mère fit passer un rayon clair dans ses yeux. Elle sourit presque quand son beau-père lui ouvrit la porte avec cérémonie.

— Bien content que vous ayez décidé de venir, Délia. Vous allez voir, c'est extrêmement beau là-bas, et Kaya et Gunnar reçoivent très bien. Vous qui aimez dessiner, vous pourrez faire des croquis, dit-il à sa belle-fille.

— P't'ête bien, si j'arrive à me réveiller.

Délia ferma les yeux, la joue contre la vitre.

Après avoir traversé de petites villes grises, aux rues parallèles, de petites villes si tristes qu'il aurait fallu y être né pour les aimer, ils atteignirent enfin la pleine campagne. Claude avait du mal à trouver son chemin. Il s'énervait tout haut de sa mémoire perdue, tandis que les longues plaines identiques se déroulaient dans un ordre dont la monotonie sage déconcertait. De temps en temps une maisonnette de bois peinte en rouge, seule note de couleur dans cet univers noir et blanc, rassurait un instant. Ah bon, il y avait tout de même des hommes dans cette nature désolée.

— Mais pas un village, soupira Lison. J'aimerais voir, rien qu'une fois, ensemble, en rond, un café, un clocher, un cimetière, pas trop loin d'un carré de choux. On ne s'ennuie pas seulement de ses proches, on s'ennuie de ses paysages aussi, vous ne trouvez pas ?

— Moi, j'aime d'office les paysages nouveaux et les paysages tristes en particulier, dit Lawrence. Ils agissent par réaction et me rendent gai. C'est beau, ce blanc total.

Il fit un geste ample en direction des vastes champs qui dévoraient l'horizon.

— Pas d'accord, grommela Délia sans ouvrir les yeux.

Enfin ils arrivèrent au domaine.

Entourée d'arbres bien taillés, croulant sous leur perruque de neige, la grande maison solide était assise toute bête dans le jardin comme une grosse dame sûre d'elle. Ses volets de bois sombre encadraient des rideaux clairs qui dessinaient des cœurs opaques de chaque côté des vitres givrées.

— Tout à fait un endroit pour jouer du Tchekhov ! La culture de Délia était encore assez récente pour que les lieux communs ne l'embarrassent pas. — A parier que l'on va voir apparaître « la Mouette », ou « Oncle Vania »... Elle ouvrit vite la portière.

Une servante, visage lisse auréolé d'un bonnet tuyauté, parut sur le seuil. Un bébé mal debout, les jambes enflées d'une culotte bouffante d'où émergeaient de rugueux bas de laine, se cramponnait à sa jupe. Le regard impassible, la bouche mince, la femme fit signe avec ses mains que les chasseurs étaient partis.

« Païva [1] », dit Claude, et il se mit à échanger quelques mots avec elle dans sa langue. Elle lui sourit, soudain amicale.

— Vous voulez du bouillon ? demanda Claude. Elle en a là, tout chaud.

Lison regardait son mari avec étonnement. Son charme opérait si vite. Il avait toujours l'air tellement à l'aise dans les situations. C'était confondant. Imagine-t-il les pensées qui me traversent l'esprit actuellement et en désapprouve-t-il la teneur ? Dirait-il : « Voyons, ne soyons pas petit-bourgeois ! », si je lui avouais que l'idée de revoir

1. Bonjour.

« la Verte » m'irrite malgré moi, ou bien a-t-il réussi à oublier aussi notre conversation d'hier soir ? C'est drôle comme j'ai plus de mal à le définir que les autres hommes de ma vie qui l'ont précédé. C'est peut-être cela qui m'a attirée en lui, ce n'est pas une équation simple.

— Tu parles encore bien le finlandais, dit-elle en lui prenant le bras. Alors, que fait-on maintenant ?

La porte du fond s'ouvrit et un jeune homme, ses yeux limpides cachés sous une épaisse frange en paille blonde, s'approcha d'eux et se mit lentement à broyer du français.

— Je vais vous conduire aux battues, articula-t-il. Suivez-moi.

Ils marchèrent l'un derrière l'autre, sur un chemin glacé qui crissait sous leurs chaussures, et arrivèrent à l'orée d'un bois.

— Pourvu que l'on ne tue personne ce matin. Délia n'avait plus parlé depuis leur descente de voiture. — Je n'ai pas la force de voir mourir à jeun.

— Tiens, prends une menthe.

Lawrence tendit le bras. La voix de Délia éclata dans le silence :

— Tu es un frère, le fils !

— Chut ! Le jeune homme qui les accompagnait se retourna alarmé. — L'élan entend tout.

Un chasseur, la tête surmontée d'un bonnet rouge qui brillait, incongru, dans la brume, les attendait devant la clairière.

— Comment ça va, mon vieux ? chuchota-t-il, tapant sur le bras de Claude. Puis, se tournant vers Lison : — Je ne sais pas si vous vous en souvenez, mais vous avez dû m'apercevoir chez vous, hier soir. Ah, vous avez meilleure mine aujourd'hui, l'air frais vous a fait du bien. Il avait soudain l'œil attentif d'un docteur en consultation. — Ravi de faire votre connaissance ailleurs que dans un salon. Ici, c'est mon salon, fit-il, le geste large embrassant la forêt. Je suis Sven, le beau-frère de Gunnar, dit-il avec un petit salut. Vous tombez bien, il paraît qu'un grand mâle a été aperçu près de l'étang. Si vous voulez aller avec les autres chasseurs, Claude, on vous donnera un fusil et un bonnet. Moi, je vais montrer le chemin de la clairière à votre famille.

Zut, le petit bonhomme de quand j'étais un peu saoule, se dit Lison, gênée par le regard pénétrant qui demeurait posé sur elle.

Claude lui fit un signe de la main avant de disparaître :

— A tout à l'heure, chérie.

Ils se remirent en marche, suivant Sven à pas doux. Le silence était devenu si total que l'on en arrivait à se demander quel était ce bruit fort qui battait avec régularité au profond des oreilles. Le bruit de soi-même, de son propre sang. On s'entendait vivre. Parfois, une bête invisible, une branche frôlée interrompaient d'un son vite étouffé cet instant de grand néant où chacun se sentait fondre.

Sven les arrêta tout à coup : « Stop ! »

Dans la clairière devant eux, une étrange scène muette se jouait sous leurs yeux. Une armée d'hommes aux aguets, parallèles aux arbres immobiles autant qu'eux, attendait dans la brume. Les bras tendus par le fusil qu'ils portaient, ils se profilaient dans l'air gris, silhouettes sombres éclairées seulement par leurs bonnets rouges. On avait l'impression qu'à l'infini la forêt était peuplée de ces soldats de la chasse pour lesquels le temps ne comptait plus.

Pétrifiés de froid et d'ignorance, Lison et ses enfants restèrent tous trois sans bouger. N'osant parler, s'interrogeant du regard, ils tentaient de s'inscrire dans cette cérémonie secrète dont ils ne connaissaient pas les rites. La bise sifflait dans les bouleaux. Lison eut un frisson.

— J'ai l'impression de devenir végétale et que c'est le vent qui me plie, murmura-t-elle à sa fille.

Sven, soudain, se rapprocha d'elle, et sa voix ne fit pas plus de bruit qu'une haleine :

— Vous tremblez, prenez cela.

Il enleva sa grosse veste fourrée et la posa en guérite sur elle. Lison tourna la tête et resta un instant stupéfiée par l'ampleur des épaules qu'il révélait. Elle vit les muscles ronds du bras se gonfler, la main carrée frôler son cou, ajuster avec application le col de fourrure, avant de réagir :

— Mais vous allez geler !

Sven fit un geste négligent :

— Je n'ai jamais froid. C'est mon sang lapon.

La veste était comme une maison chaude. Il s'en dégageait une odeur de sueur saine, de musc, d'homme et de bête tout à la fois. Lison se sentit à l'abri. Elle se retourna vers Sven pour lui dire quelque chose, elle ne savait pas quoi, vraiment. Elle fut presque déçue de voir qu'il avait disparu, escamoté par le paysage.

Elle resta là, à subir sans exigence un temps qui n'avait plus la même dimension, se demandant vaguement si c'était cela, l'éternité, un immense silence où l'on se tient immobile. Et où était Claude ? Elle le chercha des yeux, mais ne vit que Lawrence. Appuyé contre un arbre mince comme lui, le visage empourpré de froid, il avait l'air d'écouter avec éblouissement une symphonie dont il aurait été le seul auditeur. On dirait un poète qui compose, se dit-elle avec l'envie d'aller vers son fils. L'attente continuait. Le froid était devenu maintenant si perçant que la tête en craquait. Je ne sais même plus ce que je pense, pensait Lison.

Tout à coup, surgi du néant blanc, devenu imprévisible à force d'être désiré, un animal immense, à la démarche douce, passa au loin. Beige et gris, couleur du ciel, son pelage faisait à peine tache à l'horizon. La foulée était si ample, le pas si souple, qu'il avait traversé le paysage avant qu'il fût possible de s'assurer de sa réalité. On pouvait se demander si l'on ne venait pas d'imaginer. Une sorte de mirage du froid, se dit Lison.

Quelques instants plus tard, un bruit bref, suivi de deux ou trois autres, provenant d'un bosquet voisin, fut prolongé par une lente et longue clameur.

Délia baissa la tête :

— Les vaches ! Les vaches !

Le jeune homme blond qui les avait accompagnés la regarda, stupéfié.

D'un coup, devant eux, dans la clairière, comme si un maléfice venait d'être rompu, chacun se mit à bouger, à danser sur ses pieds. On se serrait la main, on se faisait des signes, les voix montaient tandis que certains chasseurs lançaient en l'air leurs bonnets rouges. Le maître de maison sortit d'un fourré avec Claude. Il riait fort, de ce rire mâle qui demeure un mystère pour les femmes.

Gunnar Seulström, une tête anguleuse de renard ironique au bout de son long cou, s'inclina :

— Venez dans l'abri. Il y fera plus chaud. Les rabatteurs doivent déjà être en train d'y amener notre animal.

Lison se tourna vers sa fille.

— Une vraie gueule de Viking, chuchota-t-elle. Je me demande combien de générations de ses ancêtres ont tué des élans avant lui, le dimanche, sur cette terre.

— Une gueule de reître, oui. Délia fit une grimace. — J' m'en vais. J'en peux plus. Le garçon là-bas a dit qu'il me reconduirait à leur maison. J'ai froid. J'ai faim. J'ai soif et j'ai mal au cœur.

Lison eut envie d'aller avec Délia. Tout ce qu'elle dit est vrai pour moi aussi. Et pourtant, je reste. Elle suivit le grand homme blond qui marchait devant elle.

— Je suis content que nous n'ayons pas été bredouilles pour votre première chasse, dit Gunnar, écartant les branches glacées pour la laisser passer.

Devant la hutte, deux grosses petites filles aux joues vernies de pomme frottée sur la manche, le bretzel torsadé de leurs nattes blondes sortant du bonnet, sautillaient avec excitation.

— Papa, papa, dirent-elles en finlandais. *Iso ! Iso !*[1] Il est déjà là !

Gunnar les fit taire :

— Allons, poussez-vous, Helga et Maria, et dites bonjour au conseiller et à sa femme.

Les deux enfants plongèrent dans une révérence balourde.

— Ces deux petits paquets, les filles de « la Verte » ? Lison leva les yeux vers son mari. — Ce n'est pas croyable. Et où est-elle, « la Verte », au fait ?

— Oh, elle ne participe jamais à ces trucs-là. Elle n'aime pas se lever tôt, je crois.

Gunnar, comme conscient de leurs propos, s'approcha à nouveau de Lison :

— Tout le monde n'est pas aussi vaillant que vous. Kaya vous prie de l'excuser, elle est restée à la maison. Elle déteste la chasse, le grand air, le froid, laissa-t-il tomber avec une espèce de hargne.

Autour de la hutte, le tumulte résonnait d'une façon disproportionnée, après ces heures de silence. Les voix sombres des chasseurs, les cris gutturaux des rabatteurs s'interpellant les uns les autres, les piaillements des enfants du village faisaient un accompagnement symphonique brutal au spectacle qui s'offrit à eux.

Sous un groupe de bouleaux, près de la porte, l'élan, immense Gulliver autour duquel s'affairaient des gnomes, était couché sur le flanc. Un crochet prolongé par un cordage lui entaillait le mufle, soulevant légèrement l'épaisse babine rose tachetée de noir. Même dans la mort, il gardait cet air doux des végétariens. Entre ses pattes écartées, le ventre d'un blanc perle, indécemment gonflé, appelait une caresse. On eût dit un grand chien malade. Sven, accroupi devant l'animal, le palpait. Levant délicatement la longue patte fine dont le sabot retombait sur lui-même en une main cassée, il rebroussa lentement le

1. Papa.

poil, passa sa paume sur le museau et, après un temps d'hésitation, y enfonça le doigt, puis, caressant l'oreille d'un geste presque amoureux, il retourna enfin vers l'énorme tête et en écarta une paupière pour étudier un moment le grand œil triste dont l'iris en demi-lune avait déjà une expression fixe.

« On dirait une statue brisée, pensa Lison, et lui, Sven, c'est le *Troll* avec son bonnet rouge et ses bottes. »

Sven se releva d'un air victorieux :

— Oui, un jeune mâle qui n'a pas copulé depuis quelques jours, la chair sera bonne.

Il y eut un grand cri de victoire. Les hommes se pressèrent tous vers la bête. Lison eut soudain très chaud.

— Vous voulez votre veste ? dit-elle, s'approchant du *Troll*.

Celui-ci la regarda sérieusement comme s'il voulait dire quelque chose, mais il se contenta de soulever le vêtement de ses épaules, les poignets en l'air. Sa main encore humide d'avoir palpé l'élan effleura au passage la joue de Lison. Elle eut l'impression d'une traînée visqueuse qu'elle n'eut pas la force d'essuyer.

De l'autre côté de la porte ouverte, on entendait la poulie grincer de plus en plus fort. La bête harponnée fit tout à coup un bond brusque sur le sol, pour y retomber quelques instants plus tard. Puis, lentement, elle glissa jusqu'à la marche devant le palier.

Han ! han ! han ! Dans la hutte les rabatteurs tiraient sur la corde, scandant leurs efforts de cris rauques.

— Tu veux t'en aller ? demanda Claude, que le maître de maison venait de quitter.

— Non, puisque je suis là, je veux le vivre.

Sven s'approcha d'eux :

— Ce qu'il vous faut maintenant, c'est boire. Venez à l'intérieur.

A l'intérieur, c'était la pause. Une bouteille de vodka passait de lèvres en lèvres. Chacun s'envoyait une rasade, puis essuyait le goulot avec la paume. Le compagnonnage fraternel du meurtre, eut envie de dire Lison en recevant la bouteille de la main râpeuse d'un des buveurs. La pièce sentait fort. Dans un coin, un poêle où chauffait de l'eau dégageait une odeur nauséabonde, à laquelle s'ajoutait le fumet acide de la sueur.

Au signal d'un d'entre eux, les hommes se levèrent. Prêts à nouveau pour le carnage, ils recommencèrent à tirer sur la poulie. La grosse tête molle de la bête, dont le corps avait maintenant atteint la verticale, était restée à terre. Le museau encore brillant, l'œil ombré de grands cils, toujours à demi ouvert, les mouvements de la corde lui conservaient une sorte de vie. Un temps, la babine traîna en chiffon sur le sol souillé de sang, puis l'animal déchu, sa noblesse avilie, pendit enfin tout entier.

Lison s'appuya contre Claude :

— Il y a des moments où je hais les hommes. Je suis contente que Délia soit repartie. Où est Lawrence ?

— Il a été prendre l'air dehors. Ce n'est pas parce que l'on est étudiant en médecine que l'on a toujours le cœur solide.

Un long murmure d'approbation retentit tout à coup dans la pièce. On avait réussi à fixer le cordage. Alors, d'un seul geste tant de fois déjà orchestré, les hommes sortirent de courtes lames de leurs poches et se mirent à découper méticuleusement l'immense corps. Centimètre par centimètre, aiguisant sans cesse leurs tranchants, ils le dépouillaient de son doux pelage rosé, révélant un étrange sous-vêtement blanchâtre, la peau, où saillaient les cordes des nerfs. Il faisait sombre et chaud. Au bout de quelques minutes, le sang, déjà marron, traça des rigoles de plus en plus épaisses sur la masse pendue. En séchant, il brillait comme du vernis au travers de la bête, striée maintenant d'une infinité de petites rivières gluantes. Quelques-uns agitaient sans cesse des jets d'eau pour chasser du sol l'épais liquide au fur et à mesure que la peau, lambeau à lambeau arrachée, se repliait sur elle-même. La lumière qui tombait en triangle, comme dans certaines toiles flamandes, éclairait des mains rouges jusqu'au poignet.

Le maître de maison s'était tenu à l'écart jusque-là. Il se dirigea à pas lents vers les hommes. Un vieux lui tendit une lame. Gunnar se pencha un peu cérémonieusement pour la recevoir, puis, s'approchant de l'élan, lui fit à lui aussi une sorte de salut dans l'espace, comme l'esquisse d'un Ave pour l'ennemi vaincu mais qui demeure fraternel. Il s'attarda un instant à caresser son butin avant de l'attaquer.

On lui avait réservé la part du chef. Le droit de cuissage funèbre.

Sans se presser, il se mit à dessiner de fines lignes rouges sur la chair avec son couteau. Les chasseurs, debout, le regardaient s'appliquer sur les articulations délicates, rechercher le trajet d'un nerf, contourner les tendons difficiles. Lison, près de la porte, sur le point de fuir à tout instant, observait sans indulgence le profil aigu, la bouche mobile qui reflétait l'étendue de la jouissance. On eût dit un enfant pervers torturant un insecte. Le plaisir se lisait encore sur le visage de Gunnar lorsqu'il se détourna enfin de l'animal après avoir tracé, d'un stylet sûr, un dernier trait acéré sur le gros ventre blanc.

« Les boyaux », murmura obligeamment le voisin de Claude. « Cent kilos », ajouta-t-il, comme s'il y avait eu là une raison personnelle de se glorifier. Et cent kilos luisants dévalèrent gracieusement de la plaie béante, répartis en gros et petits rouleaux, blancs, lisses et ronds, qui s'amoncelaient à terre en une montagne malodorante, tandis que, courant tout autour, les petites filles continuaient à jouer à une sorte de marelle dans le sang répandu, sans montrer d'effroi devant la grosse bête dominée par les mains tâcheronnes des bourreaux. Habituées à la putride odeur du sang, elles s'amusaient de la fête mortuaire dont leur père était le roi.

Lison regarda Claude.

— Les filles de l'ogre, murmura-t-elle.

Lorsqu'ils quittèrent la hutte, Lawrence était assis sur une pierre au-dehors. Il était blême.

— C'est fini ? dit-il avec le ton que l'on prend pour s'enquérir des derniers instants d'un ami.

Sa mère fit « oui » de la tête. A côté de Lawrence, le *Troll,* débarrassé de son bonnet, tournait le dos à la petite maison.

Claude l'interpella :

— Vous n'avez pas participé au carnage, Sven ?

— J'aime tuer les animaux, je n'aime pas les transformer en rôti, répondit Sven.

Il se retourna complètement, il y avait quelque chose de tendre dans ses yeux. Il est beau tout à coup, pensa Lison, étonnée.

Kaya, accoudée à la porte, attendait les invités. Elle avait changé de coiffure depuis la veille. Ses cheveux à peine colorés n'étaient plus en chignon, mais ils tombaient plat sur ses épaules, accentuant son air d'ingénue éternelle.

— Entrez ! dit-elle.

Les chasseurs secouèrent leurs souliers en se donnant des bourrades : « Une belle bête, oh oui, une belle bête ! », répétaient-ils. Dans la chaleur de la pièce, leurs vêtements, en fondant, dégageaient une brume légère.

Lison s'avança vers son hôtesse.

— Je suis ravie de vous accueillir à Kayalka, dit celle-ci, la main tendue. Claude et moi, nous sommes des amis de longue date, vous savez.

— Oui, il m'a raconté.

— J'espère que nous nous entendrons bien, reprit « la Verte ».

Lison sourit vaguement et regarda autour d'elle pour ne pas avoir à répondre.

C'était une jolie maison. Les bouquets y étaient nombreux et réfléchis, les meubles peints en blanc, les rideaux fleuris conféraient à l'atmosphère le charme subtil qui émane de la simplicité quand elle est étayée par l'argent.

Gunnar passa près de sa femme sans la regarder. On jouerait plutôt du Strinberg que du Tchekhov, ici, n'en déplaise à Délia, se dit Lison. En voilà deux qui ne s'aiment pas. Un couple agressivement désuni ; ils sécrètent le venin de la haine, puisqu'ils ne partagent pas le philtre de l'amour. Et, lorsqu'elle se tait, comme elle a l'air triste.

Après qu'on eut servi les apéritifs, le maître de maison arrondit son bras pour l'offrir à Lison.

— Allons à la salle à manger, dit-il. Vous permettez que je vous appelle Lison ?

Les invités étaient déjà à leur place lorsque, la tenant très serrée, il la fit pénétrer dans la vaste pièce sombre.

— Nous déjeunons, selon la coutume, avec tous ceux du village qui ont participé à la chasse. Puis ils emporteront chez eux un morceau de la bête, dit Gunnar pour expliquer la présence silencieuse des paysans intimidés, les mains posées comme des outils gourds sur la table.

Au fond, Délia, encadrée par deux rabatteurs, parlait par-dessus leurs épaules au jeune garçon qui l'avait accompagnée le matin. Lison nota le rose du plaisir sur les joues de sa fille et s'en réjouit. Lawrence, à demi caché par les manches énormes du costume de feutre d'un des invités lapons, souriait devant lui, les yeux rêveurs.

Sven se leva lorsqu'elle fut menée à sa place à côté de lui. Il l'aida à s'asseoir avec une déférence presque excessive et tout de suite il se pencha vers elle :

— Vous avez une bien jolie maison à Helsinki. J'y suis venu souvent dans le passé. Erika était ma cousine, vous savez. Il fixa son assiette un instant sans parler, puis ajouta : — Est-ce que vous occupez aussi le petit pavillon rose de notre enfance ?

— Elle s'appelait Erika, la jeune morte ?

— Oui, j'ai rarement vu un être plus séduisant. Sven regarda sa voisine. — Les femmes qui habitent cette propriété ont décidément de jolis visages. Mais vous, nous trouvez-vous beaux ? Est-ce que vous vous plaisez avec nous ? Je me demande si vous n'avez pas l'air un peu, comment dit-on déjà chez vous, un peu... nostalgiaque ?

Lison ne répondit pas tout de suite. De quel droit il m'entretient sans cesse d'autre chose que de banalités, celui-là ? Depuis que je l'ai rencontré pour la première fois, hier soir, il ne fait que me poser des questions indiscrètes.

— Oui, c'est un magnifique pays, dit-elle enfin du ton le plus impersonnel possible. Je sens que je vais l'aimer énormément.

— Vous savez, je suis un peu devin.

Sven écarta ses grosses lèvres, pour révéler de belles dents carnassières.

— C'est bien ma malchance, je déteste les diseurs de bonne aventure.

— Oh, mais je ne dis rien. Je garde ce que je vois pour moi-même.

Lison se détourna, comme pour admirer le plat immense porté au-dessus de la tête des convives jusqu'à la table d'honneur. On lui présenta en premier la pyramide où s'amoncelaient des morceaux de viande brune, nappés d'une sauce épaisse.

— Servez-vous bien, dit Sven, c'est délicieux.

— Qu'est-ce que c'est ?

— L'élan de la semaine passée. Une femelle. Elles sont moins tendres que les mâles, mais celle-ci était très jeune. C'est le grand, là-bas, qui l'a tuée.

Il montra un rougeaud qui levait son verre. Lison eut un haut-le-cœur. Elle vit, si proche de son souvenir, la noble figure du grand chien doux qui perdait son sang dans la hutte et fit semblant de farfouiller dans le plat.

— Je ne peux pas manger d'élan aujourd'hui, dit-elle, mue soudain par un désir de franchise.

— Je ne vous dénoncerai pas. (Sven avait le regard ironique.) Même les natures fortes ont leur faiblesse.

Sans plus rien dire, il plongea dans son assiette avec un appétit d'homme des bois. Son mutisme était partagé par tous. Lison le réalisa tout à coup, personne ne parlait autour de la table. Comme dans la forêt tout à l'heure, le repas était bercé, depuis son début, par de grands silences consentis qui n'en rendaient que plus bruyants le froissement des mandibules et le bruit des couverts maniés sans maestria par les paysans. Dans certaines mains, Lison reconnut les petits couteaux acérés qui avaient servi au dépeçage le matin.

Elle se força à avaler une bouchée, tandis que Gunnar approchait son verre tout près du visage de sa voisine.

— *Skoll !* A la chasse et aux jolies femmes ! Aux jolies femmes qui acceptent de boire, ajouta-t-il. Ma femme n'aime que l'eau.

Lison eut plaisir à remarquer sa mine méprisante, car là-bas, à l'autre bout de la table, Kaya souriait encore une fois de toutes ses dents. Lison avait beau avoir décidé qu'elle ne regarderait pas dans la direction de son mari, c'était plus fort qu'elle, elle ne voyait que « la Verte », qui remuait ses cheveux d'eau. Lorsqu'elle se retourna vers Sven, il l'observait :

— Vous n'aimez pas ma sœur, n'est-ce pas ? Il faut lui pardonner beaucoup de choses, elle est malheureuse.

Le rire cristallin de Kaya ricocha jusqu'à eux.

— Depuis quand est-elle malheureuse ? Elle cache bien son jeu en tout cas.

Sven vida d'un trait le verre d'alcool que l'on venait de lui servir avec le café.

— Ma petite sœur est malheureuse de naissance. C'est une maladie, comme d'être sourd ou asthmatique. Elle a pourtant tout eu dans la vie, sauf, en fait, ce qu'elle désirait vraiment.

— Que voulait-elle ?

— Lui !

Sven montrait du doigt son beau-frère qui, à demi

tourné de l'autre côté, buvait en regardant maintenant sa voisine de gauche dans les yeux.

Un goût forcené du bonheur s'empara de Lison et, malgré tout, un sentiment de victoire. Quelle chance on avait de savoir être heureuse ! Surtout ne pas se laisser gagner par les ombres de malheur qui régnaient dans cette grande maison claire.

Sven lui mit la main sur le bras, sa main était chaude :

— Et vous ne m'aimez pas non plus, n'est-ce pas ? Mais cela, c'est moins grave. Nous serons des amis un jour. Ne serait-ce que parce que... Il interrompit sa phrase :

— Dommage que je ne puisse pas vous emmener en Russie avec moi, dit-il seulement. Au retour, cela serait fait.

Il emplit son verre à nouveau.

— Vous procédez trop par affirmation, dit Lison, et vous buvez beaucoup.

Sans avoir envie qu'il en ait conscience, elle réalisa cependant qu'il ne l'irritait plus. Il y avait quelque chose de vrai et aussi de touchant en lui. Il devait faire partie de la petite famille de ceux qui comprennent. Elle lui sourit pour la première fois et, se détournant de lui sans plus le regarder, se leva et accepta le bras de Gunnar.

A la porte, Kaya enfouissait sa main dans la veste de Claude et ce qu'elle dit le fit rire.

IV

— Vous voulez que je conduise ? dit Lawrence quand la cérémonie des adieux fut enfin terminée.

— Merci, mon vieux, cela m'arrangerait. Claude eut un long soupir, volontairement bruyant. — Cette bière, cette vodka, j'ai la gueule de bois.

— De bois de bouleau ? La bonne humeur de Délia était imprévisible ces jours-ci. — A ce moment-là, vous n'êtes pas près de guérir. On a au moins soixante kilomètres de la chose à se taper avant d'arriver, sauf, bien entendu, si la scène a changé entre-temps, mais cela m'étonnerait, le décor avait l'air bien planté.

— Vous parlez de théâtre et de décor à tout propos, dit Claude qui n'osait pas se risquer à tutoyer sa belle-fille. Vous voyez les choses sous cet angle-là, n'est-ce pas ? Il enfonça sa casquette sur son front, assailli par un sommeil qui le rendait déjà un peu indifférent à la réponse.

— « *All the world's a stage...* » Lison sentit à la voix de sa fille que celle-ci était flattée. — Oui, je ne pense qu'à cela. J'ai décidé d'être actrice. On ne vous l'a pas dit ? Délia se projeta à tête perdue dans une explication, qu'elle voulait lumineuse, tandis que dans la pénombre, Claude, dont les yeux se fermaient sans cesse, continuait, la figure dodelinante, à lancer de temps en temps une question dont il n'écoutait qu'à peine la réponse.

— Oh ! quel déjeuner ! Lawrence parlait pour s'évader de la torpeur. — Vous vous rendez compte que nous n'avons pas quitté la table avant cinq heures !

— Beurk ! Délia était contente au fond de ne pas avoir à mener plus loin dans l'immédiat le schéma d'une conception dramatique qui demeurait fumeuse. — Quelle sale bouffe, oui. Cela sent la bouse, l'élan, et flac ! flac !, mon voisin m'en a collé deux paquets sur l'assiette. Il ne comprenait même pas le mot « non ».

— Qui était-ce le garçon de ce matin avec lequel par contre tu parlais tout le temps en anglais ? dit Lawrence.

— Le fils du tueur.

— Le tueur ?

Les voix de Lison et de son fils se firent écho.

— Oui, le petit au bonnet rouge qui était à côté de toi, maman, pendant le déjeuner. C'est lui qui a tiré le coup fatal sur l'élan. Il paraît, d'après son fils, que c'est un tombeur, le tueur. La mère de mon voisin est américaine, ajouta Délia, mais il vit avec son père.

— Le tombeur a peut-être été laissé tomber ? Claude apparemment venait de se réveiller. — Il ne doit pas être facile à vivre, le gars Sven.

— Il a un charme ! dit Lison.

Elle revit en pensée les larges épaules.

— Comme son fils est grand, marmonna Claude, je ne l'aurais jamais reconnu.

Lawrence mit en œuvre l'essuie-glace.

— Il commence à geler de nouveau, dit-il, et la neige tombe fort maintenant, quel climat fantastique !

Il n'y eut pas de réponse, chacun s'était endormi à demi en traversant l'imperturbable paysage noir et blanc.

Emma attendait dans l'entrée.

— Je claque, claque de faim. Vous êtes en retard. Pââvo est sorti. La grosse Truc-Machin, comment l'appelle-t-on déjà, Mme Haakinen vient de partir, elle a dit que tu lui avais donné sa soirée et qu'il n'y avait pas grand-chose dans le réfrigérateur. Ce qui est strictement exact.

— Il y a des œufs.

Lison n'était même pas très sûre d'avoir raison.

— Moi, je n'ai pas faim en tout cas. Claude avait encore la voix enrouée que lui donnait l'alcool. — Il faut d'ailleurs que je me dépêche d'aller chercher Sylvie. Si son avion est à l'heure, je n'ai que le temps. Le chauffeur est arrivé ? demanda-t-il à Emma.

— Des œufs, on va se faire des œufs ! Délia se précipita vers la grande cuisine aux murs de bois blanc. — Je vais vous en brouillaminer une plâtrée, vous allez voir. Le beurre, le sel, la crème... ah ! ne pas oublier la cuillerée à bouche de crème, fit-elle d'une voix professionnelle.

— Mais tu sais faire des choses ! Lison était presque émue. — C'est moche comme on est sévère avec ses enfants. J'ai parfois tendance à vous croire incapables.

— Je suis capable quand j'ai la dent.

Délia fit pirouetter sa sœur qui, avec des gestes de prestidigitateur, lançait les assiettes sur la toile cirée de la table avec un vague espoir de les casser. Lawrence ouvrit un tiroir.

— Oh, Lison, tu as toujours la manie des gâteaux secs ! Chouette, des petits-beurre !

Sa voix avait les accents d'un pionnier qui découvre de l'or.

Chacun s'affairait dans cet agréable état d'urgence que provoque l'appétit.

— Mes enfants, ça va y être, ça y est ! cria enfin Délia, et elle posa devant Lison la casserole fumante.

— Sers-toi, la mère. Puis, soudain tendre, comme malgré elle : — Ah, on est bien, nous, les Renansemble. Mais, oh, pardon, la mère, c'est vrai, tu es plus une Renan. A nous voir, là, tous les quatre, j'avais tout à coup l'impression que rien ne s'était passé.

— Oui, on est bien. J'aime terriblement être avec vous.

Lison regarda ses trois enfants. Elle eut envie de les remettre en elle, de les refaire, qu'ils soient à nouveau ce tout doux et chaud de sa maternité. Ses yeux se mirent à cligner sous l'assaut des larmes inutiles.

— Vous m'en voulez, n'est-ce pas ?

Elle n'avait pas su qu'elle aurait envie de donner ce ton-là à leur conversation, mais maintenant elle ne pouvait plus qu'aller de l'avant.

Il y eut un silence.

— On était bien comme on était avec toi, dit enfin Délia, fourrageant dans ses œufs. Il aurait mieux valu que cela ne change pas.

— Pour cela il aurait fallu que je ne rencontre pas Claude et que je n'aie pas envie de vivre avec lui ; ou bien que je me sacrifie pour vous. S'il n'avait pas été en poste à l'étranger, j'aurais probablement hésité longtemps avant de l'épouser, rien que pour ne pas avoir à vous faire face. Avouer à ses enfants que l'on est amoureuse alors qu'ils ont tendance à décider d'office que ce sont là des choses qui doivent arriver à leur âge et non au vôtre... Ce n'est pas facile. Lison baissa la tête, honteuse d'avoir honte. Elle la releva et les regarda tous les trois immobiles devant elle : des juges ! — Dans quelques années, selon la nature des choses, aucun de vous ne vivra plus avec moi, avez-vous pensé à cela ?

Délia la fixa sans sourire.

— C'est idiot, je sais que je ne suis pas rationnelle, en effet. Mais je n'aime pas l'idée que tu sois à quelqu'un d'autre. Même à Maurice, autrefois. Mais à mon père, il fallait bien que je te prête, tandis que là...

— C'est vrai, dit Lison, se versant un verre de vin, vos enfants se comportent comme vos propriétaires et ils n'ont pas beaucoup d'égards pour leur propriété.

— Je ne sais pas. Ce que je sais, c'est que je ne peux pas me faire à lui.

Les yeux de Délia se tournèrent vers la porte.

— On s'entend pas comme avant ? demanda Emma.

Elle avait eu l'air, jusque-là, de se désintéresser de la conversation.

— Avant, c'était avant.

Lawrence avait parlé vite, pour devancer Délia. Celle-ci attendait son tour, dressée sur ses ergots :

— Oui, et j'aimais cet « avant ». J'aimais notre vie à quatre rue Saint-Simon. Jusqu'à ce qu'il vienne au père l'idée saugrenue de nous envoyer en pension. J'aimais avoir ma mère à moi. Tu te souviens, le fils, de nos dîners le dimanche soir, quand tu amenais Claire, les plâtrées de spaghetti... Tiens, à ce propos, tu la vois toujours, Claire, ou tu t'es enfin décidé à courir les autres filles ?

— Je ne pense pas aux filles pour l'instant.

Lawrence repoussa son assiette.

— Je ne pense pas aux filles pour l'instant, soupira sombrement Lawrence.

Délia imitait, en les magnifiant, la voix et l'expression grave de son frère.

— Tu te rappelles quand on était malade et que maman nous apportait des cadeaux dans notre lit ? Emma se réveillait à nouveau. — « Sois sage, et je te ramènerai un petit cadeau... » Oh ! J'aimais ça.

— Vous parlez de moi comme si j'étais morte, dit Lison. Je ne suis pas morte, je suis la même et je suis là.

— Il ne manquerait plus que cela que tu sois morte. Délia effleura la main de sa mère. — Tu t'es remariée, cela suffit. Son œil erra un instant sur les assiettes vides. — Mes amies m'envient d'aller passer des vacances de luxe au bout de l'Europe et de danser avec les enfants des ambassadeurs, mais moi je ne m'envie pas. Je trouve cela dur d'être la fille d'un divorcé et d'une remariée.

— Moi aussi, je suis fille de divorcés, dit Lison.

— Oui, mais toi c'est ton père qui est parti.

— Et alors, quelle différence ?

— On en veut moins à son père (Délia avait la bouche dure), on en attend moins de lui.

— Oh, écoutez, l'image de la mère modèle, sans destin propre, ses enfants puis ses petits-enfants à perpétuité sur les hanches, et dénuée de vie sexuelle ou sentimentale, j'en ai ma claque ! Lison soupira. — On en veut à ses parents, point. Vous m'en voulez aujourd'hui, sans savoir du tout quelle a été ma vie ni les efforts que j'ai faits. Vous en voudrez peut-être demain à votre père. En fait, ce que vous aimeriez, c'est d'avoir été fabriqués par des saints et ne pas avoir à en être vous-mêmes. J'existe, bigre ! Je suis une bonne mère, je vous aime, mais je me permets de vivre. Est-ce vraiment trop ? Est-ce que vous ne pouvez pas comprendre ? Soyez honnêtes, vous revendiquez sans cesse votre autonomie. Votre génération a tous les droits et en use. Délia, tu me parlais de tes amants futurs pas plus tard qu'hier. Lawrence, Claire et toi, vous ne nous avez pas exactement demandé notre avis, mais quand vous avez eu besoin de nous, on était là. Emma... bon, rien encore pour Emma, mais enfin, zut ! vous avez brûlé les étapes et vous vous offusquez que vos géniteurs ne se comportent pas comme des citoyens de la reine Victoria. Vous savez, c'est pas normal de vivre sans homme.

— Tu en avais un, dit Délia.

Lison ouvrit ses mains comme si elles avaient contenu Maurice, et les contempla un instant en silence.

— Moi, je trouve que Claude est bien, dit Lawrence.

— Vous ne trouvez pas que le fils trouve tout bien ? Mais à propos, où est-il, Claude ?

Emma avait un peu l'air d'évoquer un chien aux agissements imprévus ou un bébé difficile, quand elle parlait de son beau-père.

— On te l'a déjà dit. Il a été ramasser sa fille à l'aéroport, ma pauvre « dans la lune ».

Délia envoya une miette sur le nez de sa sœur.

Lison regarda ses enfants.

— Ne me faites pas trop de reproches. C'est mal venu de dire cela, mais je crois que je ne vous ai jamais tant aimés.

Elle prit la tête de Lawrence et d'Emma qui étaient assis de chaque côté d'elle et les cogna un peu fort l'une contre l'autre.

— Délia, ma tarte, tu fais les œufs brouillés mieux que quiconque. Emma n'avait pas d'estime pour les émotions. — Mais y-en-a-pu ! ajouta-t-elle, baissant la tête pour gratter ostensiblement son assiette.

— On s'en refait une tartouille ? Cette fois-ci, c'est mon tour. Passe-moi le beurre, fils.

Lison se leva.

— Alors, si j'ai bien compris, la mère, on a tous les droits dans notre génération ? Délia mit ses deux coudes sur la table. — C'est bien mon avis aussi. A ce sujet, le garçon qui était avec moi, aujourd'hui, il vient me chercher demain à l'aube. Il m'emmène dans la bagnole de son père visiter la capitale. Il me fait visiter les musées, il m'invite à déjeuner, il me demande de coucher avec lui, et j'en passe, et peut-être j'y passe.

— Quel garçon ?

Comme toutes les mères, Lison cherchait à gagner du temps.

— Claës, le fils du tueur, voyons. Il se prépare à être dingue de moi.

Emma prit une mine affligée :

— Le pauvre, il est dingue tout court, ou quoi ?

Les gonds de la porte grincèrent.

— « Bon appétit, messieurs... »

Claude, immense dans sa canadienne fourrée, ouvrait grands les deux battants de bois. Délia leva les yeux vers lui, soudain moins hostile. Les gens qui citaient Victor Hugo étaient quand même d'office ses amis.

— Vous voulez de la brouillade, « ô ministre intègre » ?

— Non, merci, j'ai toujours l'élan au travers du gosier.

Mais toi, peut-être, Sylvie ? Il se tourna vers sa fille. — On a eu de la chance, ajouta-t-il, on est arrivés ensemble à l'aérodrome, Sylvie et moi.

Derrière son père, Sylvie se tenait toute droite. Avec sa peau si fine qu'on y apercevait le réseau mauve des veines, le roux vivace de ses cheveux et ses yeux d'un bleu presque trop pâle, elle avait l'air d'une petite divinité celte, grave et sage, qui regarde le monde des hommes sans aménité. Elle serrait un grand sac de cuir mou contre elle, à la manière d'un bouclier.

— Non, je crois que je n'ai pas faim, dit-elle, mais j'ai sommeil.

— Entrez quand même un instant. Délia était tout à coup grand seigneur. — Il faut que l'on se présente. Lui, le grand maigre qui vous regarde, c'est Lawrence, la grosse, là-bas, c'est Emma, et moi, je suis Délia.

Lison se dirigea vers la petite tête flamboyante et l'embrassa légèrement sur la joue :

— Bonsoir, Sylvie, vous... tu... n'es pas trop fatiguée ?

Emma rejoignit sa mère et toucha du doigt la manche de la nouvelle venue :

— Tu habites à côté de moi, la chambre rose, on voit la Baltique. Tu viens ?

— C'est cela, on va emmener Sylvie dans ses appartements. Claude rendait sa voix joyeuse. — Bonsoir, tous ! Tu me rejoins, chérie ?

— Oui, je fais un peu d'ordre, dit Lison. Puis, quand ils furent partis, soudain lasse : — Oh, laissons cela, Mme Haakinen rangera demain.

— Tiens, voilà la grosse qui fait du zèle et qui pactise avec l'ennemi, dit Délia, plus sérieuse qu'elle n'en avait l'air. C'est cela qui m'agace aussi. Il va falloir que tu t'occupes d'elle, de « l'autre ». Ah, si tu lui passes nos trucs, tu vas voir. Tu n'es plus une Renan, bon, à la rigueur, mais si tu lui passes nos mots, nos usages... Ah ! non. Ne l'appelle jamais « grougnasse », ou je ne réponds de rien. Ça n'ira pas, la mère, si tu deviens sa mère. Cela suffit amplement que tu sois la femme de son père.

— Je dirais qu'à tes yeux c'est déjà trop que je sois une femme tout court. Lison ne pouvait s'empêcher d'avoir l'air triste. — On croit parfois que l'on est arrivé à quelque chose, que notre sexe est libéré, mais les femmes ne seront jamais libres, non pas, comme elles le croient, à cause de la mauvaise volonté des hommes, mais à cause de leurs enfants.

— Pour moi tu es libre, dit Lawrence qui était resté silencieux, et il se dirigea vers la porte après avoir embrassé sa mère.

— Et voilà comment on ne finit pas une conversation ! En fait, on ne finit jamais les conversations. C'est con. Ecartant les doigts, Délia étira les bras vers le ciel et suivit son frère sans se retourner.

Lison resta un instant immobile devant les restes de ce repas qui gardait malgré tout un goût de retrouvailles. Elle se sentait mieux : « ils avaient parlé ». Le lien essentiel était renoué. Il n'y avait plus qu'à tout rattacher ensemble, leur tendresse, leur langage, leur facilité d'être des semblables. Sans bouger de sa place, elle se mit à empiler les assiettes.

— Hououh ! Délia tomba d'un coup sur ses épaules. Lison sentit, aux cheveux glacés qui se glissèrent de chaque côté de son cou, que sa fille était allée dehors. — Je ne t'avais pas embrassée, mère Lison, cela me manquait.

Lison posa ses deux mains sur celles de Délia. Encore des mains d'élève, pensa-t-elle, des mains gercées de pensionnaire qui a froid dans son lit le soir. Elle se tourna pour presser sa joue contre celle de sa fille :

— Tu devrais t'occuper de tes mains, sale bonne femme, elles sont rugueuses, on dirait des écorces.

— Au fait, ne t'avise pas d'appeler « l'autre » « sale bonne femme » non plus, je revendique le privilège. Délia enchaîna : — Si je m'assieds, je reste plein.

— Reste plein ! On dormira demain.

— J'avais quand même envie de te parler seule. Je suis arrivée à cette conclusion que ce qui est ennuyeux avec toi, c'est qu'on t'aime. On peut pas t'en vouloir autant qu'on... le voudrait. Ah ! si je ne t'aimais pas tant !

Délia fit pirouetter ses mains en l'air : « pfitt ».

— Et moi alors ! Tu sais, c'est ce que j'essayais de dire tout à l'heure, c'est une des découvertes presque infernale de la maternité : on fait un enfant et puis on réalise que pour toujours, où qu'on soit, quoi qu'on fasse, il n'y aura pas une minute de paix, puisqu'on l'aime, puisque malgré tout il demeure vous, qu'il a des pouvoirs sur vous et qu'il en use.

Délia opina sans regarder sa mère.

— Dis donc, fit-elle, changeant de mine, est-ce que tu couches avec lui ?

— Oui, bien sûr.

— Question absolument stupide, cela tombait sous le sens. A propos de sens, j'ai envie de coucher avec quelqu'un.

— Choisis bien. Il laisse parfois des traces indélébiles, le premier homme. Il y a trop de femmes qui ne se relèvent pas de leur premier homme, trop d'hommes qui gardent, comment dirais-je ? un droit d'émotion sur elles. Ton père, par exemple, je ne m'en vante pas, mais il peut encore me faire pleurer plus vite et plus facilement que n'importe qui.

— Je suis sûre qu'il serait ravi de savoir cela.

— Il le sait. Ne t'en fais pas, les hommes cultivent ces moyens-là et les mesurent à leur juste importance.

— Mais toi, ma pauvre bique, tu es un cas. Tu étais à peine plus âgée que je ne le suis aujourd'hui, hein, quand tu as eu Lawrence ? On ne devrait pas permettre à des enfants de faire des enfants. C'est immoral. Mais faire l'amour quand on en a envie, voilà la moralité même.

— C'est l'étudiant blond qui te donne ces idées ?

— Non, je les avais, il les ratifie. On pourrait dire si on mettait ça par écrit : « Sa virginité lui pesait » ou : « Ce n'est pas tellement par cœur, mais par corps, qu'elle avait envie de connaître les garçons. »

— Si ton corps parle plus fort que tête et cœur réunis, eh bien, vas-y. Lison faisait une petite colline des miettes du repas ; elle ajouta sans lever la tête : — Je me demande si beaucoup de mères et filles parlent comme nous ?

— Ce garçon d'aujourd'hui, dit Délia sans répondre à la phrase de sa mère, j'ai dansé un instant avec lui après le déjeuner. Il a des bras comme du plomb chaud.

— Il est grand par rapport à son père. Le petit homme avec sa musculature de buste antique passa de nouveau devant les yeux de Lison. — Et il est beau, ajouta-t-elle. Ton corps n'a pas mauvais goût.

— Claude est beau aussi, dans le genre grosse statue impavide. Mais cela n'arrange rien. Et toi, c'est ton corps qui a parlé ?

Plissant les yeux, Délia approchait son visage tout près de celui de sa mère.

— Pas seulement. Je ne lui ai jamais permis la priorité, à mon corps, j'ai peut-être eu tort. Non, c'est tout qui a parlé. J'ai eu envie de Claude comme à vingt ans. Tu sais, c'est une erreur de croire que parce que l'on vieillit on ne reste pas jeune à l'intérieur. Mais Claude et moi, nous avons une entente de l'esprit surtout, et c'est ce qu'il y a de plus rare. Car, au fond, le corps est une brave machine : si elle marche, elle marche... la mienne m'a toujours donné satisfaction... Et puis Claude ne m'empêche pas d'être. Je me sens libre. Cela n'a pas de prix. Tu vois, par exemple : je peux rester à te parler, « on » ne me réquisitionne pas, « on » comprend. Tu es peut-être trop jeune pour te rappeler comment c'était avant...

— Tu pourrais avoir des aventures ?

— Je n'en ai pas envie pour l'instant, mais je pourrais. Je n'ai plus de comptes à rendre. C'est très apaisant et j'ai un ami, c'est très utile. Maurice n'a jamais voulu être un ami, il voulait être un maître. Il y a un âge où l'on ne peut plus accepter cela.

Délia secoua la tête :

— Moi, je ne voudrais jamais avoir un maître, même si je suis une maîtresse.

On entendit une voix à l'étage au-dessus :

— Lison ?

— Tu vois, tous les mêmes en fin de compte. Mais il y a mis le temps, reconnaissons-lui au moins cela. Je finirai peut-être par me faire à « ton mari ». (Délia articula lentement les deux syllabes.) En tout cas, il faut que je lui demande s'il connaît toute la première tirade de *Ruy Blas* et pourquoi il possède « mes classiques ». C'est pas à lui ces trucs-là.

— Prête-lui, dit Lison en souriant. Claude a une culture variée et délicieuse, c'est une mine de poésie. Tu devrais l'entreprendre sur ce chapitre. Voilà aussi une des raisons de mon goût pour lui : il est comme nous, il aime les mots.

— « *Words alone are certain good.* » C'est du Yeats, dit Délia. Allez, on va tâcher d'essayer de l'accepter, cet homme, mais je ne promets encore rien.

Délia se leva et, sans plus parler, elles s'embrassèrent fort, très fort, avec l'extrême plaisir qui persiste dans le cœur et dans le corps de certaines mères et de certaines filles dont la chance est de continuer à s'aimer profond et malgré tout.

V

Emma et la fille de Claude s'observèrent quelques jours en silence, comme ces sauvages de tribus différentes que les hasards de la guerre ont amenés à partager le même territoire, et puis lentement, sans heurts apparents, presque encore sans mots, avec cette timidité du cœur qui rend gauches et gourds les échanges, elles commencèrent à éprouver l'envie de s'intéresser l'une à l'autre. Mais il suffisait qu'un de leur parent respectif fît mine de les encourager dans ce sens pour que le voile de l'indifférence retombât sur leur duo.

Lawrence, lui, était sans effort amical avec Sylvie. Il restait beaucoup à la maison pour potasser ses examens, mais parfois il l'emmenait au manège ou patiner sur la Baltique. A leur retour, Lison croyait pouvoir discerner dans les yeux de sa nouvelle belle-fille une petite lueur de joie qui la rassurait, alors que ne cessait de l'inquiéter la flamme de fureur dans ceux de sa fille aînée. Délia, agacée par les symptômes de sympathie qu'elle décelait entre son frère et celle qu'elle s'obstinait à appeler « l'autre », multipliait les occasions de dérouter celle-ci, parfois feignant d'ignorer son existence, ou bien tout à coup s'amusant à l'embarrasser avec les manifestations exagérées d'une politesse saugrenue pour une génération qui en manque par système. En fait, Délia demeurait le seul élément irréductible. Lison finissait par se féliciter que sa fille fût sans cesse au-dehors. Surgissant juste au moment de se mettre à table, elle mangeait rageusement, le nez dans son assiette, sans se mêler à la conversation, puis elle attendait, avec une impatience qu'elle tenait à rendre visible, que Claës, le fils de Sven, vînt la chercher à nouveau pour ne réintégrer la maison qu'à la nuit tombée. Lison n'était pas dupe. Elle sentait bien qu'il y avait là une décision de ne pas participer à la nouvelle vie de famille et, continuant à regret à découvrir les ravages sournois du sentiment de culpabilité chez les mères, elle n'osait approcher sa fille de pleine face, comme elle l'eût fait sans ambages auparavant.

Après leur rencontre dans la cuisine, le soir de la chasse à l'élan, elles ne connurent donc plus, jusqu'au départ, de ces moments d'intimité privilégiée dont elles détenaient pourtant l'une et l'autre le secret. Cependant, en dépit de l'opposition de sa fille aînée et des obstacles impondérables qui surgissaient sans cesse pour menacer l'équilibre fragile d'une situation nouvelle pour tous et dont Lison avait l'impression pesante d'être l'auteur à part entière, elle voulait espérer que chaque jour vécu ensemble ratifiait une vérité et, donnant aux uns et aux autres des habitudes, leur constituait ainsi un bagage de passé commun qui rassurait l'avenir. Claude — était-ce l'excès de travail ou bien plutôt l'expression de sa finesse habituelle ? — s'était résolument tenu à l'écart pendant ces quelques jours, comme s'il voulait donner à chacun le temps de s'habituer à un changement inéluctable dont il s'appliquait à sa manière à réduire les conséquences.

Mais, à cause de cette distance que Délia s'appliquait à accuser entre elle et sa mère et du malaise qui en dérivait pour Lison, l'après-midi du départ arriva pour les petites Renan sans que Lison eût éprouvé autant qu'elle l'avait craint ces appréhensions et ces mélancolies qui précédaient pour elle toute séparation. Lison sentait qu'en quittant sa fille aînée elle allait du même coup être libérée du fardeau de ses reproches muets en même temps que du spectacle de ce plaisir silencieux que prenait sans cesse Délia à assombrir d'un mot ou d'un regard l'euphorie de l'atmosphère. Elle conduisit ses enfants à l'avion, avec cette précipitation anxieuse qui l'assaillait toujours aux abords des gares. Elle ne trouvait jamais rien à dire avant de dire « Au revoir » et, quand la voix aérienne de l'hôtesse annonça leur vol, ce fut presque avec soulagement qu'elle les embrassa vite tous les trois, s'arrachant d'eux, sans plus lancer qu'un coup d'œil furtif vers le couloir qui engloutissait dans ses méandres tout ce qu'elle aimait le mieux au monde. Emma fut la dernière dont elle aperçut la main tourner en marionnette au-dessus de sa tête : « *Nakemin, nakemin*[1] », chantonnait la claire voix indifférente.

Fatiguée comme seul on peut l'être par la tristesse, démunie d'elle-même d'un coup, Lison plongea dans la voiture et demanda au chauffeur de la conduire au cocktail que donnait l'ambassadeur de Grande-Bretagne. Elle devait y retrouver Claude. En chemin, pour se distraire, passant une houppette sur sa mélancolie, elle tentait d'ironiser sur l'éternel chaud-froid de sentiments qui faisait partie par excellence du menu diplomatique, mais elle était assaillie, maintenant qu'il était trop tard, par les mille angoisses familières dont elle avait cru être quitte cette fois-ci.

Maurice aurait-il bien reçu le télégramme annonçant l'arrivée de l'avion et serait-il à Roissy ? Pourvu que le rhume d'Emma ne tourne pas en bronchite comme la dernière fois. Cependant, en contre-chant, le souvenir de Claude et le plaisir qui renaissait en elle à l'idée de le retrouver la ramenaient à une plus juste vision des choses de sa vie. Elle se sentait heureuse à l'idée de reprendre sans contrainte le dialogue avec son nouveau mari, loin

1. Au revoir.

du regard interrogateur de ses enfants. Devant ceux-ci elle s'était surprise trop souvent pendant ces quelques jours à ne pas oser se comporter comme une femme afin de ne pas augmenter les raisons qu'ils auraient trouvées de critiquer leur mère.

Lison était à chaque fois assaillie par une légère épouvante lorsqu'elle pénétrait seule dans une pièce. Arrivée à l'orée de l'immense hall de l'ambassade, elle se redressa un peu trop pour foncer dans la foule avec l'arrogance des anxieux. Le conseiller d'Afrique du Sud marchait derrière elle. Il la prit par le coude.

— Véné au bouffêtte avec moi, dit-il sans la consulter.

Et, dès qu'ils eurent salué les maîtres de maison, bombant son gilet rouge, il se fraya un chemin vers les salons, la tirant par l'avant-bras.

— Whisky, n'est-ce pas ? dit-il, faisant un signe au barman, puis il tenta d'insérer Lison entre la table et lui.

On le surnommait « la bête » parmi les femmes de diplomates parce que, avec une stupéfiante continuité dans le propos, il profitait des occasions que lui fournissait plusieurs fois par semaine la migration vespérale de couples aux épouses généralement dénudées vers des lieux généralement enfumés où l'on consomme beaucoup d'alcool, pour consommer, lui, de la chair fraîche ou même moins fraîche, caresser, voire pincer sans vergogne ce qui passait à portée de sa poigne.

— « Beautiful ! », fit-il en palpant de toute sa paume la soie bronze de la robe de sa prisonnière et ses doigts velus jusqu'aux métacarpes s'appliquaient à naviguer vers l'aisselle.

On donne des gifles pour moins que cela dans les cinémas, se dit Lison, pourquoi me laisserais-je faire ? Parce qu'il a l'immunité diplomatique et qu'il sent bon et qu'il est tellement viril avec ses poils d'animal qu'il exerce sur moi une sorte de fascination sexuelle ? Le regard gouailleur d'une des invitées lui redonna son courage, elle arracha son bras de la poulpe des mains.

— Je cherche mon mari, dit-elle, comme on profère une menace. Vous ne le voyez pas ?

D'ailleurs, où était-il, ce mari ? Il aurait pu la chercher, lui aussi. Mais Claude, c'est vrai, elle l'avait déjà remarqué, avait tendance à devenir invisible dans les cocktails, à la fois l'objet et le sujet d'une activité impérieuse qui l'employait à plein temps : Claude conspirait.

« Si, si, je t'assure, c'est encore là que l'on travaille le mieux », avait-il remarqué plusieurs fois. Oui, il était probablement en ce moment dans un des petits salons. L'ambassade de Grande-Bretagne était criblée de petits salons. A force d'avoir gardé l'impression que le monde entier est leur colonie, les Anglais préservent magnifiquement leur image de marque dans le monde en question. Rien de plus spacieux, de plus élégant, de plus fleuri qu'une ambassade d'Angleterre. Sans nul doute, Claude était avec quelques chers collègues en train de parler « shop », comme ils disent dans leur jargon. Entre deux rires, faisant tinter les glaçons dans leurs verres, un canapé nappé d'une asperge blême ou d'un saucisson corné entre les doigts, ils se chuchotaient des choses sérieuses, l'air léger, et chacun, en aparté, révélait à son favori la moitié de ce que lui avait livré sous le sceau du secret le chef de mission d'un de ces gouvernements qui ont pour habitude de ne jamais révéler que le quart de la vérité. Les cocktails étaient probablement les seuls endroits où le radar de Claude ne le dirigeait pas inéluctablement vers les femmes et où il laissait sans vergogne la sienne se débattre avec les satyres de société. Afin de ne pas subir un nouvel assaut de « la bête », Lison fit une pirouette et se retourna. Zut, sur l'autre flanc c'était moins dangereux, mais plus ennuyeux encore. Jean-Luc de Hun appartenait à cette sorte de diplomates qui tentent de se prendre pour des héros de Montherlant et, partant, professent une supériorité *a priori* vis-à-vis des femmes et de toute espèce en général pour peu que celle-ci ne s'apparente pas à celle à laquelle ils appartiennent eux-mêmes. En l'occurrence, pour M. de Hun cette espèce était celle de l'*homo nordicus*, mince, bagué au petit doigt, comme un coq de bonne volière, d'une chevalière aux armes de sa famille hobereaute et refoulant sans trop de peine, pour les besoins de son avancement dans la carrière — quand ses aînés n'y seront plus — des tendances légèrement pédérastiques dues à des séjours prolongés dans les pensions d'une province dont il gardait à son regret l'ombre d'un accent.

— Comment hallez-vous ?

Un air de dégoût distingué erra sur le visage de l'attaché, tandis qu'il ramassait du bout des doigts la main qu'on lui tendait et s'inclinait vers celle-ci sans l'effleurer des lèvres, avec cet excès de courtoisie qui finit presque par frôler la muflerie.

Dans la grande tradition des phrases inutiles, Lison, sans s'attarder à y mettre le ton, répondit qu'elle allait on-ne-peut-mieux-merci, quoiqu'il fît encore si froid, et s'enquit de la santé de la pâle épouse de Hun dont on apercevait le visage flétri d'ennui à l'autre bout de la pièce. La pâle épouse allait aussi très-bien-merci. C'est ce genre de femme-là que les mufles appellent les « mal-baisées », pensa Lison avec une soudaine envie d'être grossière. Et qui les baise mal, les mal-baisées ? Voulez-vous le dire ? Au lieu de penser tout haut, comme il lui en venait trop souvent l'envie depuis qu'elle était devenue, elle, un objet de représentation, elle feignit de regarder sa montre et ses yeux errèrent au-dessus de la forêt de têtes qui commençait à se clairsemer par endroits.

— Avez-vous vu mon mari ?

— Je crois que le conseiller... commença Jean-Luc.

La maîtresse de maison, Sybil Burton-Bruce, s'approcha d'eux.

— Lison, il faut absolument que nous déjeunions

ensemble, dit-elle avec son délicieux accent anglais, nous nous le sommes promis.

Menacée avec élégance par une quarantaine proche, Sybil demeurait d'une minceur de page. Ses cheveux très noirs tombant tout plats de chaque côté de son visage tracé d'une plume aiguë, elle avait une de ces bouches anglo-saxonnes légèrement soulevées par les dents et qui avancent loin des joues comme un gros fruit voluptueux. De longues écharpes fluides flottaient savamment de chaque côté de son corps, donnant à sa silhouette quelque chose d'aérien. Elle s'habillait avec cette perfection dans les couleurs, ce raffinement à la fois discret et éclatant qui est l'apanage d'une minorité et dont la majorité des femmes tente en vain de percer le secret. Malgré sa beauté, elle était gentille. Puisque la vie diplomatique est un peu comme la vie scolaire, se disait Lison, quand on est amené par hasard à établir des liens avec son voisin de pupitre, je crois que, s'ils ne sont pas nommés demain à Caracas et nous à Islamabad, nous deviendrons des amies, elle et moi.

Sybil fit semblant de hurler :

— Quel enfer ! Je passe ma vie à dire à Rupert que c'est le dernier cocktail que j'accepte de donner, et puis il y en a toujours un autre que j'accepte de donner. Heureusement, je pars pour la Russie bientôt. J'emmène une amie de Paris avec moi, vous devriez venir. Cinq jours à Leningrad, cela ne vous tente pas ? Tiens, à propos, je ne vous ai pas vue, hier, chez les Russes. Je vous ai cherchée. Il y avait d'ailleurs quelqu'un d'autre qui vous cherchait, un admirateur. Il paraît que vous êtes...

Sa tête en périscope dépassant de la foule, le long ambassadeur de Grande-Bretagne, qui ramait depuis un moment avec énergie pour rejoindre sa femme, la saisit enfin par le coude :

— *Dear*, les Norvégiens s'en vont, ils sont près de la porte, peux-tu ?

— J'y cours, mais toi, envoie quelqu'un pour s'occuper

de l'évêque, veux-tu ? Il est seul dans son coin. Où est passé Morgan ? Il faut absolument qu'il représente les *drinks.*

Sybil, agitant les amandes pourpres qu'elle avait au bout des doigts, envoya un baiser dans l'espace à Lison :

— On s'appelle bientôt, n'est-ce pas ? N'oubliez pas de réfléchir, pour Leningrad.

Une grosse dame ligotée de perles et qui attendait son tour avec la patience indestructible des snobs, ayant raté la maîtresse de maison, se rabattit sur Lison.

— C'était charmant, cette petite soirée l'autre jour, vous n'avez pas trouvé ?

(Qui est-ce celle-là ? De quoi parle-t-elle ? Il va vraiment falloir que je commence à me souvenir de la tête des gens.)

— Oui, charmant. Lison sourit vaguement dans l'espace, sans trop oser regarder l'inconnue. — Vous n'avez pas vu mon mari, par hasard ? Je viens d'entreprendre une recherche en règle pour le retrouver, mais...

— Inutile de continuer, il va arriver d'une minute à l'autre, c'est sûr. Vous, par contre, j'ai eu un mal fou à vous découvrir, dit une voix derrière elle dont elle reconnut immédiatement le son grave.

— Tiens ? Sven.

Elle s'étonna de se sentir contente.

Sven ouvrit sa main carrée et la lui offrit comme on passe un objet lourd.

— Vous mentez très mal, dit-il après que la grosse dame, privée de son écoute, se fut estompée en serrant les lèvres.

— Et vous, vous écoutez aux portes.

— Oui, c'est pour cela que je sais beaucoup de choses. Je sais, par exemple, que mon fils Claës se croit désespérément amoureux d'une de vos filles et qu'ils ne se sont pas beaucoup quittés depuis la chasse.

— Cela, je le savais aussi. Hier soir je l'ai croisé dans le vestibule à des heures indues, votre fils ; il ruisselait de neige fondue comme un parapluie. Il n'avait rien mangé et

Délia, qui affecte d'être un pur esprit, sauf quand elle a faim elle-même, a passé des siècles dans la cuisine pour lui concocter des recettes savantes, alors qu'elle n'avait pas même commencé ses bagages.

— C'est un geste ancestral. Les femmes nourrissent toujours les hommes qu'elles vont aimer et qu'elles finiront d'ailleurs par bouffer. Moi, notez, je serais très content s'ils avaient une vraie aventure. Cela serait intéressant pour nous, les parents, vous ne trouvez pas ? Et, de plus, en ce qui me concerne...

— Ah, te voilà ! cria soudain Claude comme si c'était lui qui avait passé la soirée à la chercher. Il posa sa main d'une façon de propriétaire sur l'épaule de Lison, puis se tournant : — Eh bien, je croyais que l'on ne vous voyait jamais dans les cocktails ? Vous faites la cour à ma femme, vieux Sven ? Toujours aussi coureur, alors ?

— Non, dit Sven, je ne cours plus. Je tombe amoureux maintenant. C'est beaucoup plus grave. Et il vida d'un coup son verre de vodka. — Vous partez ? Moi, Sybil m'a demandé de les aider à finir les restes, mais je m'inquiète beaucoup, il me semble qu'il ne reste rien. A bientôt, vous deux. Vous voyez, ajouta-t-il en regardant Lison, je vous l'avais bien dit.

Sa bouche se détendit lentement en une grimace énigmatique et il tourna le dos.

— Bien dit quoi ?

Claude mettait trop de vigueur à écraser son mégot dans le cendrier.

— Oh, je ne sais pas. Je lui avais demandé s'il t'avait vu.

La réponse évasive de Lison se perdit dans le brouhaha des adieux, tandis qu'elle observait Sven qui disparaissait vers la pièce voisine.

Ses manches sont trop longues, se dit-elle. Il est fringué comme un manche.

— Je suis content d'être seul avec toi ce soir. Claude savait adoucir ses yeux, comme on rectifie l'intensité d'une lampe. — Cela ne nous était pas arrivé depuis longtemps et cela ne nous arrivera plus de sitôt avec tous ces dîners, sans oublier la fête que donne Ida, samedi, mais surtout il y a cette fichue visite du ministre des Transports que j'accompagne en Laponie. Et mon cher ambassadeur ne m'épargnera pas la besogne, tu sais comme il est pointilleux. Note, je ne me plains pas, c'est merveilleux de se retrouver à quarante ans, dans la relation un peu oubliée « élève-professeur », enfin, quand on a de l'estime pour le professeur. N'empêche, il faut profiter de tous nos instants de liberté d'ici là.

Il encercla les jambes de Lison sous la table avec ses pieds. Pââvo, encadré sans bruit dans l'embrasure de la porte, son plat à la main, tressaillit du regard avant de redevenir imperturbable pour se pencher vers Lison.

— Tu as remarqué comme il remarque tout ? dit Lison quand le maître d'hôtel fut reparti. J'ai parfois l'impression d'être surveillée par un témoin à charge. Cela me donne envie de faire des bêtises. Au moins lui en donner pour son argent. Monter sur la table le poing sur la hanche, ou lui pousser son plat dans la figure. Vlan ! Qu'il en ait jusqu'aux yeux de la béchamel !

— Ne te gêne surtout pas pour moi, j'adore les scandales.

Claude tendit sa main vers Lison. Elle fit glisser sa bague entre les doigts de son mari :

— C'est vrai, chéri, tu vas bientôt t'en aller en Laponie. Moi, Sybil Burton-Bruce m'a demandé de venir en Russie avec elle. Cela me tente.

— Oui, pourquoi pas ? Claude avait l'air de ne pas avoir vraiment écouté. — Alors, ajouta-t-il, tu n'es pas trop triste d'avoir vu partir tes enfants ?

— Si, je suis trop triste.

— Moi, pour dire vrai, le départ de Délia me soulagerait plutôt, mais cela mis à part je commençais à m'habituer à être un pater familias. Cela ne s'est pas mal passé dans l'ensemble ces quelques jours d'initiation fraternelle, tu ne trouves pas ?

— J'espère que cela ne deviendra pas une fraternité incestueuse. J'ai trouvé que Sylvie avait l'air mélancolique de dire au revoir à Lawrence.

— Oh, un peu d'inceste, c'est assez sain. Si j'avais eu une sœur, je me vois assez bien me comportant comme Byron, ou le demi-frère de Virginia Woolf. Qu'y a-t-il de plus *sui generis* que sa propre sœur, au fond ? Mais sa fausse sœur, c'est une variante intéressante. Où est-elle, au fait, Sylvie ?

— Elle dîne chez les Danois. C'est fou ce que vous êtes accueillants avec les petits des autres dans la famille diplomatique. Une espèce de loi de la jungle ?

— En quelque sorte, je crois que nous avons tous un peu honte de faire de nos enfants des êtres sans racines, des gens qui passent leurs vacances au Pakistan ou en Thaïlande depuis leur naissance, mais n'ont jamais l'avantage d'aller s'ennuyer dans la même vraie maison de famille, avec de vrais cousins. Alors, on leur compose de fausses maisons de famille où on leur procure des faux cousins pour qu'ils ne deviennent pas des névrosés du voyage comme leurs parents.

— Mais il faut reconnaître que vous savez soigner vos névroses. Vous avez presque tous un violon d'Ingres et vous trouvez le temps de jouer de vos instruments. Toi, avec ton livre par exemple.

— Au fond, tu aimes bien la vie diplomatique ? Claude narquois se balançait sur sa chaise. — Malgré la sévérité dont tu fais souvent preuve à notre égard.

— J'en aime certains aspects. Votre aptitude de bohémiens de luxe à planter votre tente n'importe où et puis à la replier. J'admire cela parce que c'est tellement peu moi, qui appartiens à un quadrilatère de macadam au cœur de Paris-VIIe et qui me sens en exil partout ailleurs, qui tiens farouchement à mes amis et qui m'attriste déjà à l'idée de perdre ceux que j'aurai faits ici. Mais je n'aime pas l'aspect superficiel de vos vies, ce détachement du cœur, cette obligation où vous êtes d'oublier, pour pouvoir précisément renouer ailleurs d'autres liens, et puis cette pudeur que vous avez d'admettre que vous travaillez dur. Il y a toujours un petit côté « Congrès de Vienne » dans votre comportement. Cela choque la paysanne en moi.

Claude mit son menton dans sa main comme quand il était sérieux.

— « Surtout pas trop de zèle », disait mon ami Talleyrand. Une de nos plus vraies vertus à mes yeux, cette légèreté d'apparence. Et une de ces petites phrases qui en disent plus long qu'elles n'en ont l'air sur le métier de diplomate. Celui qui se tromperait d'un mot dans sa citation et dirait par exemple « Pas de zèle », ne mériterait pas l'appellation.

Claude se versa un verre de bordeaux.

— Au fond, c'est une profession « iceberg » que la nôtre, dont les prolongements ne sont pas visibles à tous. On fait semblait de vivre en surface et on est à la source des choses. On vous prétend occupé des potins de salons ou de cours, on connaît les secrets des gouvernements et des intrigues politiques. Et, sous prétexte que l'on sait garder la tête froide — ça, c'est le côté « énarque » du diplomate — on croit que l'on n'a pas le cœur chaud. Il me semble, moi, que la plupart d'entre nous ressentent pour leur pays une tendresse que n'éprouvent pas toujours ceux qui y vivent. La France, pour moi, c'est quelque chose d'immense dont je me fais une certaine idée, pour paraphraser un de tes héros, et que j'ai l'impression et l'intention de servir. Ce n'est pas rien comme emploi du temps.

— C'est drôle, je ne pense jamais à toi comme à un énarque, dit Lison.

— J'aurais aimé être professeur, comme mon père, peut-être même à Nantes, comme mon père. Mais en fait lui et moi nous partageons les mêmes goûts. Il enseignait l'histoire et moi, si je ne la fais pas, je la vis. Et tu vas la vivre aussi.

— Par personne interposée, c'est moins... vivant, dit Lison. D'ailleurs, d'une façon générale, je trouve vos femmes plutôt moins heureuses que vous. Cela ne leur réussit pas toujours bien de bénéficier d'un faux luxe dans des meubles qui ne sont pas à elles. En dessous de ce vernis elles ont la part dure, les pauvres tartes. Elles ne sont pas en mesure d'exercer une fonction et elles ont cependant un métier à plein temps. Et, de ce fait, « les épouses », comme on les appelle gracieusement, doivent obéir, pendant toute la traversée de la carrière de leur mari, à une supérieure hiérarchique. A quelque étage que l'on soit dans la pyramide, on a l'ambassadrice au-dessus de soi, comme une belle-mère chinoise dans un roman de Pearl Buck. Pas étonnant que, quand elles accèdent aux sommets, certaines de ces femmes-là soient aussi cruelles et despotiques que les belles-mères chinoises. Et même les autres, « la mienne », par exemple, elle est charmante, mais qu'a-t-elle été amenée à exiger de moi, que m'a-t-elle fourgué en partant pour quinze jours ? Ses crèches. Ses ambassadeurs en fin de poste et j'ai déjà dû retenir une date pour le goûter des vieilles dames qu'elle doit organiser. Alors, imagine la vie de la femme du troisième secrétaire ! Des années d'obéissance devant soi, pour accomplir un métier qui demeure celui de l'autre. Il faudrait les rémunérer toutes ces femmes, cela serait moins ingrat. Non, j'ai de la chance, ou plutôt tu en as que je sois montée dans un des wagons de tête, je m'imagine mal dans le train-train. J'aurais fait des étincelles.

— Je trouve que tu ramènes toujours un peu trop le problème aux femmes, et pourtant je suis féministe.

— Juste ! Je pense à nous d'abord. Cela m'est venu après que j'ai pris la décision de quitter Maurice. J'ai eu le loisir de réaliser alors, d'une façon tangible, quotidienne, que sans la protection d'un mari on — enfin la majorité agissante — vous traite un peu comme une prostituée sans mac ; c'est-à-dire mal. Si on est veuve, on doit probablement bénéficier d'une pitié de faveur, mais libre, on est condamnée sans appel. Je me suis durcie. Au fond, c'est toujours l'expérience qui modifie vos points de vue, et maintenant, c'est vrai, je suis un peu systématique. Je choisis par exemple plus volontiers un médecin femme, un dentiste femme... Ce n'est pas parce que je leur fais plus confiance *a priori,* mais je veux les favoriser parce qu'elles ont un handicap de par leur sexe même.

— Tu n'es pas comme cela en tant que mère, dit Claude. Il me semble que tu es particulièrement proche de Lawrence.

— Il est possible qu'un lien particulier s'établisse entre vous et votre premier enfant, mais il ne faut pas oublier non plus que non seulement Lawrence est le plus tendre des trois, c'est aussi celui qui a été le plus fragile dans la petite enfance. Cela dit, tu dois avoir raison, et moi j'ai dû être conditionnée. J'ai été fière de savoir fabriquer un homme, on vous persuade tellement que c'est plus honorifique.

Claude se détendit sur sa chaise.

— Moi, j'aurais aimé avoir sept filles, comme l'ogre. Bien entendu, si elles ne m'infligeaient pas le même traitement que la tienne.

Lison secoua sa main devant elle :

— Je ne regrette rien. Ta fille unique me suffit. Elle m'intimide terriblement. Elle fixait maintenant la table, un peu gênée. — Peut-être parce qu'elle se livre très rarement, mais je n'ai pas l'impression de l'avoir encore rencontrée. C'est vrai, elle retourne à Nantes dans deux jours et nous avons à peine avancé dans la découverte l'une de l'autre. Je sens que nous pourrions nous entendre, mais elle est tellement silencieuse et calme, c'est une race d'êtres que je manie avec hésitation.

— Elle n'a pour ainsi dire pas connu sa mère. Elle a été élevée en province par une vieille dame. Tes Parisiens exubérants ne sont pas de la même nature. Tu lui feras beaucoup de bien quand elle te connaîtra mieux. Il faut absolument que j'encourage ma mère à la laisser venir vivre avec nous. Mais elle a été une grand-mère si efficace et si dévouée, cela sera terrible pour elle de se retrouver seule. Il soupira. — Ce que les gens commencent en sacrifice devient souvent une source de bonheur pour eux, ma mère est renée de ma fille, j'aurais l'impression de la précipiter à nouveau dans la vieillesse en la séparant d'elle... Sylvie se méfie un peu de toi, reprit Claude, elle a aperçu pas mal de créatures passagères à mes côtés, il faut bien le dire. Cela n'a pas dû être toujours facile d'être ma fille.

— Je me demande si c'est toujours facile d'être ta femme.

Lison se leva et repoussa la lourde chaise en bois fruitier contre la table, elle enchaîna comme pour éviter le commentaire de Claude :

— Au fond, l'enfant dont je m'ennuie le plus c'est celui qui m'a donné le plus de mal : Délia. Je m'ennuie physiquement d'elle. Elle m'a paru plutôt morose de partir, elle aussi. Sven me disait que son fils était très amoureux et que...

— Un drôle de gars, ce Sven ! Il y avait une nuance d'irritation dans la voix de Claude. — Toi qui as tant de mal à être intime avec les gens, tu l'appelles déjà par son nom ?

— Je ne sais pas. Je ne l'appelle pas. Elle tendit son verre : — Donne-moi encore un peu de vin pour avec mon café.

— J'aime ton mauvais français exprès.

Claude emplit la coupe en forme de ciboire. Ils s'assirent l'un contre l'autre dans le salon bleu, un plaid sur les genoux. Le fumet enveloppant d'un alcool de poire glacé puis réchauffé entre les mains de Claude distribuait en volutes sa saveur subtile au rythme des gestes, cependant qu'ils s'employaient à abolir le temps en parlant.

— Pourquoi t'interrogeais-tu tout à l'heure sur les difficultés qui attendaient mes... ma femme ? demanda Claude qui n'oubliait jamais le fil d'une conversation.

— Ton lapsus en dit long ! Parce que tu vous échappes. Si je croyais à l'astrologie, je dirais que tu es véritablement un « poisson ». De t'aimer ne me donne aucun droit sur toi et il n'y a pas besoin de parler de ta notion de devoir. Elle existe, mais elle est extrêmement personnelle. Oui, c'est difficile pour moi de t'aimer, enfin je veux dire d'être ta femme, parce que je demeure une petite-bourgeoise au fond, avec des caractères acquis, une vision des choses, et que tu caramboles tout cela ; mais en fait (elle posa sa main sur celle de Claude), c'est lorsque je suis seule avec toi que je t'aime le plus facilement. Quand nous échangeons des idées, j'ai l'impression que nous formons un couple. Lison eut un rire fêlé. — La grande nostalgie du couple qui demeure en moi, malgré moi. Je n'ai plus de mélancolie à me souvenir que j'ai démoli quelque chose et compliqué, ce faisant, la vie de mes enfants. Tout devient évident, je sais pourquoi j'ai renoncé à ma vie dans la seule ville du monde où je me sente totalement bien.

Claude interrompit sa femme, il avait tout à coup une voix très basse :

— Je me dis quelquefois que tu aimes encore Maurice.

— Mais c'est vrai. On aime d'une certaine façon les êtres que l'on a aimés. J'aime peut-être encore aussi le premier garçon dont je suis tombée amoureuse à seize ans. Lison était sur le point d'ajouter qu'il y avait en tout cas quelque chose de nouveau dans le sentiment qu'elle éprouvait pour Claude. Avec lui, elle découvrait cette chose cruelle et noire, la jalousie. Mais elle ne se sentit pas la force d'abattre toutes ses cartes, elle n'avait déjà que trop tendance à être trop sincère avec lui. — C'est toi que j'aime et que j'admire aujourd'hui, dit-elle après un silence.

— Tu es la femme avec laquelle je me sens le mieux. Claude, enfoncé dans le divan, remonta la couverture encore plus haut vers son menton. Il murmura comme s'il se parlait à lui-même : — ... et celle qui m'a fait les compliments les plus agréables que j'aie reçus. Je ne veux pas savoir s'ils sont mérités, mais ils donnent l'impression d'avoir été fabriqués sur mesure.

— Des compliments sur mesure pour un être qui était déjà tout fait, quand je l'ai rencontré. Lison avait l'air triste tout à coup. — Tu ne trouves pas que c'est ce qu'il y a de douloureux dans des aventures de ce genre : hériter de quelqu'un qui est à peu près terminé ? Nous sommes tous les deux chargés de souvenirs qui n'appartiennent qu'à l'un de nous, marqués comme un passeport plein de tampons et de visas... et de visages... Usagés, quoi.

— Plein de tampons ? Je ne sens pas cela du tout. Rien n'est indélébile au contraire et j'ai encore beaucoup de pages blanches. Tu peux m'aider à effacer certaines traces et à recommencer.

— Mais précisément, c'est difficile, le recommencement.

— Pas pour moi. Je ne sais même plus très bien comment était le commencement.

— Pourquoi si vite, sans presque que nous nous connaissions, m'as-tu demandé de t'épouser, Claude ? Et pourquoi ai-je accepté ?

— Réponds d'abord.

— C'est tout simple. Je suis tombée amoureuse de toi, tout à coup, l'idée de vivre sans toi m'a paru insupportable. Je ne me suis pas même demandé si cela allait être supportable de te suivre au bout du Nord. Il y avait longtemps que je n'avais pas eu aussi envie de quelque chose. Redoutable aveu !

— En ce qui me concerne, c'est pour faire ce que je n'ai jamais vraiment fait. Pour aimer. Jusqu'ici, j'ai seulement été amoureux. La mère de Sylvie est morte si vite, elle demeure pour moi la femme enfant de David Copperfield ; d'ailleurs, c'est amusant, j'étais justement amoureux de cette Dora quand j'avais quinze ans, de la petite Emilie aussi, note. Non, reprit-il, ce à quoi je trouve du plaisir pour la première fois, c'est de vivre avec un être. Claude posa sa tête sur l'épaule de Lison. — Vivre de l'aube au soir, partager ta brosse à dents, te voir mal coiffée, faire l'amour au milieu de la nuit... Au fond, jusque-là j'avais seulement eu envie de femmes provisoires, à usages limités. Toi, tu m'intéresses tout le temps, je ne m'ennuie jamais quand nous sommes ensemble.

— Moi non plus, dit Lison. On a de la chance. Mais toi, avouons-le, tu ne t'ennuies jamais, point. Tu as été amoureux de tout le monde, contrepoint.

La porte s'ouvrit.

— Vous êtes encore là ? Mais il est deux heures du matin. Sylvie semblait stupéfiée. — Moi je venais éteindre, je croyais que quelqu'un avait laissé allumé par erreur.

Lison eut encore une fois un sourire intérieur. Comme les enfants ont des points communs ! Ils n'en reviennent jamais que l'on puisse s'adonner aux mêmes excès qu'eux. C'est comme si on les trahissait en les privant du privilège de l'inattendu. Elle esquissa un geste de recul, fautive sans avoir péché.

Claude appuya plus fort sa tête sur l'épaule de sa femme :

— Tu vois, nous faisions un voyage en troïka. Il montra la couverture. — Mais on était presque arrivé. Tu t'es bien amusée, toi ?

— Oh, ils étaient tous plutôt jeunes, dit Sylvie, mais c'était pas mal.

Elle embrassa son père sur le front et, hésitante, se tint près de sa belle-mère, ne sachant quoi faire.

— Embrasse-moi aussi, tu veux bien ?

Lison s'étonna de prendre un plaisir imprévu au contact de cette joue fraîche. C'est terrible le sentiment maternel, se dit-elle, cela doit être quelque chose de partiellement remplaçable, comme un amour pour les chiots. Ce n'est pas « ma » fille, mais c'est une « fille » et, de ce fait, j'éprouverais une tendresse *a priori* pour elle, même si elle n'était pas « sa » fille. Il y a quelque chose de vexant à être si animale, et puis si Délia me voyait...

VI

— Tu as trop bu, ça te val mal.

Lison regardait Claude sans ciller des yeux.

Etalé dans un fauteuil, jambes ouvertes, épaules en avant, il souleva lentement sa tête :

— Tu commets une grave erreur en disant cela en ce moment. Puisque j'ai trop bu, je n'ai pas toute ma conscience, mais j'en ai assez cependant pour me souvenir que tu m'as insulté alors que j'étais sans défense et que conséquente... conséquemm...

— Ecoute, tu devrais aller te chercher un verre d'eau pour changer et puis aussi te rafraîchir le visage. Je t'en prie, ajouta Lison.

Elle se détestait dans ce rôle d'infirmière, mais que faire ? Il n'avait besoin que d'une infirmière pour l'instant.

— Mais regarde-les ! Ils ont tous trop bu. C'est comme ça qu'elle nous veut. On lui fait plaisir. La voix de Claude, qu'il croyait confidentielle, fit un couac en fin de phrase.
— Elle nous aime SAOULS ! hurla-t-il à son insu.

— Tu aurais dû accepter d'aller prendre la deuxième collation, au lieu de rester là. Ils sont encore dans la salle à manger. Tu ne veux pas qu'on essaye ? Avaler quelque chose te ferait du bien.

— Je ne veux à aucun prix me faire du bien. Laisse-moi être mal, veux-tu, même si cela me va mal. Sois... sois..

bénévolente pour une fois. Je veux rester avec les autres.

Il montra du menton quelques couples affalés.

« Les autres » — ceux qui n'avaient pas eu la force non plus de profiter de cette habitude finlandaise d'offrir un deuxième repas aux invités qui vont bientôt reprendre la route par un rude climat — les autres n'allaient pas très bien non plus, en effet. Sous la lumière tamisée par les grands abat-jour qui ponctuaient de clarté une ombre savamment préservée, sur les sièges en bois d'essence rare, sur les canapés aux précieuses étoffes, parmi les coussins de soie, des gens murés dans la solitude amère de l'alcool attendaient patiemment de changer d'état. Parfois l'un d'eux, rompant un instant le maléfice, se levait et se mettait à palabrer avec une faconde oiseuse, sans même se préoccuper d'un auditoire. Puis la pièce retombait dans cette sorte de silence pesant, cette immobilité figée qui est l'apanage des grandes beuveries du Nord.

J'ai l'impression de faire de la figuration à la fin d'une séquence orgiaque un peu ratée et je ne sais pas très bien mon rôle. Où est donc passé le metteur en scène ? Lison, se détournant de Claude, regarda autour d'elle.

Ida von Ranenberg était l'hôtesse par excellence d'Helsinki. Son salon, La Mecque et la manne des chroniqueurs mondains. Elle tenait beaucoup à ce privilège. Ida avait sûrement été très belle il y avait très longtemps. Poursuivant dorénavant contre le temps un combat farouche fait du courage d'ignorer que son adversaire était assuré de la victoire, elle n'avait plus d'âge à force d'avoir dissimulé celui-ci. Ses traits, son corps n'étaient qu'artifices et réparations. Il finissait par émaner d'elle une sorte de beauté abstraite d'œuvre d'art sans cesse parachevée. Chaque semaine, Ida émergeait des mains et des onguents de ses masseurs et renaissait de ce qu'elle appelait, faisant clignoter les diamants qui encerclaient ses bras grivelés, « les petites fêtes », sa forme à elle de transfusion de sang.

Plus que de l'élégance extrême et du raffinement de ses réceptions, Ida s'enorgueillissait surtout de ses talents de chimiste pour mélanger les genres de ses invités sans faire virer le plaisir de chacun à devoir côtoyer son contraire. Flattés sans exception d'avoir été désignés, princes de toutes couleurs, snobs irréparables, secrétaires d'ambassades autant qu'ambassadeurs, fournisseurs modestes dont elle avait apprécié la pratique s'entremêlaient dans ses salons avec les industriels exagérément fortunés, les artistes à succès et à insuccès, grossis du pourcentage habituel de ces intellectuels marxistes qui poussent le dégoût de la société jusqu'à son exploitation.

Il n'y avait vraiment que deux constantes aux fêtes d'Ida : une fois traversé le jardin ombreux, dès que l'on franchissait le perron de la lourde maison gardée sur chaque flanc par sa noire sentinelle de sapins, l'hôtesse se reconnaissait le droit d'appeler chaque invité « chéri » dans une des nombreuses langues qu'elle maîtrisait ; ensuite, la jeunesse des autres détenant encore le pouvoir de lui donner des illusions sur la sienne, le fond du décor était invariablement constitué de filles belles, disponibles et interchangeables et de jeunes gens musclés dans les mêmes dispositions.

Il restait un halo de mystère autour du personnage d'Ida. Cela renforcé par le fait qu'au travers de sa vie accidentée elle avait toujours habité la demeure de son père, célèbre peintre officiel de la fin du siècle, mort dans les honneurs, et dont, des escaliers aux corridors, les toiles, les esquisses, les gravures occupaient l'espace des murs de soie jaunie. Ida n'avait jamais voulu changer son cadre initial. Beaux meubles polis par les ans, photographies sépia, souvenirs sous globes, arbres généalogiques aux complexes ramures et mille portraits d'Ida, Ida à nattes, à bandeaux, à ombrelles, avaient gardé la pose dans le décor suranné des dentelles et des tapisseries. La propriétaire pouvait ainsi à perpétuité se sentir une petite fille gâtée sous le toit de ses parents.

Personne ne savait exactement combien de maris elle avait installés pour des baux provisoires dans le lit ancestral. Le dernier, un baron balte, lui avait coûté assez cher, disait-on, mais surtout on murmurait qu'un homme politique de premier plan s'était suicidé pour elle, ou bien, au contraire, était-ce Ida qui avait brandi un pistolet sur l'amant infidèle ? Les inconnus de son existence continuaient à alimenter les feux d'une curiosité dont Ida elle-même n'hésitait pas à entretenir la braise.

Claude assurait qu'elle n'avait pas changé depuis dix ans. Dès leur première rencontre, Ida s'était prise d'un engouement pour Lison, par les effets de cette attirance qu'exercent les âmes demeurées simples sur les êtres faisandés. Lison aimait bien Ida aussi. Elle savait détecter une générosité originale sous le masque de l'oiseau de proie et puis, par les mystérieux hasards des rencontres humaines, Lison pensait toujours à sa mère en regardant Ida. Son parfum à la violette ? Ou le bleu clair de ses yeux ? Si l'on a beaucoup aimé sa mère, on ne se remet probablement jamais tout à fait de l'abandon que représente sa mort et souvent, à son insu, on continue à chercher des fac-similés, à se fabriquer des fausses mères passagères contre lesquelles on frotte sa joue avec un plaisir trouble. Quand Lison posait sa joue contre la peau trop poudrée de la baronne von Ranenberg, une petite joie furtive traversait son souvenir.

Lison mit la main sur l'épaule de Claude.

— Alors, puisque tu ne veux pas prendre quelque chose, partons !

— Mais il est bien trop tôt aussi pour prendre ce genre de décision.

Lison souleva un rideau. Une lune blême flottait dans le ciel où l'aube déjà rose de ce début d'avril allait inscrire sa clarté. L'air était perle. Elle se sentit soudain comme un de ces personnages falots dans une pièce russe, qui n'arrivent jamais à leurs fins et regardent par la fenêtre en se désolant doucement de leur médiocrité. En se retournant, elle crut pourtant que son mari avait changé d'avis, car, prenant son temps pour reconquérir la positition verticale, Claude était en train de se lever. Mais il tourna le dos à Lison et marcha d'un pas irrégulier vers une grande brune qui venait de pénétrer dans la pièce.

— Ingridissime ! On ne s'est pas vus depuis des années-lumière. Dans mes bras ! Claude embrassa une jolie créature au visage sot et, s'écartant d'elle, esquissa un geste emphatique, qui s'apparentait à une caresse, contre son corsage échancré jusqu'à la taille. — Qu'elle est belle ! D'où venez-vous à cette heure-ci, déesse ?

— D'une autre soirée, dit la déesse d'un air blasé. Il y avait une réception aussi chez Gunnar et Kaya. Il paraît que tout le monde va venir ici tout à l'heure. Je suis vannée.

Cette sorte de femme que cela fatigue de s'amuser et qui continue. Lison eut une grimace exaspérée.

— Vous n'auriez pas l'heure ? demanda-t-elle à un inconnu qui traversait le salon les bras raides, l'œil fixé dans cette perplexité sérieuse de celui qui concentre ce qui lui reste d'attention à prétendre ne pas être ce qu'il est.

L'homme étudia sa montre de très près.

— Il est plus une, dit-il avec un fort accent slave.

— Allez, viens ! Lison s'approcha du canapé où Claude s'était enfoncé à nouveau, la grande brune à ses côtés. Celle-ci serrait un verre contre ses seins et, de temps en temps, tendait la coupe à son voisin dont les yeux s'entrouvraient un instant dans une extase abrutie. — Je vais aller chercher la voiture et on s'en va, insista Lison.

— Moi je reste, n'est-ce pas, déesse ?

Claude ferma définitivement les yeux.

— Bon. Eh bien, je vais me coucher.

Lison se dirigea vers la maîtresse de maison qui sortait de la salle à manger et parlait à ses deux employées. Ces femmes avaient dû travailler pour Ida dès sa jeunesse, mais sans bénéficier, elles, des mensonges de la chirurgie esthétique. Encore accortes dans leurs blouses roses, les festons de leurs coiffes ancillaires que l'on retrouvait aussi au bord de leurs tabliers contrastaient étrangement avec leurs visages tragiques de vieilles de Goya.

Lison embrassa son hôtesse.

— Vous voulez m'excuser, Ida, j'ai la migraine. C'était magnifique, comme toujours.

— Cara, il ne faut pas partir. Je viens de demander que l'on prépare le sauna.

Les yeux encore mi-clos, Claude cria en direction de sa femme :

— Merveilleuse idée ! Viens au sauna, chérie. D'abord, puisque tu prétends que je suis saoul, tu vas me voir dessaouler, et puis (sa voix se fit emphatique), c'est une cérémonie purificatrice, initiatique, nordique ! Le rituel du sauna, il faut que tu voies ça.

— Une autre fois.

Lison partit vers la chambre d'Ida et se mit à fouiller pour retrouver son manteau dans la pile de fourrures accumulées sur le lit et que le mur en glace vénitienne répétait à l'infini.

Claude était debout devant elle quand elle releva les yeux. Il avait l'air d'un enfant sans mère. Elle sentit qu'elle l'aimait et qu'elle aurait du mal à partir sans lui.

— Tu ne vas pas me laisser seul tout de même ?

— Bon, je reste un peu, mais...

S'appuyant contre elle, Claude la prit par la taille.

Dans l'entrée, Ida rassemblait son troupeau.

— Allez, Claude, vous qui connaissez le chemin, emmenez tout le monde au pavillon, dit-elle, feignant de ne pas remarquer son état. Je vous précède. Et vous aussi, venez, *darling*. Elle effleura la joue de Lison. — Vous verrez, la chaleur vous fera du bien.

La mélancolie était le seul crime qu'Ida ne pardonnait pas. Sans plus attendre, celle-ci ouvrit grands les deux battants de la porte et son ombre fine sautilla dans les allées grises du jardin. Elle était toute prête et avait déjà revêtu un peignoir framboise quand la troupe des invités la rejoignit dans la maison du sauna.

Lison entra dans le vestiaire rose.

— Je n'ai jamais pris de sauna de ma vie, dit-elle au gros dos d'une dame affairée à libérer les vastes conques de sa poitrine comprimée dans le linon.

— Eh bien, je vous attends, nous irons ensemble. Je m'appelle Anna, dit-elle en offrant à sa voisine un sourire de pure porcelaine.

— Est-ce un sauna mixte ? demanda Lison.

— Oui. Ce n'est pas toujours le cas, mais chez Ida c'est comme cela, dit la grosse dame habituée à sa nudité.

Lison la suivit docilement. En sortant du vestiaire, elle avait remarqué que Claude avait disparu.

— Vous voulez le plus chaud ou le moins chaud ? Les hommes d'habitude choisissent le plus chaud, continuait Anna, mais je crois que pour la première fois vous serez mieux dans le petit.

Elle entrouvrit à peine la porte basse et alla paisiblement s'asseoir sur un des bancs, à côté d'une jeune fille transparente qui se poussa pour lui laisser la place.

Lison eut l'impression de pénétrer dans la gueule d'un grand fauve à l'haleine brûlante ; elle suffoquait.

— C'est l'enfer ! Elle mit sa main devant ses yeux. — Je me sens comme un homard à la nage, dit-elle à sa voisine qui visiblement ne comprit pas et remua la tête sans répondre.

— Mais non, mais non, vous allez vous habituer et vous ne pourrez plus vous en passer. C'est une drogue pour nous.

C'était une voix d'homme ensommeillée partie du fond de la pièce. Encore drapée dans sa serviette, Lison écarta les doigts pour regarder autour d'elle. Mais oui, ils étaient nombreux dans le petit espace incandescent. Assis, couchés, debout, se levant tour à tour pour jeter de l'eau sur les pierres rougeoyantes ou se fustiger avec les fines branches de bouleau pendues au mur, chacun poursuivait en silence une rêverie qui gardait son mystère.

C'est drôle, se dit-elle, tout à l'heure il y avait une atmosphère de sexualité tangible là-bas dans la maison et ici on pourrait aussi bien être sur les bancs d'une église. Elle regarda avec étonnement ses voisins qui ne la regardaient pas.

Anna élargit son vaste derrière pour monter sur le banc supérieur.

— Vous venez ? dit-elle.

— Non, j'étouffe déjà là où je suis.

Le silence s'installa à nouveau.

Je me demande quand il sera jugé décent que je sorte d'ici, pensait Lison, cependant qu'elle s'habituait à l'étuve.

Une voix claire se fit entendre de l'autre côté de la cloison :

— Toc-toc !

L'ambassadrice de Grande-Bretagne passa son fin museau dans l'embrasure. Elle avait enroulé une énorme serviette autour de ses cheveux, accentuant son air de jeune prince hindou.

— Chic, vous êtes là, dit-elle à Lison. On m'avait assuré que vous seriez repartie, mais comme je venais d'apercevoir Claude qui s'engouffrait dans l'autre sauna... Il avait l'air très gai, votre Claude. Il y avait aussi une fête très gaie chez Kaya, aujourd'hui. On a eu une *skiddo party* devant leur maison d'Helsinki. La mer commençait déjà à dégeler, cela sera la dernière de l'année, je crois. Rupert et moi, on a gagné la course des ambassadeurs. On a été à une vitesse terrible ! J'en claque encore de peur. Pour une fois, je me suis presque amusée, ajouta-t-elle tout bas.

— Kaya est là ? demanda Lison.

— Non, elle était trop fatiguée. Mais nous avons amené Gunnar. Vous savez, cela tient toujours pour Leningrad. Vous venez, j'espère ? Il faut vite s'occuper des papiers. Elle redressa le turban turquoise qui dodelinait sur son front. — On va à l'eau ? Je ne peux déjà plus supporter cette bouilloire.

— Moi, ce que j'ai du mal à supporter, c'est le fait d'être nue en public.

Sybil, ouvrant à peine la porte pour la laisser passer, examina sa voisine avec sérieux.

— J'aime bien votre corps, dit-elle.

Lison baissa le menton pour se voir avec le regard d'une autre et, vite gênée, sans même lever les yeux vers le ciel marbré de balayures gris et or, elle courut sur la petite passerelle qui conduisait au lac et se lança dans la grande étendue sombre. L'étau de glace, se refermant sur elle, lui donna en un éclair l'impression qu'elle allait couler.

— Mais on est fou ici, dit-elle quand elle eut retrouvé son souffle.

— Détrompez-vous, on est sage. Vous êtes en train de dilater vos vaisseaux et de faire un bien immense à votre organisme.

Gunnar faisait quelques brasses vers elle.

— Quel plaisir de vous revoir, dit-il de la même voix qu'il avait dans les salons. Quel dommage que vous n'ayez pas été libres un moment aujourd'hui, on vous a regrettés.

Je rêve. — Lison s'interrogeait. — J'ai l'impression que nous n'étions pas invités.

Sybil, qui venait de se lancer à l'eau, clapotait dans leur direction.

— Vous savez, Lison va peut-être venir avec moi en Russie.

— Mais tout le monde s'en va là-bas ! Mon beau-frère y repart dans quelques jours, dit Gunnar. Tiens, il avait dit qu'il passerait chez Ida. Je ne l'ai pas encore vu, et vous ?

— Ecoutez-moi, je sors de là. S'il est vrai que je sois encore capable de donner un ordre à mon corps.

Et Lison se hissa sur le tremplin de bois et se mit debout, tout à coup tellement à l'aise dans sa peau après cette double agression qu'elle s'étira longuement, consciente de la volupté que lui procurait son propre geste.

Derrière elle, Gunnar sauta à son tour sur la passerelle.

Flûte, c'est vrai, elle était nue. Cela avait été exquis de l'oublier un instant. Lison se baissa vite vers son peignoir.

On entendit sonner une cloche.

— Les saucisses sont prêtes, dit Gunnar. Il faut maintenant que nous allions nous réchauffer une minute, et puis la douche.

Lison frissonna.

— Pour rien au monde vous ne me ferez retourner dans le four.

— Ce que vous pouvez être française !

Gunnar tapait ses mains velues sur ses cuisses en riant fort.

— Moi j'y vais, dit Sybil.

Et sans hâte, la serviette lancée sur l'épaule, elle se dirigea négligemment vers le sauna.

Les derniers plongeurs avaient déserté le lac. Sous le ciel qui s'éclairait, il avait repris son immobilité coutumière. Au loin, sur l'autre rive, quelques lumières s'allumaient. Pour certains, il allait bientôt faire jour. Gunnar, debout, regardait l'horizon sans parler.

— Quel beau spectacle, dit Lison. Plus je vis dans ce pays, plus j'en apprécie la splendeur.

— La Finlande est comme ses habitants, dit Gunnar, on la comprend lentement et elle vous accepte lentement.

Lison tourna la tête vers lui sans répondre : tiens, c'était la première fois qu'elle le voyait faire preuve d'une quelconque sensibilité.

Lorsqu'elle arriva dans le petit salon tapissé de bois blanc qui jouxtait les deux saunas, Lison s'aperçut avec soulagement qu'elle n'avait pas pensé à Claude depuis quelque temps, mais, avec cette vision sélective qui demeure le propre de ceux que l'amour préoccupe, elle ne remarqua d'abord que lui.

Il était étendu devant le feu, les cheveux bouclés par l'humidité, sa bouche plate détendue dans un demi-sourire de bien-être. Avec son corps un peu trop lourd déjà, son torse nu et lisse d'un beige pâle, que cernait une serviette de bain écarlate, il était beau.

Il ressemble à une de ces divinités népalaises épanouies et ventrues qui rient sur les portes des temples dans la vallée de l'Annapurna, se dit-elle, et elle eut envie de l'embrasser. Oui, elle avait bien fait de ne pas partir tout à l'heure, cela allait être joli de rentrer ensemble à l'aube, et d'imaginer que bientôt le soleil allait se lever. Elle s'avançait pour mettre sa main sur l'épaule de son mari, quand elle réalisa que la grande brune qu'il avait appelée Ingrid était agenouillée aux pieds de celui-ci. Les seins nus, une écharpe en paréo autour des reins, elle tendait à Claude, au bout d'une fourchette, une tartine qu'elle venait de griller dans la braise.

Lison crut saisir dans leurs yeux une complicité chaleureuse.

Claude se redressa en voyant sa femme :

— Ah, te voilà, chérie. Où étais-tu donc passée ? Sa voix griffée par l'alcool n'avait pas retrouvé son timbre normal. — Tu veux des saucisses ? dit-il, tendant un peu mélodramatiquement une assiette qu'il tenait à la main.

Lison les fixa tous les deux un instant, puis, sans répondre, elle se retourna d'un geste brusque dans la direction opposée.

Dès qu'elle fut hors de leur vue, elle se mit à courir vers les vestiaires.

— Quelle buse, non, mais quelle buse je suis !

Tout habillée, elle grommelait encore à mi-voix en fouillant dans sa poche pour retrouver les clés de la voiture.

A la porte du parc, elle croisa Sven en train de se garer.

— Mais il ne faut pas partir, Lison. J'arrive ! Baissant le carreau, il mit sa main sur son bras. — Qu'est-ce qu'il y a ? Vous avez l'air toute retournée ? Allez, je vous emmène prendre un verre. La soirée commence.

— Non, pour moi elle est finie. Merci, Sven, je vais me coucher.

Et, sans plus rien dire, Lison courut, se tordant les pieds sur les cailloux de la grande allée, tandis que la voix de Sven s'estompait derrière les arbres : « Attendez ! Laissez-moi au moins vous raccompagner. »

VII

Finalement, Lison avait passé une journée très agréable avec elle-même. Une de ces journées un peu rêveuses comme elle les aimait. Après cette fuite de l'aube et sa déroute un peu sotte, elle le réalisait maintenant (et pourquoi n'avoir pas accepté l'invitation de Sven au lieu de filer comme un lièvre ?), son brave corps s'était désolidarisé des excès où la menait trop souvent sa tête, et elle avait dormi magnifiquement quelques heures dans la chambre qu'avait occupée Emma pendant les vacances, puis elle avait pris un bain mousseux, écouté des disques, très doucement, à demi-bruit, et grignoté des petits trucs dans la cuisine, sans parler à quiconque, savourant le plaisir reposant des dimanches solitaires. N'était le paysage à travers le carreau, elle se serait presque crue à Saint-Simon, quand elle avait tant de joie à rester avec elle-même une journée entière. Elle n'avait jamais compris les gens qui avaient peur de la solitude. Cela avait été pour elle une découverte si agréable, après son divorce. N'appartenir qu'à soi, par moments, quel luxe !

Et maintenant, après avoir écrit des lettres, elle relisait celles d'Emma et de Lawrence. Délia n'avait pas fait signe depuis son retour à Sainte-Marguerite, comme si en se séparant de sa mère elle était parvenue enfin à écarter tout à fait les raisons qu'elle avait trouvées un instant de comprendre celle-ci et de lui pardonner.

Je ne veux pas m'inquiéter, se répétait Lison. Il ne faut pas laisser à ma fille le pouvoir de gâcher ma vie. Mais elle lui avait cependant écrit un petit mot. Sans vrai espoir de réponse, comme on envoie une bouteille à la mer, la mer immense et houleuse des refus de Délia, la mer où noyer sa mère. Lison avait relu cette lettre aussi. Dans l'absence, elle était comme un lien ténu qui les reliait toutes les deux malgré l'une d'elles. Lison imaginait Délia, dans son uniforme bleu, déchirant l'enveloppe appuyée contre un arbre dans le grand parc et traversant vite la page sans vouloir y prêter trop d'attention, puis roulant le papier dans sa poche.

« Ma Délia, pendant ces quelques jours passés ensemble, j'ai eu de la peine parce que je savais que tu en avais et que tu n'arrivais pas à m'accepter telle que je suis devenue. En quelque sorte, ce chagrin partagé était un sentiment utile et qui nous aidait à nous expliquer l'une à l'autre, mais la peine que tu me fais maintenant, en ne m'écrivant pas, est inutile, elle. Elle nous empêche de nous rapprocher et elle te protège de me comprendre. Est-ce cela que tu veux ? Ne pas me donner ma chance ? J'ai du mal à l'admettre, cela ne nous ressemble pas... »

Et Lison avait terminé avec le bouquet habituel des petites questions maternelles : « As-tu retrouvé tes gants ?... N'oublie pas ton médicament... »

Jusqu'à cet après-midi solitaire, Lison s'était abstenue de penser à Délia.

« Si, à tort, tu ne te sentais pas coupable, lui répétait souvent Claude, tu ne chercherais pas à trouver une signification à son silence. Les enfants n'écrivent pas, c'est bien connu. »

Claude ! Elle avait tenté de ne pas se préoccuper de lui non plus depuis son réveil. Il lui avait suffi de constater que son manteau était là, rassurant, jeté de travers sur le banc de bois de l'antichambre. Elle tentait depuis de réfléchir calmement, sans passion stérile, de penser à elle-même plus qu'à lui. Mon Dieu, que d'efforts pour atteindre le nirvâna de l'indifférence ! Mais l'un et l'autre avaient franchi une frontière, cette nuit passée. En tout cas c'était décidé, elle ne jouerait plus jamais les institutrices. Son nouveau mari était libre d'être lui-même, quoique cela voulût dire. On ne se marie pas à quarante ans pour endosser un licol. Il fallait qu'elle l'aimât, cet homme, tel qu'il était, et non qu'elle s'obstinât à en obtenir une version édulcorée. Il fallait qu'elle l'aimât sans souffrance. Elle aurait du mal naturellement. Du mal avec elle-même. Il y avait quelque chose de très simple et de très absolu dans sa nature, quelque chose qu'il allait falloir brutaliser un peu. Lison regarda par la fenêtre du petit salon bleu, il faisait encore clair dehors. Les jours rallongeaient vite. C'était agréable, ce supplément de lumière, quand on avait fini par accepter son absence. Je devrais sortir un peu, se dit Lison. J'aimerais ne pas être là à l'attendre quand Claude se réveillera. Car il va bien finir par se réveiller, quand même ?

Elle alla chercher sa vieille cape dans le vestibule et, sans s'attarder à sentir le froid, traversa à grandes foulées les allées crispées de givre et marcha vers la forêt de bouleaux au bout du jardin. Sans réfléchir, elle allait, toujours d'emblée, vers ce petit univers noir et blanc, près du lac.

Dire que ce fichu monde gelé a le toupet de me priver de deux mois de printemps qui me sont dus et qu'en France l'herbe est verte et les jonquilles ont le nez dehors. Lison grommelait toute seule en regardant le jardin. Pas étonnant que je fasse parfois des poussées d'exilite ici, et que j'aie mal à mes racines. Pourtant, on commençait à pourvoir discerner alentour les vaillantes tentatives de la nature. La glace était encore épaisse dans les coins d'ombre, mais les tiges brunies par la neige, les dernières feuilles figées depuis l'automne contre le sol laissaient apparaître à travers leurs filigranes de pâles bourgeonnements, émissaires courageux des promesses de l'avenir. Au bout des branches des arbres, un renflement de vie, encore à peine perceptible, insufflait une lancinante envie du changement qui allait s'opérer. Quand donc cela viendrait-il ?

Passant près du grand *prunus erulatus* contre le tronc duquel le jardinier accumulait à travers la saison froide toute la neige qu'il raclait chaque jour des allées — un jardinier nordique est autant un ramasseur de neige qu'un planteur d'oignons —, Lison vit que les branches du haut commençaient à se dégager et que l'épaisse substance blanche, dont le volume obsède les maisons et les rues, perdait déjà un peu de sa densité. C'était à des signes de ce genre, probablement, que les Finlandais jugeaient l'imperceptible glissement des saisons.

La vieille Seya Haakinen était à sa fenêtre quand Lison s'en approcha. Elle parlait à une de ses plantations, sur laquelle elle avait relevé son rideau, pour lui offrir le maximum de lumière. On eût dit qu'elle prodiguait des encouragements à un malade. Ses mains, encerclant le pot, ne bougeaient pas, mais sa tête oscillait, le menton en avant. Elle avait l'air de dire : « Allez, allez, un petit effort ! »

J'ai envie de visiter la petite maison, se dit Lison. Maintenant que je suis là, c'est une occasion.

Elle tapa au carreau :

— Madame Haakinen ! Je voudrais les clés de la petite maison.

Seya entrouvrit la porte sur son univers de blancheur feutrée. Au fond de la pièce, Haakinen, le jardinier, avait enlevé ses chaussures qui fumaient devant le poêle et lisait son journal.

— Prête-moi !

La gouvernante, l'air grave, fouilla dans sa poche de tablier pour identifier le trousseau.

Ah bon, se dit Lison, je n'ai pas le droit d'y aller seule.

A mesure qu'elles approchaient, satisfaite dans son

corps par la fraîcheur vigoureuse de l'air, Lison se sentait gagnée au cœur par un serrement dont elle ne pouvait discerner la part qui revenait à la mélancolie de ce paysage crépusculaire et celle que lui procurait l'idée de son intrusion chez Erika, la jeune femme qui avait un jour habité la maison. Elle regrettait soudain son impulsion. Mais devant elle, silencieuse, Seya Haakinen marchait d'un pas lourd sans se retourner.

La clé rouillée tournait mal dans le pêne. Le bois geignit en raclant le sol. Lison se tint immobile dans l'embrasure, hésitante. Il lui semblait qu'elle pénétrait par effraction dans une chapelle abandonnée.

La vieille Seya, après avoir poussé les volets et laissé la lumière du soir entrer comme une intruse elle aussi, courut vers le divan blanc bordé de chaque côté par des tapis lapons tissés en couleurs criardes, puis, caressant de la paume au passage le grand secrétaire en bouleau blond, avec des airs de retrouver un ami, elle alla vers la commode où pâlissaient quelques photographies et resta un temps immobile, comme si elle faisait ses dévotions sur l'autel du souvenir.

— Rien changé, tout laissé comme avant, répétait-elle en se frottant les yeux avec la manche.

On n'aurait su dire si c'était pour sécher ses larmes ou les provoquer.

— Vous serez gentille de faire les lits et d'aérer les pièces, dit Lison sur un ton qu'elle tentait de rendre indifférent.

Une lueur d'effroi s'alluma dans les yeux de la vieille.

— Jamais vécu depuis... dit-elle. Jamais !

Lison savait bien que le pavillon rose était resté inhabité depuis qu'Erika s'était jetée dans le lac et qu'on avait ramené son corps dans la grande chambre aux rideaux volantés, mais Délia avait raison, il fallait bien se décider un jour à la réveiller cette maison.

— Robe de mariée toujours là, continuait Seya, et elle ouvrit l'armoire où pendait la dépouille claire, misérable comme le sont les robes des mortes. La vieille s'essuya encore une fois les yeux. — Karl, mari de moi, plonger. Mais trop tard... trop tard.

Elles restèrent là longtemps, sans rien faire. A travers les larmes de Seya et ses litanies monocordes, entrecoupées de silences — Seya ne cherchait pas à remplacer par d'autres les mots qu'elle ignorait —, Lison reconstruisit la vie anxieuse de cette jeune femme en blanc, les yeux baissés, murée dans son malheur sur le portrait posé contre un chevalet près de la fenêtre. Elle se laissa montrer, sur l'instantané coincé dans l'encoignure d'une glace, lequel des gaillards campés devant leur butin de chasse était le mari de la morte. En s'approchant de la cheminée, Lison crut reconnaître Sven sur une des photographies. Un Sven plus blond encore, plus mince. Il tenait Erika par le bras.

— Mari jamais là, continuait à psalmodier Seya. Chasse... saumon. Laponie... et puis femmes... ah, beaucoup femmes... et bouteille... Non, jamais là.

Le ronron de la vieille accompagnait les pensées de Lison accusant en elle le sentiment déroutant d'avoir déjà connu cet endroit, d'en avoir subi le charme et la mélancolie.

C'est comme si j'étais venue ici, avant, se disait-elle. Mais quand, avant ? Avant quoi ? J'ai au contraire toujours remis le moment de passer ce porche. Ah, voyons, c'est ridicule et pas mon genre d'inventer des sentiments comme ceux-là. Je n'ai pas assez dormi cette nuit. Ce n'est que cela, je rêve éveillée.

Elle marcha jusqu'à la fenêtre et s'approcha à nouveau du portrait sur le chevalet, soudain gênée, car depuis quelques secondes Seya s'était tue et la regardait sans bouger, comme si elle était effrayée.

Elle n'aime visiblement pas me voir dans cette maison. Quelle façon elle a de me fixer. Lison se sentit oppressée.

— Cela sent le renfermé, ici, madame Seya, il faudra venir aérer quand il fera beau. Et puis, vous serez gentille de me faire faire un jeu de clés, s'il vous plaît. Mais partons maintenant.

Mme Haakinen se mit à fermer les volets sans répondre. Tandis que la gouvernante s'affairait, Lison tourna un peu fébrilement dans la pièce, déplaçant quelques objets, remettant le fauteuil en place... Presque par hasard, elle poussa une longue boîte sur la table de bouleau. Cassé, le couvercle incrusté d'initiales enlacées lui tomba dans la main. A l'intérieur du coffret, quelques feuilles sur papier fin dépassaient d'une enveloppe. Son regard fut rapide, mais il lui sembla que les mots étaient en finlandais. D'une main qu'elle n'était même pas sûre d'avoir commandée, Lison saisit un des feuillets et le glissa sous sa cape.

Dos tourné, la gouvernante gonflait maintenant les coussins comme si la pièce attendait sa propriétaire.

— Merci, madame Seya, je vous laisse fermer, dit Lison.

Et vite, serrant le papier entre ses doigts, pressée maintenant de quitter cet univers défunt où la vieille avait recommencé à marmonner ses souvenirs, elle ouvrit la porte et respira l'air glacé du soir.

Lison partit d'un pas rapide vers la grande maison, regardant en arrière de temps en temps, sentant dans son dos des ombres. Le chien de Seya jappait encore sur deux notes quand Lison entra dans le salon bleu. Se penchant par la fenêtre, elle vit que la lumière était toujours allumée dans le pavillon près du lac.

Elle s'assit, souleva le rideau et défroissa le mince feuillet.

Oui, c'était du finlandais. Lison prit son dictionnaire et lentement traduisit :

« Je suis à toi, ne l'oublie jamais, je t'aime. »

Ces quelques mots, une encre grise, un graphisme maigre et, au bas de la page, un étrange serpent suivi d'un point tenait lieu de signature. Lison repliait le papier lorsque Claude entra.

Il s'était rasé. Il avait enfilé sa veste de soie indienne,
Claude s'approcha d'elle :
il avait bonne mine.

Lison glissa la feuille de papier sous la lettre d'Emma, avec le gênant sentiment de trahir.

— Qu'est-ce que tu as à être assise dans l'obscurité ? Ça va ? Tu es pâle, dit-il en allumant la lampe.

— Ça va. Et toi ?

— Un peu, mais je trouve cela plus difficile que je ne le croyais de changer de personnage. On ne s'efface pas si facilement que cela. Je me suis conduit hier comme un ancien Claude que j'avais presque oublié. Tu m'en veux, n'est-ce pas ? Je te...

Lison leva la main pour l'interrompre :

— Je ne veux pas t'en vouloir.

Claude, debout, gardait son air réfléchi et penaud. Il attendait que sa femme continuât, mais Lison ne dit rien, découvrant presque par hasard le pouvoir d'action du silence.

Claude enchaîna :

— Autant te l'annoncer tout de suite, je me suis retrouvé chez Ingrid, dans son appartement. Cela n'a pas dû être une mince affaire de me traîner jusque-là. Je me suis recouché ici, en arrivant, et je viens de me réveiller. Pour tout dire, ajouta-t-il en se frottant le front, je ne me souviens pas de grand-chose.

Lison continuait à garder le silence, s'étonnant elle-même du vide qui l'habitait. Claude baissa les yeux vers les chaussures de sa femme.

— Tu as été te promener ? Tu as les pieds pleins de terre.

Il lui disait cela comme s'il eût préféré que ses pieds fussent chaussés de cothurnes éthérés.

— J'ai visité la petite maison de la morte avec Seya, dit Lison. C'est un endroit envoûtant. Je ne peux pas expliquer exactement pourquoi, mais je sens que j'aurais envie d'y retourner.

— Et qu'as-tu envie de faire, maintenant ?

Lison eut le sentiment qu'il continuait à se conduire en chien qui cherche à se faire gronder, pour avoir ensuite la joie d'être pardonné. Elle n'eut pas le cœur à parcourir les étapes. Elle lui avait pardonné, peut-être, mais elle n'était pas d'humeur à le lui dire.

— Je crois que j'ai envie de faire du thé, dit-elle avec un air joyeux qui le rendit triste. Tu en veux aussi ?

— Cela serait certainement un acte de charité de m'offrir quelque chose de liquide et de non alcoolisé et de chaud... après tout ce que j'ai...

Lison s'était dirigée vers la cuisine avant la fin de sa phrase.

— A propos, dit-elle quelques instants plus tard en lui passant sa tasse, j'ai décidé d'aller en Russie pendant que tu ferais ton voyage en Laponie avec l'ambassadeur et le ministre. J'appellerai Sybil demain.

VIII

Les premiers tours de roues précipitèrent les voyageuses d'avant en arrière. La tête de Sybil buta plusieurs fois contre la passementerie jaunie de la banquette. Sans changer d'expression, elle continuait, souriante, à faire des signes par la fenêtre en direction de son mari. Sur le quai, Rupert, debout devant sa voiture dont la porte était maintenue ouverte par le chauffeur, remuait la main au même rythme que celui du drapeau anglais qui, fiché sur l'aile du véhicule, flottait mollement au vent enfumé de la gare.

— Je suis toujours étonnée par cette habitude d'amener les voitures au bord des trains dans ce pays, dit Sybil, frottant du gant la buée qui ombrait le carreau. Elle regarda autour d'elle. — La protexia a l'air d'avoir marché. J'ai bien fait de parler à l'ambassadeur de l'U.R.S.S. de notre voyage, l'autre soir chez les Polonais. On va être seules dans notre compartiment, je crois.

Le wagon hoqueta de nouveau, avant de prendre sa vitesse.

— Ça y est, on s'en va !

Agnès s'exclamait comme s'il y avait là quelque chose qu'elle n'avait pas prévu.

— Oui, on s'est échappé de la marmite diplomatique. Sybil esquissa quelques derniers gestes en direction de

Rupert, dont l'étroite silhouette penchée s'estompait dans la fumée grise. — ... et de la marmite conjugale aussi... Vous vous souvenez de je ne sais plus qui flottant au-dessus d'une grande fumée, dans je ne sais pas quel conte ? Eh bien, c'est nous, mes enfants.

— La précision de ta mémoire t'honore, dit Agnès. Tu penses à Aladin, probablement ?

Lison observait Sybil et son amie et se taisait. Elle se sentait un peu comme une nouvelle le premier jour de la rentrée. Ce voyage vers un pays inconnu, en compagnie de deux femmes presque inconnues, il y avait là une situation dans laquelle elle ne s'était pas trouvée depuis des années. Au fond, pensait-elle, après l'adolescence on finit par en savoir bien plus sur les hommes que sur les femmes, c'est avec eux que l'on passe le plus clair de sa vie.

Les yeux tournés vers la gare que finissait de masquer le brouillard nébuleux, Sybil sourit à travers la fenêtre :

— Jusqu'au dernier moment j'ai cru qu'il y aurait quelque chose, une révolution, ne serait-ce qu'une révolution dans mon palais, ou bien que vous auriez changé d'avis, Lison, et puis quand l'avion d'Agnès a eu six heures de retard...

Agnès dénoua son écharpe écossaise :

— Moi, c'est maintenant qu'il me semble qu'il y aura quelque chose. C'est trop bien ce qui m'arrive. J'ai été te voir dans la plupart de tes postes, mais alors, la Russie...

— Oui, c'est vrai, pour la petite militante rouge, c'est le sommet.

Agnès remua la tête :

— Tu confonds souvent rouge et rose. N'empêche, quelle que soit ma couleur, j'ai presque eu envie de plaindre Rupert. Tout à l'heure, il avait l'air désemparé tout seul sur son quai. Il est gentil, tout de même, de te laisser aller où tu veux.

— Et toi, tu serais bonne de laisser tomber ta pitié inutile. C'est qu'il ne soit pas comme cela qui serait impossible. Sybil enleva une de ses chaussures à l'aide de l'autre. — Ces mocassins, dits « de marche », me paralysent les métatarses, même à l'arrêt. Ça va être gai sur macadam !... Dis plutôt, enchaîna-t-elle, que je suis gentille de suivre Rupert en Finlande, alors que je ne me sens bien que lorsque j'ai trop chaud, que je suis gentille de l'accompagner dans ses visites officielles, de sourire à des maires et à des mairesses dont je me tape, de donner trois grands dîners par semaine et de l'aimer encore beaucoup sans me désoler qu'il soit de douze années mon aîné, alors que je suis chaque jour plus persuadée que les femmes devraient épouser des hommes plus jeunes qu'elles. Même si ça porte beau, ça vieillit vite à l'intérieur, un homme.

Les deux autres rirent.

— Je ne badine pas, reprit Sybil. On devrait conditionner les gens par voie de presse et de radio et en particulier agir sur les filles jeunes. Elles se plaignaient, au temps de la veuve Scarron, d'avoir à épouser des barbonnes... C'est comme cela que vous dites ? Et, aujourd'hui, c'est elles qui en demandent, du vieillard. Mais cela ne durera pas. Les femmes, qui vivent plus vieilles que les hommes, en auront marre d'être des veuves, et puis elles auront de moins en moins besoin d'être protégées ; le complexe d'Electre pourra aller se rhabiller. D'ailleurs les gens réussissent vite aujourd'hui, il y aura de plus en plus d'hommes jeunes aussi riches que les hommes vieux. Enfin, quoi, on abêtit ses bonhommes, en essayant de les rajeunir. Ou bien on les transforme en faux minets. C'est très triste les faux minets, avec leur lard serré dans des blousons. Sybil fit une grimace : « Pouah ! » Ou bien on se tape des *grand-fathers*... Pas rigolo non plus. Sans parler du fait qu'un homme est toujours plus fatigué qu'une femme, et je ne m'attarde pas sur le vieillissement sexuel. Il ne trompe pas, celui-là. Non, dit-elle, reprenant son souffle, si on veut compter les pions, Rupert ne perd pas sur l'échiquier, même quand je le quitte. D'ailleurs, pourquoi perdrait-il ? C'est un cœur.

Lison la contemplait en souriant :

— Vous avez de la chance, vous les Anglaises. Il me semble que les hommes anglo-saxons ont plus tendance à être « des cœurs » que les Latins, peut-être parce que ces cœurs sont plus froids ?

Sybil enleva sa deuxième chaussure. Elle avait de longs pieds britanniques, étroites barques osseuses où la chair ne s'est pas installée et devant lesquelles les Françaises, aux pieds si souvent découpés en petits-beurre, ont tendance à rêver avec étonnement. Elle sourit à Lison :

— On se dit « tu » ?

— Si vous voulez... si tu veux... Mais il faudra me donner le temps, déjà à l'école j'avais du mal à m'habituer. Vous vous connaissez, vous vous tutoyez depuis longtemps, vous deux ?

Sybil allait répondre, mais Agnès la devança :

— Nous, on est comme des sœurs qui se seraient choisies à l'adolescence. N'est-ce pas, chérie ?

Sybil acquiesça.

— J'ai passé une année à Paris, dit-elle, pour me « finir », comme on dit chez nous. La dame chez laquelle on m'a envoyée était la tante d'Agnès. Pauvre Agnès, il a fallu qu'elle me trimbale partout pendant douze mois. C'est comme cela qu'est née notre affection. Elle se pencha pour effleurer la main de son amie. — Agnès était propriétaire d'un de ces physiques que l'on qualifierait à prime abord d'insignifiant. Le visage maigre, sans fard, comme passé à la Javel, les épaules étroites, elle était habillée en vieille écolière d'une simple blouse de coton blanc et d'un kilt un peu trop étroit d'où surgissaient, incongrues, mal attachées au châssis, des jambes fortes aux mollets de laquais Louis XV. Seuls ses yeux étaient rares, deux grandes flaques d'eau bleue très écartées l'une de l'autre et qui brillaient comme des lacs iridescents. Elle était regard, comme d'autres sont visage ou corps. Et, par le truchement de celui-là, on s'apercevait enfin qu'elle était belle.

— Quel paysage, dit-elle. Cela me grise d'être là, sur cette banquette, et en même temps, c'est idiot ce petit frisson qui me traverse...

Sybil eut la voix moqueuse :

— A l'idée de traverser le rideau de fer ? Mais non, c'est le climat qui te fait ça. C'est l'absence de soleil. On a toujours l'impression d'être éclairé par une lune, ici. C'est pour cela que les gens sont si pâles. On en vient à se demander de quelle couleur est le sang qui passe dans leurs veines. Mais, dans un mois, il fera beau. Tu n'as pas le droit de partir avant d'avoir vu cela.

— Cela sera mon premier été à moi aussi, dit Lison.

Elles se turent un moment, dodelinant contre la guipure du compartiment, pour sursauter soudain toutes les trois ensemble. Un être appartenant probablement au sexe féminin tirait violemment sur la porte pour l'ouvrir. Un uniforme sombre montant jusqu'à son cou, quelques boucles grasses tortillonnées hors du képi de chaque côté de ses grosses joues grivelées, l'être s'inscrivit en entier dans l'embrasure d'acajou et sans sourire tendit un verre enrobé d'une armure argentée :

— *Tchäi ?*

— J'prends tout, dit Agnès, étranglant dans sa gorge le rire bon enfant d'un boy-scout. Yes. *Dada, da*... Oui... *Spassibo.*

Le personnage ambisexe repartit dans le couloir et revint bien plus tard, quand on ne l'attendait plus, planter sur le siège un plateau de bois où traînait, avec deux verres, un paquet de biscuits enveloppés dans du papier d'emballage.

— Ah, des biscuits comme on m'en donnait à l'école pendant la guerre, dit Agnès. La « madeleine » de tous les petits Français entre 1940 et 1945...

Croquant le sablé plâtreux, elle plissait les yeux à la recherche du souvenir.

— Je crains de ne pas vous avoir prévenues : je suis légèrement klepto quand je suis livrée à mes instincts, dit Lison. Je ne résiste plus à certaines tentations. C'est le résultat de ces petites enfances austères que tu évoquais, Agnès. Mais ne vous inquiétez pas trop, seulement le porte-tasse à thé.

— Je m'inquiète beaucoup, justement. Le vol est un signe de schizophrénie, mineure certes, mais dont l'évolution ne doit pas être dédaignée, surtout chez la quadragénaire femelle. Claude est prévenu ? A propos, qu'a-t-il dit, Claude, quand tu es partie ? Sybil scrutait le visage de sa voisine qui tenait sa tasse d'une main, caressant de l'autre les filigranes argentés de son support. — Comment s'est-il comporté ? A-t-il été « gentil », puisque, apparemment, c'est l'étiquette que l'on épingle sur le dos des maris qui ne se conduisent pas mal ?

— Oh, Claude, comme toujours, s'est conduit « bien ». Il m'a facilité les choses. Il respecte d'office la liberté d'autrui. Il en a trop besoin lui-même. Mais le plus compréhensif des hommes l'est peut-être toujours un peu moins qu'il ne le pense. Lison resta rêveuse une minute. — C'est bizarre, je crois qu'un homme est souvent ombrageux à l'idée des amitiés féminines de sa femme. J'ai poursuivi mon étude sur deux cas différents avant d'atteindre à cette conclusion. Quoi qu'il en soit, on est beaucoup moins conditionné par un deuxième mariage. Enfin plutôt, c'est très différent du commencement, le recommencement, c'est comme de redoubler une classe, on connaît les sujets.

— C'est vrai, on devrait toutes tâter d'un deuxième mari. Sybil avait un plaisir particulier à faire bifurquer les conversations sur des voies sans issue. — Il est indispensable de se marier plus d'une fois, je ne sais pas pourquoi je ne me suis pas dit cela plus tôt. Il y a trop d'êtres qui arrivent à la fin de leur vie sans avoir connu la diversité. Vous rendez-vous compte qu'il y a encore des femmes qui n'ont eu qu'un homme dans leur lit de la puberté à la ménaupose, qu'un sexe, qu'une seule façon de faire l'amour ? Cela me fait penser à mon ancêtre

Burton. Dans son *Anatomie de la mélancolie,* il raconte l'histoire de la femme de ce grand tyran de Syracuse qui croyait que tous les hommes avaient mauvaise haleine parce que son mari, le seul homme qui l'ait approchée de si près, avait mauvaise haleine. Est-ce que le tyran ne s'appelait pas « Hiero » ? Cela ne devrait pas être permis, cette ignorance. Il n'y a rien de plus fou que le concept de l'union définitive, alors que tout ce que nous sommes, tout ce que nous pensons est provisoire. On devrait instituer le droit à toutes les amours et aux séparations organisées.

Lison remua la tête :

— Tu parles comme quelqu'un qui n'a pas payé sa liberté du prix d'un divorce. C'est terrible d'organiser une séparation, même si on la désire. Une sorte de mort ! Pour ma part, je sais que je ne quitterai plus jamais un homme.

Agnès regardait par la fenêtre sans avoir l'air d'écouter.

— Et le tien, d'homme ? lui demanda Lison.

A peine eut-elle prononcé sa phrase qu'elle eut envie de la reprendre (on dirait que je lui demande des nouvelles de son caniche).

— Il est mort, dit Agnès. Mais de sa vie il ne m'a jamais empêchée de rien faire. Nous n'étions pas mariés, d'ailleurs, nous étions des amis qui nous aimions d'amour.

Lison sentit ses joues se chauffer.

— Je vous demande pardon ! Mais pourquoi se poser toutes ces questions ?

Elle chassa une mouche imaginaire de la main.

— Pour se connaître. Sybil avait l'air grave. — C'est très important. Il n'y a que cela d'important.

Lison, fermant les yeux, ne répondit pas.

Les pieds de Sybil encerclèrent ses genoux.

— Ecoute, tu n'as pas le droit de dormir pendant que défilent sous nos yeux les steppes de la Russie et que tu as le béret posé contre une banquette où aurait très bien pu s'appuyer Anna Karénine si elle avait existé. C'est fou, les compartiments n'ont vraiment pas l'air d'avoir changé depuis que Tolstoï est mort dans sa gare. Allez ! reprit-elle. Réveillons-nous. On joue à se découvrir ? On va passer cinq jours ensemble et on ne sait rien de toi ni toi rien de nous. « Qui est la nouvelle femme du conseiller de l'ambassade de France ? » En quelques lignes, s'il vous plaît, madame Segalen. Très précises et très indiscrètes.

— Ah bon, il me faut « me réciter moi-même », comme dit Montaigne ? C'est drôle, trois femmes ensemble et on recommence tout de suite à jouer à des jeux de récréation... Eh bien, voyons, euh... Quarante-deux ans, styliste réformée provisoirement pour cause de deuxième mariage précisément. (Mais je suis en train de me réorganiser pour travailler à distance. Je ne peux pas supporter l'idée de mon inaction, ni celle de ma dépendance financière.) Goût des hommes normalement développé, d'un naturel sage cependant, par besoin d'absolu. Mis à part, il faut bien le dire, une période de liberté assez tumultueuse. Tendance à la délectation morose et, pourtant, amour de la vie encore plus fort que celui des hommes. Incapable de se persuader que ses jours sont comptés, qu'il y en a moins devant que derrière, en principe. Bref, réfractaire à l'idée d'être mortelle. C'est idiot, je ne m'imagine que vivante. Je compte sur mon corps comme sur un arbre. Visuelle avant toute chose... Quoi d'autre ?... Oh, zut ! C'est tout pour l'instant. A toi, Agnès.

— Moi ? J'ai eu une vie d'homme, par hasard. Traductrice scientifique d'allemand et d'anglais et français. Je voyage pas mal. Engagée politiquement à gauche. J'ai regretté un temps de ne pas avoir d'enfant. Plus maintenant. Luc est mort d'une façon idiote. Je lui en veux encore. C'est stupide comme réaction, je sais. Je ne suis pas du tout de l'avis de Sybil, je n'envisage le mariage que définitif. En tout cas, je n'ai jamais eu envie de recommencer à l'envisager. Je me suis bien faite à la solitude. Mon dada, c'est l'archéologie et... l'amitié. Nous appelons cela « l'amourtié », hein ? Elle sourit à Sybil. —

Allez, à toi, la benjamine. Et n'oublie pas que tu ne peux rien me cacher.

Le paysage, soudain, s'était transformé ; il n'y avait plus signe de vie dans les grandes plaines blanches. Au loin, une forêt de barbelés longeait la voie ferrée.

Un grand homme gris entrebâilla la porte : « Papiers ! »

Elles fouillèrent toutes trois dans leur sac avec cette angoisse irréfléchie des voyageurs qui se demandent toujours aux frontières si les choses sont bien restées là où eux-mêmes les ont mises.

Les documents à la main comme une menace, le grand homme prenait son temps pour dévisager trait à trait chaque passagère, la comparant minutieusement à sa photographie.

Sybil essaya de le faire rire :

— J'avais les cheveux très courts à ce moment-là, mais c'est bien moi tout de même.

Le Russe ne cilla pas.

— Niet fruit de l'autre côté, dit-il seulement et, l'air chaque fois d'hésiter, il apposa son tampon sur les visas sans plus regarder leur propriétaire. Puis il sembla prendre plaisir à claquer fort la porte en la refermant.

— Nous entrons dans le pays où chacun est un coupable en puissance, dit Sybil, même les militantes de gauche. Et moi qui avais demandé qu'on nous mette plein d'oranges, ajouta-t-elle, je croyais qu'avec notre statut diplomatique... Il va falloir les bouffer toutes d'ici la frontière, ou les mettre dans notre soutien-gorge. Vous n'avez pas faim, à propos ? Elle se baissa et ramassa la corbeille d'osier qui était sous la banquette et, l'ouvrant, se mit à séparer les ailes blanches des serviettes amidonnées. — Le *butler* me donne toujours l'impression que je suis Catherine de Russie ou Napoléon en campagne, quand il me prépare un pique-nique. Vous allez voir. Il y aura les salières en argent de la reine et ses couverts (rien n'est à nous dans cette vie diplomatique), et la pièce de résistance sera un poulet en gelée savamment désossé, ou un bœuf à la mode très cuit, comme chez ta tante, Agnès. Je ne demande jamais au chef ce qu'il a préparé, j'aime mieux quand il invente.

— Il n'y a que toi qui puisses prononcer des phrases aussi absurdes sans donner à ton auditoire l'envie de te réduire en charpie, ma petite ambassadrice ! « Mon chef », « mon maître d'hôtel » ! Agnès riait malgré elle en parodiant l'accent de son amie. — En même temps, tu es tellement naturelle dans ta situation exceptionnelle, tellement conditionnée déjà à une vie hors de l'ordinaire que l'on ne t'en veut pas. T'as de la chance.

— Tout cela est vrai, dit Lison, mais en même temps Sybil est la moins « ambassade » de toutes les ambassadrices qu'il m'a été donné de croiser depuis que je fais partie du « corps », comme disent ceux du Quai. Et ça, c'est un compliment... Tiens, à propos, ajouta-t-elle, c'est toi qui as lancé le jeu, Sybil, et tu ne t'es pas définie toi-même.

Lison parlait lentement ; elle avait conscience de l'effort qu'il lui fallait continuer à faire pour respecter le tutoiement.

Sybil soupira et leva en l'air le pot de moutarde forte qu'elle tenait à la main.

— Oh, c'est parce que au fond je suis floue. Rien de précis à dévoiler sur moi. Je suis une pièce de non-résistance. Je n'ai pour ainsi dire pas de biographie. Un grand mari dont j'ai été très amoureuse, puis moins, plein de pays que je confonds parfois et où je me suis souvent un peu ennuyée, toutes ces maisons anonymes où j'ai reçu des amis inconnus, tous ces valets de chambre, il faut bien l'admettre. Un petit garçon en classe en Angleterre, que j'aime comme un chiot, sans plus. Une grande paresse au fond, même du cœur. Le goût de l'argent et par là-dessus, un cynisme pharamineux. Voilà, c'est moi, c'est rien. Un fouillis de choses contradictoires, une indifférence consentie, qui s'étend jusqu'à moi-même.

— Ce que je t'envie de ne pas trop aimer ton enfant.

Moi, je suis habitée de sentiments maternels, comme une mère de tragédie grecque. C'est exténuant. Lison soupira.
— Mais, au fond, la vraie différence entre ce que tu viens de dire et nos propres aveux, c'est que tu n'as pas parlé de métier. J'ai remarqué que c'était une des premières choses dans la liste d'Agnès, dans la mienne aussi, je crois. A part la maternité. C'est ce détail-là, plus que tout autre, qui définit la vie d'une femme.
Sybil distribuait les assiettes.
— Je n'ai jamais désiré de métier, moi. C'est une des seules choses pour laquelle je me sois trouvée en accord avec ma famille. Ma grand-mère serait tombée de son fauteuil si je lui avais annoncé que je voulais travailler. C'était à mon futur mari de gagner ma vie, et encore, pas en faisant n'importe quoi. Sincèrement, continua-t-elle, je n'envie par les femmes qui travaillent pour se réaliser, comme elles disent. C'est délicieux et profitable de ne rien faire, c'est-à-dire d'avoir le temps de penser. Non, tout mon marasme ne vient pas de là, mais du fait que je n'éprouve pas de passions, seulement des goûts (Sybil fit la moue) et des dégoûts...
— Un être sans passions, mais passionnant.
Agnès s'était levée pour venir s'asseoir à côté de son amie.
Comme elles sont tendres ensemble ! Est-ce parce que je n'ai pas eu de sœur que je ne connais pas ce langage avec les femmes ? Décidément, on ne me changera pas, je reste une paysanne dans les coins. Encore une fois, Lison éprouva le désir impératif de savoir aussi être « les autres ».
— Mais, reprit-elle, ne pas travailler c'est être la proie du destin. Regarde, Sybil, ce pauvre ambassadeur d'Allemagne qui vient de mourir brusquement. Ses fils sont encore à l'école, la fille à l'université. Sa femme va devoir quitter sa belle maison dans un mois et faire vivre quatre personnes avec une demi-retraite de diplomate. Le fait que son mari est mort change tous les aspects de sa vie

en un instant. Si un homme perd sa femme, sa vie affective en est perturbée, mais il demeure un individu entier. Il continue à aller au bureau chaque matin et à ramener la même somme d'argent à la fin du mois. Il paraît que l'ambassadrice était biochimiste avant de se marier, mais se recycler avec vingt ans d'écart !

— « Les femmes sans hommes ont une remarquable propension à être pauvres », a écrit ma bien-aimée Jane Austen, dit Sybil, ou quelque chose dans ce genre-là. Mais ce que tu dis est vrai, cette idée va me donner des frissons. D'ailleurs, Agnès le sait, je suivais des cours aux Arts Déco quand j'étais à Paris. J'ai rêvé d'être peintre. Qui n'a pas rêvé d'être mieux qu'il n'est devenu ? Mais comme je n'avais pas assez de passion ni de talent, moi, je ne suis rien devenue du tout, que la femme d'un homme... Tu pourrais peut-être envisager de me recycler, comme tu dis, et m'employer dans ton bureau de style, Lison ?

— J'aimerais. Cela voudrait dire que je t'ai convaincue. C'est si rare de convaincre, et j'adore cela. Et puis, pour quelqu'un qui veut accumuler les vies et les amours, le fric est indispensable. Combien de femmes restent parce qu'elles n'ont pas de quoi prendre un billet de chemin de fer ? Si je n'avais pas gagné ma vie, je n'aurais pas pu changer cette vie quand j'en ai eu... envie. Lison s'abattit sur la banquette et regarda les deux amies. — Eh bien, il y a longtemps que je n'ai pas parlé tellement à des femmes. C'est agréable d'être entre soi, dit-elle.

Sybil acquiesça. Son visage était grave.

— Oui, une cure de facilité d'être. Tu vois, je trouve que nos clubs pour hommes en Angleterre sont des institutions salutaires. De gros fauteuils, du silence, des journaux à volonté et rien que des gens de sa race biologique avec lesquels on n'a pas à faire de simagrées. Au fond, quand j'y pense, j'aimerais avoir de moins en moins besoin d'hommes. Pas vous ?

— Si nous ! dit Agnès. Passe-moi une autre cuisse du

chef, veux-tu ? Tes esclaves n'ont pas oublié le vin rouge, j'espère ?

— Moi, dit Lison, tendant son verre, je réserve ma réponse pour les hommes. D'ailleurs, sans cela je ne me serais pas remariée. Mais ce que je peux dire, c'est que, depuis que j'ai goûté de la solitude, un homme à plein temps ne me paraît plus tellement indispensable. Je verrais bien, éventuellement, un cinq à sept d'homme... Il serait temps de faire comme eux.

Le repas s'étendit. Sans se presser, elles mangèrent avec vigueur, n'éprouvant plus soudain le besoin de parler, se reposant sciemment des efforts que suppose un premier instant d'intimité sincère.

Après une orgie d'oranges, Sybil enfourna pêle-mêle les vestiges dans son panier, puis, se roulant en boule, elle s'endormit.

— Elle peut perdre conscience en une minute, comme un enfant, dit Agnès attendrie.

A l'avant-dernière station, une femme rebondie entra dans leur compartiment. Son fichu bien lissé sur la tête, la joue luisante, elle s'assit à côté de Lison, un gros paquet enveloppé de papier sur les genoux, et sourit gentiment à la dormeuse.

— Ma première Saint-Petersbourgeoise, marmonna Sybil en ouvrant les yeux. J'ai envie qu'elle s'appelle Feodora Borislovitch et qu'elle me caresse doucement le bras en disant : « Ne pleure pas, ma petite colombe », comme les grosses dames dans le théâtre russe. Et moi je répondrai : « Oui, nourrice. » Est-ce que vous pouvez me dire, ajouta-t-elle en se dressant, pourquoi les femmes slaves ont l'air si slave ?

— Et le paysage ! dit Agnès. La même neige, le même ciel lourd, mais soudain comme un dénuement glacé. Non, je te promets, je me sens « chose ».

Il était plus tard que prévu quand le train s'arrêta dans une gare sans lumière. Déroutées par l'immensité des lieux, leurs billets à la main comme une preuve de leur droit à être là, les voyageuses déambulèrent longuement à travers le hall sans fin où errait une foule grise.

— Il n'y a aucune raison pour que nous trouvions notre chemin. Sybil, encore mal éveillée, traînait bruyamment ses mocassins sur le ciment. — On ne peut pas comprendre un seul écriteau. On ne sait même pas où aller chercher un taxi, qui est d'ailleurs censé venir nous chercher... Pas de panique, mais nous allons peut-être passer nos cinq jours à errer dans la gare, dormant dans les toilettes avant de reprendre notre train au même endroit, en n'ayant fait que grignoter les oranges que j'ai eu le courage de cacher dans mon corsage. Ah ! J'ai les pattes en bouillie.

— Arrêtons-nous, dit Agnès. Elle posa son sac. — Il faudra bien qu'il se passe quelque chose.

Deux jeunes garçons portant des serviettes, hirsutes, presque sales, l'air de bandits en cavale plutôt que de représentants de l'Intourist, s'approchèrent d'elles d'un pas nonchalant : « Diplomats ? » L'un d'eux fouilla dans la poche de son blouson et extirpa une carte aux caractères indistincts. « Suivez ! » dit-il.

— C'est comme ça qu'on se retrouve dans un Goulag en Sibérie, chuchota Lison. Mais suivons !

— T'inquiète pas, il a notre photographie à toutes les trois dans sa poche de pantalon, il connaît le prénom de ton premier mari, Lison, et il sait qu'un soir, à Porto Rico, j'ai couché avec un homme de couleur sombre. Quant au fait que tu sois de gauche, Agnès, cela nous desservirait plutôt.

Sans même prétendre s'apercevoir qu'elles avaient des valises ni faire montre de la plus élémentaire des courtoisies, les deux hommes les encadrèrent jusqu'à la sortie. « Hautel », grogna l'un d'eux en poussant les trois voyageuses dans une guimbarde au capot mal fermé. Serrées l'une contre l'autre, le nez au carreau, elles traversèrent la nuit veloutée, cherchant dans le désordre de l'ignorance à identifier les ombres sombres que contournait la voiture. Un troisième larron qui faisait office de chauffeur, un peu plus joyeusement loquace que ses compagnons, leur lançait de temps en temps un nom en pâture : « Nevsky Prospect », « Saint Issac »... De loin en loin, un dôme doré ruisselait de lumière dans le noir.

— Récapitulation, dit Sybil, étendue les yeux fermés sur un des lits. Ils ont mis une heure à décider que c'était bien les chambres 344-346 où nous avions le droit de coucher. Le garçon d'ascenseur était bourré jusqu'au ras des yeux, si bourré qu'il en est devenu humain et qu'il a traîné nos valises. La déité infernale qui règne sur l'étage, enfin la dame-pipi a condescendu à nous fourguer une masse d'un kilo dans les mains, la clé de notre suite, mais en nous faisant jurer sur l'honneur de la lui rendre demain matin. « Ils » nous ont pris nos passeports. On n'a pas eu le droit de dîner. J'ai beau me pendre au téléphone pour avoir une bouteille d'eau, « ils » ne me répondent pas. Nous ne savons pas comment nous répartirons les couches. Il n'y a pas d'ampoule dans les waters et j'ai une envie furibonde de faire zizi, comme disait ma nurse, ou bien : « Un besoin pressant m'appelle en ces lieux », ça c'est dans votre Racine. Ou est-ce : « Un besoin pressant qui m'amène en ces lieux » ? On ne devrait jamais voyager sans sa bibliothèque.

Elle s'étira et se leva pour se diriger vers la salle de bains, laissant la porte entrouverte. Malgré elle Lison l'aperçut assise de profil sur le bidet, les yeux dans le vague, indifférente à la petite musique qui s'échappait d'elle.

Lison tourna le dos et regarda autour d'elle. L'appartement avait un air abandonné depuis longtemps. Mêlant dans un décor fin de siècle les excès d'un luxe suranné à la grisaille d'une pauvreté consentie, il y avait quelque chose de lugubre dans l'atmosphère des deux pièces que de pâles lampes éclairaient mal sous leurs abat-jour froncés en jupon. Au milieu de la plus grande chambre, trônait la boîte imposante de la télévision.

— A côté, c'est sinistre. Sybil apparut en rattachant sa jupe. — Une chambre à mourir de chagrin, sans bruit, comme un papillon de nuit. Et, de plus, la baignoire n'a pas de bouchon. Moi qui voulais prendre un immense bain ! Ce qui en soi aurait été possible, car elle est de taille à contenir Pierre le Grand, la baignoire. Et j'aime me noyer dans mon eau. Tant pis, je vais m'épiler les jambes à la place. Mais d'abord, il faut manger nos oranges.

Agnès sursauta :

— T'épiler les jambes à onze heures du soir et à Leningrad ? Elle est folle !

— Mais je n'ai jamais le temps de faire ces choses-là à Helsinki. Encore un des aspects diaboliques de mon esclavage diplomatico-conjugal. J'ai amené tout ce qu'il faut. Tu verras, ce n'est pas long et ça ne pue presque pas. En tout cas, nous n'avons pas à nous plaindre.

— C'est bien ce dont nous nous contragulions, « Charmes infinis du gynécée », chantonna Lison. De nuit, de jour, quand on est entre femmes on fait ce que l'on veut. Bon, eh bien, moi, les femmes, je crois que je veux vous quitter pour aller écrire un mot à Claude et à mes enfants.

— Mais non, n'écris pas à tes enfants ! Tu as dit tout à l'heure que tu n'avais pas reçu une seule lettre de ta fille aînée depuis ton remariage. Boude, toi aussi ! Sybil prit Agnès à témoin. — Elle doit également être beaucoup trop gentille avec les hommes. Je parie qu'elle dit qu'elle a joui quand elle n'a pas joui, rien que pour leur faire plaisir et qu'elle essaye d'aimer les autres plus qu'elle-même. Ce qui est très malsain. Il va falloir qu'on la guérisse.

— Oh ! C'est les hommes qui vous guérissent de vous-même, dit Lison avec un petit rire, et elle vit en un éclair passer devant ses yeux le couple que formaient Claude et Ingrid, la grande brune sotte, à cette soirée chez Ida.

— Mais on n'a pas toujours pas organisé qui couche où. Qu'est-ce qu'on fait ? Le roulement ? Ou on change de femme chaque soir ? C'est vous qui décidez, les filles, dit Sybil.

Agnès prit son amie par la taille :

— Tu couches avec moi ce soir, laissons le temps à Lison de s'habituer à nous. Demain soir, c'est moi qui serai seule, et ainsi de suite, d'accord ?

— Bon, j'ai compris, je me dirige vers la chambre où mourir de chagrin.

Lison fit un petit salut dans l'espace.

Bien plus tard, lorsqu'elle sortit la dernière de la salle de bains, la pièce où avaient choisi de dormir Sybil et Agnès était dans la pénombre. Seule une petite lampe veillait près d'un des lits. Agnès était couchée et lisait en se mordillant les ongles. Allongée à son côté, Sybil, enroulée dans un peignoir, une auréole de bigoudis en quinconce sur la tête, fermait les yeux. Elle avait posé sa main sur la cuisse de sa voisine. Il régnait une atmosphère paisible, quelque chose de léger et de joyeux dans le silence parfumé.

— Tu vas déjà dormir ? Reste un instant avec nous. Viens, assieds-toi là.

Agnès montra le bout du lit.

Sybil poussa ses pieds en affectant de grogner. Puis se redressa lorsqu'elle vit Lison se piquer toute droite sur l'édredon.

— Tu as l'air d'une *french governess* qui va donner un mauvais point. Enlève ta robe de chambre, espèce de noix, tu es écarlate. Il fait chaud à cuire un œuf, ici.

— C'est vrai, pourquoi font-ils cela ?

Lison se défit un peu.

— Elle est jolie, ta chemise de nuit. Agnès regardait

les volants mauves. — Je m'achète des pyjamas de vieux général et je rêve de nylons vaporeux. Mais à quoi ça sert, les nylons vaporeux, quand on n'a pas de seins à mettre dedans ? Est-ce que tu as de gros boutons de seins, toi ? Il paraît que les femmes qui ont eu plusieurs enfants...

— Allez, déshabille-toi, dit Sybil.

Le visage rond de Lison prit une expression stupide :

— Me déshabiller ? Vraiment, ça vous intéresse ?

Elle se mit un peu fébrilement à fourrager avec les nœuds de sa chemise.

— Ah, non, ils ne sont pas gros du tout, tes boutons, et roses... C'est joli le rose au bout des seins, dit Agnès.

— Les miens sont sombres. Sybil entrouvrit son peignoir. — Des seins d'Hindoue. J'espère au moins que c'est parce que ma grand-mère a fait l'amour avec un brahmane quand son mari était gouverneur. Mais toi, c'est vrai, ce que tu peux être claire !

Agnès esquissa une volute avec sa main :

— Vous avez de la chance d'avoir quelque chose de rond sur le corps, de quelque couleur que ce soit. Etre précédée d'une poitrine, comme une sirène de navire, le rêve de mon existence ! Je serais une autre femme si j'avais des glandes mammaires actives.

Elle approcha lentement sa main du torse de Lison.

— Cette fois-ci, je me couche. Lison bâilla fort — Il est horriblement tard. On n'est pas venu ici pour faire des exhibitions, mais pour voir Saint-Pétersbourg, mesdames.

— Dis bonsoir, au moins.

Sybil, se dressant, la prit par les épaules. Lison se sentit tomber sur le lit. Son sein nu frôla celui de Sybil. Elle recula interdite.

— Oh ! Pardon.

— Pardon de quoi ? Silly girl.

Sybil souriait.

Lison dormit mal dans ses draps rêches. De vagues rêves d'angoisse, où se mêlaient baroquement les destins de Claude et d'Agnès, Agnès dont les fortes jambes, par les caprices de la fantaisie onirique, étaient peintes en rose vif, la tinrent en état de demi-veille jusqu'au matin. Agnès qui éprouvait comme elle l'avait dit de « l'amourtié » pour Sybil. Agnès qui... A l'heure de se lever, Lison s'assoupit et il fallut plusieurs coups forts frappés à la porte par Sybil pour la réveiller.

— Dépêche-toi. J'ai été chercher les tickets du petit déjeuner, et je sais même où est la salle à manger.

La ville brillait sous les cristaux transparents d'une fine neige qui fondait sans cesse avant d'atteindre le sol lorsqu'elles sortirent de l'hôtel. Une guide aux yeux bridés les attendait.

— Peterhov ! dit-elle.

IX

Le vieux taxi qui leur avait été alloué hoquetait de vitesse dans les grandes artères désertes.

Agnès tapa du pied sur le strapontin branlant :

— On n'aura jamais le temps de tout faire. Repasse-moi la liste, tu veux, chérie.

« La liste », que se transmettaient tour à tour tous les diplomates qui partaient en Russie et sur laquelle chacun avait à cœur d'ajouter sa propre suggestion — « Une église à ne pas manquer au fond d'un cul-de-sac, les popes chantent en grégorien chaque mercredi... », « Un ancien hôtel particulier, d'un bleu plus ciel encore que les autres, où le tsar, un soir, paraît-il... très difficile de franchir le porche, mais cependant à certaines heures... » — était devenue comme une espèce de livre saint dont chacun hésitait à ignorer les enseignements.

— Ecoute, dit Sybil, tendant la liasse, ne voyons pas tout. C'est tout !

— Mais nous ne reviendrons probablement jamais. Agnès secoua la tête. — Je ne peux pas supporter l'idée de laisser quelque chose derrière moi.

— C'est ton approche scientifique, dit Lison, je suis un peu comme toi, je deviens infatigable quand il s'agit de visiter.

— C'est bien ça, vous êtes deux contre une. Mais

écoutez, nous avons déjà payé notre tribut. Sybil prit une voix de guide patenté : — Le palais de Pierre le Grand dans sa totalité, parc inclus ; le cimetière de Lavra Nevska où vous ne m'avez épargné aucune tombe ; nous nous sommes recueillies sur les dépouilles de Dostoïevski, sur celles de Natalia, la peste qui avait épousé Pouchkine, et sur celles d'une série d'inconnus dont les noms étaient mangés par la mousse, mais que vous avez prétendus illustres. Et maintenant, nous sommes en train de nous arrêter devant l'Ermitage. C'est bien l'Ermitage, mademoiselle, ce magnifique gâteau vert ?

— Le musée ferme à cinq heures trente, annonça la jeune guide qui n'aimait pas rire.

Sybil inséra à nouveau son pied dans le mocassin qu'elle avait essayé d'assouplir pendant le trajet.

— Eh bien, je suis déjà en mesure de vous prévenir que vous pouvez compter sur mes amies pour rester jusqu'à cinq heures trente-cinq.

— Impossible ! dit la guide sans sourire.

Elles s'engouffrèrent dans le long ruban de la foule.

Quand sonna la cloche de fermeture et qu'avec la marée des touristes elles furent entraînées vers la sortie, comprimées entre les prolétaires privilégiés, les babas dodues ficelées dans leurs vêtements sans couleur et les paysans rustauds qui piétinaient les parquets admirables, transformés en pistes poussiéreuses sous leurs pas, le soleil déclinait au delà de la Neva. Un soir pluvieux tombait sur la cité. Les trois femmes discutèrent un moment avec la jeune fille qui les accompagnait du programme du lendemain, puis, à force de persuasion, elles obtinrent le droit de rentrer seules, après avoir été laissées à une station de métro proche de l'hôtel.

— Nous retournerons à pied, dit Agnès.

Elles se sentaient lasses de la contrainte que leur imposait cette compagnie réfractaire.

— A pied, à pied, c'est très joli. Mais avec quels instruments vais-je avancer, moi qui n'en ai plus ?

Sybil claudiquait sur la chaussée.

— Mais regarde, l'hôtel est au bout, là-bas, on le voit presque d'ici.

— Tu dis ça, nous marchons depuis bientôt une heure et rien ne se passe. Nous ne sommes pas plus près d'arriver que quand nous avons réussi à larguer Irina. Ce doit être elle qui nous a lancé un sort.

On ne compte jamais assez sur l'immensité de cette ville construite par un géant. La perfection absolue, l'harmonie sans faille de ses proportions trompent sans cesse le regard. A mesure qu'elles avançaient, l'hôtel *Europskaïa,* comme un mirage, restait aussi inaccessible au bout de l'avenue sans fin. Elles traînaient les pieds de plus en plus lentement.

— Je n'ai pas cessé de me plaindre, mais c'est tout de même bien de voyager avec des femmes, dit Sybil quand elles eurent enfin atteint le porche de l'hôtel. Vous avez eu raison de m'entraîner. Avec Rupert, je n'en aurais pas fait le quart. Demain, c'est promis, je suis votre homme. Je ne protesterai pas, quoi que vous m'imposiez.

L'immense hall de l'*Europskaïa,* d'un style désolé, comme on en voit quelques exemples dans les hôtels « de la Gare « ou du « Commerce » de certaines grandes villes de province tombés en désuétude, grouillait de visiteurs. Au centre, piaillait une formation compacte de femmes encapuchonnées de polystyrène, Kodak sur le nombril et souliers plats, un de ces lots de touristes ardentes, souvent veuves et souvent anglo-saxonnes, qui parcourent le monde en autobus, traînant dans leur sillage, comme pour se souvenir que l'espèce existe, quelques spécimens mâles qui attendent, avec la résignation des condamnés à vie, que leur mante religieuse ait fini de les dévorer. Apparemment, on s'adonnait dans le groupe au sport favori des soirs : la protestation.

« On » ne leur avait pas encore rendu leurs valises, « on » avait pourtant promis que chacun serait seul dans sa chambre, « on » n'avait pas servi de « cups of tea »... Au cœur du tourbillon, un représentant de l'Intourist, feignant de ne rien comprendre, lançait de temps en temps en appât à la rogne un mot en russe dont personne ne devinait le sens.

— Je vais tâcher de dégoter un journal, dit Lison. Je voudrais bien savoir où en sont les cantonales.

— Bon, eh bien moi, les filles, je suis quand même raide de fatigue et éteinte de soif. Sybil se laissa aller sur le bras d'Agnès. — On se retrouve au bar, si bar il y a, dans une demi-heure, oui ?

Lison contourna le bataillon de femmes en colère pour se diriger vers le stand de presse. Elle fut à peine étonnée d'apercevoir, lui tournant le dos, un petit homme râblé, la nuque émergeant à peine de son col de fourrure. Il parlait alternativement russe et anglais avec une semblable volubilité et tentait visiblement d'apaiser le troupeau en furie.

— Sven !

Lison éprouva une sensation agréable, comme si elle reconnaissait un visage ami dans le désert.

Sven avait tourné la tête dès qu'elle l'eut appelé :

— Lison, quelle chance j'ai ! Il s'arrêta une minute pour l'inspecter de haut en bas avec cet air, qui était le sien, d'être toujours sur le point de rendre une sentence capitale. — Tiens, comme vous avez bonne mine aujourd'hui. Et ça vous va, ce bleu. Etes-vous seule, ici ?

— Non, je voyage avec Sybil et une amie à elle.

Sven lui sembla beau soudain. Il portait la veste de peau qu'il lui avait prêtée le matin de la chasse à l'élan. Lison se souvint de la rassurante chaleur qui se dégageait de celle-ci. Il venait d'enlever sa toque de fourrure pour la saluer. Ses cheveux blonds frisés s'aplatissaient en petites boucles régulières sur son large front. Il avait plus que jamais l'air d'un faune.

Sven écarta ses lèvres charnues dans un sourire ironique :

— J'essayais d'aider ces harpies, mais il faut que je les abandonne, j'emmène deux amis à la gare. J'ai une voiture. Vous les connaissez peut-être, mes amis, ils sont français. Il montra du doigt un couple en observation devant une vitrine. — Maxime ! More ! cria Sven.

Un grand homme maigre se retourna et vint vers eux. Sven fit les présentations. Quand il eut prononcé le nom de famille de Lison, il ajouta :

— « Lison », vous savez, je vous ai parlé d'elle.

Il parle de moi aux gens ? Qu'est-ce qu'il peut bien dire ? se demanda Lison en souriant à la femme française. Elle éprouvait une fois encore cette irritation qu'elle n'arrivait pas tout à fait à définir quand elle se trouvait en présence de Sven.

— Nous sommes presque en retard, il faut qu'on y aille, dit celui-ci. On pourrait peut-être se retrouver à mon retour ? J'ai un rendez-vous d'abord, mais ensuite je serai tout à vous.

— Si les autres sont d'accord pour faire quelque chose. Elles se déclaraient mortes, tout à l'heure.

— Mais vous, Lison, vous avez l'air bien en vie. Quel est le numéro de votre chambre ? Je frappe à votre porte en rentrant. Si je ne vous y trouve pas, je vous rejoindrai au restaurant de nuit de l'hôtel. Ça va ?

Lison sifflotait en arrivant au bar.

— Les femmes ! Nous avons un homme à nous mettre sous la dent, cria-t-elle dès qu'elle se fut approchée de la table où les deux amies avaient pris place. Je viens de rencontrer Sven, Sybil, il nous retrouve tout à l'heure.

— Et toi, tu as un télégramme que vient de nous apporter un mystérieux uniforme. Je te demande pardon, dit Sybil, je l'ai ouvert, au cas où cela aurait été grave, mais cela ne l'est pas, rassure-toi.

Lison, incrédule, tendit la main vers le papier gris :

— Mais personne ne sait... ou bien c'est Claude.

« Emma mauvaise fracture jambe, retour à Paris. Obligé partir U.S.A. Viens. Maurice. » Lison relut deux fois le texte, en remuant les lèvres.

— C'est incroyable, on dirait une conspiration. Il y a trois minutes, en marchant vers vous, j'éprouvais une de ces légèretés d'être comme on en ressent à vingt ans. Et voilà, clic ! c'est fini. Il va falloir que je parte.

— Mais une jambe cassée, ce n'est pas sérieux. Ta fille a quatorze ans, n'est-ce pas ? Elle peut se passer de toi trois jours.

Sybil avait l'air interloquée.

— Pas maintenant que je suis prévenue. Pas si mon premier mari doit quitter Paris. Cela doit être sérieux si on a cru bon de la renvoyer de l'école.

— Que ton ex-Maurice repousse son voyage de quelques jours, proposa Agnès.

— Cela ne lui est peut-être pas possible. D'ailleurs, il n'a jamais été capable de gestes de ce genre. Ce n'est pas maintenant... Non, c'est foutu. Etre mère, c'est signer à vie un pacte de non-appartenance à soi-même, et une mère qui a un casier judiciaire affectif comme moi, vous pensez ! Je vais tout de suite aller m'occuper de mon billet. Il faut que j'appelle Maurice. Et, par-dessus le marché, cela va me coûter cher. Merde ! dit Lison.

Sybil arrondit son bras autour de son amie :

— Et moi j'appelle le barman, je te commande une triple vodka et on va vider la Russie de son caviar quand tu seras revenue du bureau. Pauvre chérie, on commençait à être si heureuses toutes les trois ! Mais aussi, quelle idée de mettre tes filles dans un couvent français. Une école anglaise garderait ton enfant et le ferait s'empoisonner un bon coup dans l'infirmerie, à manger des courges à l'eau sous le regard fourbe de la *matron*. Cela lui apprendrait à ne plus se casser les jambes.

La voix de Maurice était sèche et atone, comme s'il y avait un rapprochement logique entre les plaisirs que s'offrait son ex-femme en Russie et la jambe cassée de leur fille cadette. Il répondit par monosyllabes, sans proposer d'autres éclaircissements que ceux qui lui étaient demandés, puis le ton vira au reproche :

— Oui, je t'avais d'abord téléphoné à Helsinki, mais tu n'as pas l'air d'y être souvent. On la ramène de la clinique demain, après lui avoir rouvert son plâtre. Ces médecins de province... Son cheval s'est emballé. J'avais toujours dit qu'elle n'était pas faite pour l'équitation.

Tandis qu'il prenait un sensible plaisir à distribuer sa critique et que chaque mot prononcé aurait dû le rappeler à Lison sous son plus mauvais jour, elle était traversée par la fulgurante certitude que, quoi que l'on fasse, des liens imbrisables vous enchaînent à ce qui fut. Et elle savait que cette grogne téléphonique n'était en fait que l'expression du même sentiment chez Maurice, les retombées encore brûlantes de ce qui avait, un jour, été la passion. Malgré elle, cette voix la troublait, cet homme pour toujours gardait des droits et des pouvoirs sur elle. Lison eut mal à son passé et s'en voulut.

— Je pars demain, continuait Maurice. Il m'est absolument impossible de remettre mon voyage, ajouta-t-il sans qu'elle lui ait rien demandé.

Elle raccrocha un peu brusquement.

— Etourdissez-moi, dit-elle en regagnant la table. Il faut que j'oublie tout. J'ai dix-huit heures devant moi avant de redevenir une mère modèle et une épouse.

— J'espère que tu n'es pas une épouse modèle, dit Sybil. Il n'y a rien de plus pénible pour un homme. Claude ne mérite pas cela.

Les zakouskis et le plat de résistance se révélèrent désespérément espacés. Elles burent beaucoup toutes les trois en attendant ; elles rirent beaucoup aussi. Dans le lointain, sur l'estrade drapée de peluche rouge, les violons distillaient les sirupeux flonflons d'une musique tzigane et les trois amies discutaient sans contrainte, avec cette précision un peu clinique, cette absence de respect pour l'autre espèce qui sont par tradition le privilège des mâles entre eux, mais dont certaines femmes qui ont eu l'occasion de secouer certains jougs savent dorénavant s'amuser à leur tour.

— On parle toujours de la même chose, au fond, dit Sybil, « des souris et des hommes »...

— Et à ce propos ? Où est l'homme que tu nous a annoncé, Lison ? Qu'est-ce que c'est que cet homme-là ? demanda Agnès.

Elles se mirent à parler de Sven. Sybil était un peu ironique à son sujet :

— Il est bizarre, disait-elle, sans arriver à définir le sens exact qu'elle donnait à ce mot. Rupert est comme moi, il l'aime bien, mais il dit toujours en parlant de lui : « *It's a funny chap.* » D'ailleurs, quel est au juste son métier ? Le sais-tu, toi ?

— Il me semble que Claude m'a dit quelque chose comme « import-export »... Mais je le connais à peine, répondit Lison. Pourtant, c'est drôle, en le retrouvant tout à l'heure je me suis aperçue que je pensais à lui comme à un ami.

— Pourquoi pas comme à un amant ? Il est très séduisant, dit Sybil, et très laid.

— Quand j'étais jeune, dit Agnès, nous avions catégorisé les hommes en deux espèces, ma cousine et moi : « les baisables » et « les pas baisables ». En bref, les « B » ou les « P. B. ». Si je comprends bien, notre homme de ce soir appartient à la première catégorie.

— Il a de belles épaules, dit Lison.

— Une belle bouche, surtout.

Sybil suivit du doigt le contour de ses propres lèvres.

— A parier que vous n'oserez pas lui dire tout cela

quand il arrivera, dit Agnès. Il n'y a encore que les hommes pour avoir des franchises de ce genre.

— S'il vient, dit Lison. Il commence à se faire tard.

Elles avaient vidé leur flacon de vodka, les lumières se tamisaient sur la piste de danse où, parfois, l'une ou l'autre était entraînée à retrouver le temps perdu, en glissant au rythme d'un air qu'elle n'avait pas entendu depuis vingt ans. Sven n'était toujours pas là.

Lorsqu'on annonça la fermeture prochaine du restaurant, les amies se félicitèrent presque de son absence. La soirée d'adieu avait été bonne. Imbriqués l'un dans l'autre, un couple d'Américains lascifs vivaient les derniers instants d'une valse molle, quand elles se décidèrent à ne pas attendre plus longtemps. Lison, déjà projetée dans son futur, se leva la première, mais en quittant la salle rouge et or, elle avait plus que jamais au cœur l'amertume de ce voyage interrompu par le hasard d'une chute et la pensée du despotisme exercé sur elle à distance la rendait rêveuse. Elle avait beau s'efforcer de faire prédominer en elle les sentiments traditionnels, s'inquiéter pour sa fille, c'étaient la lassitude des contraintes affectives et un brutal désir de liberté, tel qu'en fait parfois naître en soi l'extrême jeunesse, qui avaient priorité.

— Voilà les effets du remariage, dit-elle à ses amies. Et non les méfaits. Pour la première fois, je me surprends à me rebeller. J'ai du mal à me conduire bien. Si au moins je pouvais devenir un peu plus comme toi, Sybil, un peu indifférente.

— Tu te rebelles, mais tu abandonnes tout pour t'occuper de ta fille de quatorze ans qui n'est pas inquiétante. En supplément, tu te tapes un complexe de culpabilité. C'est dommage, en effet, que tu ne puisses pas rester quelques jours de plus avec nous. Sybil effleura la joue de Lison tandis qu'elles montaient lentement le vaste escalier de l'hôtel. — Mais je te reprendrai en main à Helsinki. Tu ne m'échapperas pas. Je t'apprendrai l'égoïsme.

— Mes enfants considèrent, à des degrés divers, que j'ai été très égoïste en me remariant.

— Cite-leur la phrase de Germaine Greer : « La première chose qu'une femme peut faire pour son entourage, c'est d'être heureuse. »

Lison pensa soudain à sa conversation avec Sven, le jour de la chasse à l'élan.

— Le bonheur, c'est un état de fait. On naît heureux, je crois, dit-elle. Puis, quand elles furent arrivées devant leur porte : — Mon avion ne part qu'à quatorze heures, ajouta-t-elle. Puisque vous devez retourner à l'Ermitage demain matin pour voir le « Trésor des Scythes », je pourrais peut-être vous accompagner ? Je voudrais tenter de dire au revoir à « l'homme au journal », vous savez, ce Derain que j'ai tant aimé, et puis, si je pouvais réussir à retrouver la pièce toute en malachite. Il faudrait avoir le courage de se lever à l'aube.

— Alors, levons-nous à l'aube, conclut Agnès. La première debout prévient les autres. Evidemment, inutile d'ajouter que la première debout, ce sera Sybil. Elle ouvre l'œil comme un coq, dès qu'il fait jour.

Lison tomba exténuée sur son lit, après avoir bâclé ses bagages, et sombra dans un sommeil dénué d'images. Elle fut réveillée en sursaut aux coups frappés à sa porte. Déjà? Elles sont debout ? Sybil exagère, il fait encore tout noir. Elle se leva en courant pour aller ouvrir.

C'était Sven.

— Lison ?

— Sven ? Mais qu'est-ce que vous faites là ? Quelle heure est-il ?

— Très tard, très tôt. Je viens seulement de me libérer de mon rendez-vous, j'ai eu une série de complications, mais j'avais tant envie de vous voir et je crains de ne pas être libre dans les heures à venir. Vous partez quand ?

— Tout à l'heure.

— Vous permettez que je rentre ?

— Mais j'étais couchée... Je dormais...

— Alors, on va se coucher ensemble. Vous voulez bien ?
Il y avait une intensité suppliante dans son œil bleu, la porte entrouverte ne laissait passer que son visage. C'est vrai, il a de belles lèvres, se dit Lison. Sven continuait :
— J'aimerais être étendu près de vous, on n'est pas obligé de faire l'amour si vous ne le voulez pas, mais je crois que cela nous ferait plaisir à tous les deux.

Lison passa sa main dans ses cheveux. Elle fut étonnée d'entendre sa propre voix.

— Vous avez raison, répondit-elle, comme s'il se fût agi d'une affaire triviale d'ordre matériel et qui ne la concernait que de loin.

Sven ferma la porte doucement, il resta un instant immobile, puis, avec des gestes saccadés, il déchira presque ses vêtements et se tint devant elle, court, large, animal, le sexe brandi.

Lison le regardait sans bouger. Oui, un faune irrésistible, pensait-elle. Il exerce un pouvoir sur moi depuis la première fois où nous nous sommes rencontrés, et je n'en ai conscience qu'à ce moment.

La bouche méchante, Sven la poussa vers le lit ouvert. Lison remarqua les rideaux mal joints qui laissaient filtrer sur eux la lumière blême d'un réverbère. Qu'est-ce que je fais là ? se dit-elle, et elle ferma les yeux.

Ils firent l'amour très vite, sans parler. Une espèce de fringale brutale accordait leurs souffles bruyants dans le silence de l'aube. Sven, un temps, la fit changer de position et tint la nuque de Lison entre ses mains qui devenaient griffres. Elle pensa à une chatte sauvage qu'elle avait vue un jour, mordue à l'échine par le mâle qui la prenait.

Le calme revenu, ils se tinrent l'un contre l'autre et se turent encore. Puis Sven s'endormit. Lison resta immobile à côté de lui, les yeux ouverts, sans avoir envie de penser. Bientôt, la montre de Sven sonna à son poignet. Ils se levèrent ensemble.

Avant de la quitter, prolongeant un sourire soudain

très doux, Sven caressa les cheveux de Lison. Toujours sans parler, comme s'il voulait ainsi lui donner la possibilité d'effacer un incident qui n'aurait pas été ratifié par des mots. Lison ne dit rien non plus. Elle referma la porte sans bruit et se recoucha.

Lorsque Sybil entra dans la chambre quelque temps plus tard, Lison eut l'impression de s'évader d'un sortilège agréable qui lui avait fait perdre un instant l'usage d'elle-même. Un mot de Claude, un soir, dans leur lit, au début de leur mariage, lui revint en tête. « Un vieux célibataire... » C'est vrai, pensa-t-elle, moi aussi j'étais devenue un vieux célibataire. Il est difficile de renoncer complètement à un des aspects de soi-même. Peut-être comprendrai-je mieux Claude dorénavant, par le fait que je nous sais capable des mêmes gestes.

Sybil se pencha vers son lit pour l'embrasser :

— Mais qu'est-ce que tu as à grommeler toute seule ? Tu es somnambule ou quoi ? Tu es sûre que tu as la force de te lever ? Je vais aller secouer Agnès qui a dû se rendormir et on se retrouve dans une demi-heure dans la salle à manger. *All right ?*

X

Dans l'espace. En vacance de soi-même. Flottant au-dessus des certitudes inébranlables qui vous attendent au sol. Plaisir en négatif de l'avion. Ne penser à rien. Dormir pour repousser jusqu'à l'extrême limite le moment de réintégrer son propre personnage. L'appareil plongeait dans les trous d'air. « Attachez vos ceintures », disait la voix trop douce de l'hôtesse et Lison se retournait sur son fauteuil exigu sans parvenir à s'abstraire. Impossible d'araser cette nuit violente et imprévue. Sans qu'elle les provoquât, les images défilaient sous les yeux clos de la voyageuse : Sven s'encadrant dans la porte, un peu essoufflé comme s'il avait couru dans le long couloir désert ; Sven nu, brutal et tendre, puis, vite, la scène chaude et moite. Leur silence et maintenant ce souvenir qui parlait malgré soi et auquel il allait falloir faire face. Saurait-elle le dire à Claude ? Qu'éprouvait-elle ?

Au fond, lorsque l'on a rompu, ne serait-ce qu'une fois, le rythme de la fidélité, on se révèle capable de toutes les infidélités. Cette fois-là, un soir, il y a des années, et Dieu sait si à l'époque elle protégeait en elle une vision traditionnelle du mariage, cette fois, un soir sur la plage, elle avait accepté d'embrasser un garçon pendant leur voyage en Turquie. Maurice jouait au bridge à l'hôtel. Il faisait si beau et elle aimait si peu le bridge, elle s'était promenée au bord des vagues. Le garçon, il n'avait même pas de nom, le garçon, lui faisait une cour sans but précis, il était venu la rejoindre, il l'avait prise dans ses bras. Un baiser doux et bref. Elle s'était à nouveau sentie une jeune fille, c'était bon. Mais cette fois-là, cet instant sans valeur qu'elle était aisément parvenue à oublier par la suite — le garçon repartait le lendemain et elle avait déchiré dans la mer la feuille d'agenda où il avait inscrit son adresse — cette fois-là avait quand même ouvert la brèche à n'importe quelle autre infidélité de l'avenir, puisque c'est alors qu'elle avait réalisé qu'elle en était capable.

Ah ! les oublier tous, les hommes — les maris, les amants —, n'être que soi et que le cœur batte à petit bruit.

Lawrence l'attendait à l'aéroport. Dès qu'elle aperçut son fils, Lison eut l'impression que son séjour en Russie et ce qui s'y était passé appartenaient à une vie rêvée, lointaine, sur laquelle elle n'aurait pas de mal à baisser le rideau.

— Ma pauvre choute, dit-il, faisant zigzaguer sa 2 CV dans l'air doré du soir. Je ne sais pas pourquoi tu es revenue. J'avais pourtant assuré au père que je pourrais garder Emma quelques jours à Saint-Simon. Je l'ai ramenée ce matin de la clinique. Tu verras, elle n'est pas dans un état inquiétant du tout.

Il arrêta la voiture dans la familière petite rue grise.

Lison sauta vite et, s'immobilisant sur le trottoir, respira avec volupté l'air de son Paris natal, avant de courir vers l'escalier.

L'œil brillant, la jambe ostensiblement brandie, Emma était couchée en travers du lit de sa mère. La radio marchait à fond. D'un coude, Emma s'appuyait sur une pile de magazines ; une boîte de sucettes au caramel s'éventrait sur la courtepointe parsemée de journaux.

— Ah, Lison, enfin ! Emma tendit les bras. — Si tu savais comme je suis contente de m'être cassé la jambe.

Sa mère, sans répondre, céda au désir péremptoire de serrer son enfant contre elle.

— Tu as dû avoir très mal, mon Emouska, racontemoi comment cela s'est passé.

Emma caressa son plâtre bariolé de signatures.

— Oh, une autre fois, c'est trop long et c'est trop triste. Ecoute, je suis tellement heureuse de repartir à Helsinki. Un ou deux mois avec toi, sans les grands, quel luxe !

Elle vira un regard trouble vers Lawrence qui appuyait son genou au bout du lit.

— Tu devrais plutôt t'excuser d'avoir raccourci le voyage de maman, avec ta cassure.

— Oh oui, c'est vrai. Pardon, maman. Mais tu me ramènes avec toi, n'est-ce pas ? Si tu avais vu la gueule de la mère Délia, quand sœur Maria-Annonciation m'a conduite en ambulance jusqu'à l'avion.

Emma leva en l'air sa jambe lourde.

« Toi, ma petite, tu t'es laissé tomber », eut envie de dire Lison. Mais elle s'exclama seulement :

— Ce que tu as le cou mince !

— Oui, je ne mange plus depuis deux semaines. Cela me réussit très bien. On pense mieux quand on ne mange pas, tu ne trouves pas ? Alors, qu'est-ce qu'on fait ? ajouta-t-elle. On reste ici quelques jours avant de s'envoler ?

— Mais je n'ai encore rien décidé pour la fin de ton trimestre. Qu'a dit Maurice ?

— Le père a dit qu'on fasse au mieux... pour la bonne « continuation de mes études », *sic.* Tu sais, il n'avait qu'une envie, c'est de pas s'en mêler. Il était invité à passer quelques jours à Honolulu avant d'aller à son meeting à San Francisco, avec le groupe d'industriels. C'est ce qui l'intéressait surtout. Est-ce qu'il a toujours été « comme ça », le père ? Ou bien c'est le trauma de ton remariage ? Je l'ai trouvé... Je l'ai trouvé moyen.

Lison regarda sa fille avec stupéfaction. Une autre ! Un autre vocabulaire, d'autres préoccupations, d'autres gestes et le cou mince par là-dessus. Elles s'étaient quittées il y avait à peine plus d'un mois et, dans ce temps si bref, de mystérieuses mutations avaient pris place qui avaient transformé son enfant en profondeur. Un enfant, c'est comme le printemps. On tourne la tête et, quand on regarde à nouveau, ça y est, tout a changé. Lison eut un instant de regret pour la petite fille que ne serait plus jamais Emma.

— La fin de mon trimestre est organisée, continuait celle-ci. On m'enverra mes devoirs à Helsinki et, puisque c'était déjà décidé que je passais en troisième, il n'y a pas de problèmes. A moins que je ne fiche rien, ce dont je me garderai bien.

Lawrence esquissait un sourire ironique :

— Tu as organisé tout cela avant ta chute, ou après ?

— Ce que tu peux être merdique, le fils. Emma continua imperturbable. — J'ai convoqué sur mon lit de douleur la Mère qui s'occupe des études et nous avons fait un planning ensemble. Ouille, j'ai mal, dit-elle en déplaçant sa jambe, et soudain grave : — J'espère que l'on m'enverra des nouvelles de la jument. Elle aussi s'est fait mal. C'est encore la personne avec laquelle je m'entends le mieux à l'école.

(Ah bon, il reste encore un peu d'enfant, de-ci de-là.) Lison sourit.

— Quand vient le médecin pour le pansement de son genou, docteur ?

Lawrence mit sa main sur l'épaule de sa mère :

— Demain matin. Il est d'accord pour que... hum... la malade voyage d'ici deux trois jours.

Lison regarda autour d'elle avec plaisir. Ah ! notre Saint-Simon chéri.

— Tu dînes avec nous, Lawrence ? Il va falloir que je me grouille pour faire les courses. Je ne sais plus l'heure qu'il est chez vous, mais il me semble qu'il est plus tôt que chez Brejnev.

— J'ai une sous-colle que je n'ai pas pu remettre. Mais, demain, tu me raconteras toute ta Russie. Tiens. Il froissa un papier dans sa poche. — J'ai reçu une lettre de la petite Sylvie, hier. Elle s'ennuie un peu à Nantes. Elle se réjouit des vacances.

— Tant mieux, dit Lison. Moi aussi. Qu'est-ce que je vais te manigancer comme dîner, ma petite grougnasse ? Elle décrocha de l'armoire son vieux sac de ménagère. — Tu restes jusqu'à mon retour, le fils ?

Lison se retrouva dans la rue avec une émotion d'amoureux. Sa ville lui faisait toujours ce coup-là. Le soir tombait, alliant son gris au vert clair de l'air printanier. Paris des premiers jours d'avril, déjà un peu revigoré par sa transfusion saisonnière de touristes multicolores, fleurait bon l'arbre nouveau. Lison tourna le coin de la rue avec délices. Tout cela est à moi, pensait-elle, battant fort exprès le pavé pour l'entendre claquer sous son pied et s'en sentir le maître. Oui, c'est cela aussi, l'amour, une ville que l'on désire éternellement sans avoir même besoin de se souvenir pourquoi.

Les commerçants la reconnurent : « Ah, vous voilà de retour ? » Toute une vie de village se reconstruisit autour d'elle en un clin d'œil. La Finlande, à chaque pas, paraissait être plus loin dans la brume d'un présent pour un temps refusé. Plus d'une fois, avant de remonter chez elle, elle fut intriguée par le regard des gens. « Qu'est-ce qu'il y a ? J'ai mon ourlet défait ou quoi ? » Non, il n'y avait rien. Elle n'était plus dans le Nord, c'est tout, elle était chez elle à Paris, une ville où l'on se dévisage sans raison.

La soirée fut délicieuse pour Lison qui ne se lassait pas d'observer la nouvelle Emma, une Emma croquant le repas préparé du bout des lèvres, comme détachée tout d'un coup de cette ardeur carnassière qui avait été la sienne jusque-là, et levant son verre où elle tenait maintenant à verser du vin, pour chanter à sa mère le répertoire de salle de garde que l'on se transmettait sous cape au couvent. Il y avait là de quoi faire rougir un légionnaire, mais Lison se retint d'être étonnée, comme elle réprima en elle le banal besoin maternel de se rassurer avec la boulimie de ses enfants.

— Je vais dormir dans ta chambre, dit-elle. Tu es mieux, avec ta patte, dans le grand lit.

Puis, reprise par le charme rassurant des habitudes, après avoir éteint la lumière elle descendit de modestes ordures dans la cour, des ordures de vieille fille, se dit-elle, pour voir encore, avant de dormir, le carré de ciel qui s'y dessinait sous une lune étroite.

Deux jours plus tard, ayant fait le tour d'horizon des devoirs et téléphoné à la mère de Claude, une belle-mère encore inconnue dont elle apprécia le langage suranné et la jolie voix brisée, Lison repartit avec sa fille. Cette fois-ci encore, comme chaque fois qu'elle se retrouvait avec ses enfants, son plaisir d'eux avait réussi à effacer spontanément toute trace des besoins d'indépendance affective qu'elle avait encouragés à s'épanouir pendant leur absence. Elle se sentait reprise par sa maternité et s'étonnait presque des revendications de l'autre « soi-même ». Je reviens chaque fois au point zéro, se dit-elle. Elle se trouvait particulièrement mélancolique de quitter Lawrence. Il était au milieu de ses examens, pâle et tendu comme quelqu'un qui travaille trop. Il ne lui avait jamais rien demandé, rien reproché, Lawrence, et le vieux remords tenace avait beau jeu de faire surface : « Si j'étais là pour m'occuper de lui. »

Retourner dans le Nord, c'était remonter le temps. Peu à peu s'effaçaient les paysages verdoyants et la mousse en camaïeu des arbres au feuillage déjà déplié, pour refléter au travers du hublot les plaines grises nappées de givre où s'espaçaient les pics des étroits sapins aux crêtes encore blanches. Il devenait de plus en plus évident que « là-bas », dont elles s'approchaient, l'interminable hiver n'avait pas dit son dernier mot. Il ne m'a suffi que de quelques jours pour oublier ce climat, pensait Lison. Combien de temps me faudra-t-il pour m'habituer de nouveau à la neige ? Et pour réintégrer ma vie avec Claude ? Je suis amenée à être tant de personnages divergents et contradictoires qu'il y a toujours l'un d'eux qui se rebelle. Les femmes qui sont mères, épouses, et qui ont une carrière, en sont-elles toutes là ? Sans effort, ce bref temps, sans homme m'a fait oublier ce que c'était qu'une vie à deux.

Claude avançait vers elles. A chaque pas, Lison le retrouvait, retrouvait le couple qu'ils formaient, la tendresse complice qui les liait. Elle devenait consciente à nouveau des tics de son comportement qu'une autre de ses existences avait un instant effacés. Claude souriait, marchant lentement comme toujours, les bras drôlement écartés de son corps. Il émanait de lui une sorte de grâce un peu balourde dont — ah ! tant mieux ! — le charme continuait à agir. Non, elle n'aurait pas de mal à retrouver ce personnage-là non plus.

Il prit Lison par la nuque pour l'embrasser.

— Mon amour, dit-il.

Emma le regardait gravement, c'était la première fois qu'il osait... devant elle.

Son beau-père lui fit une chiquenaude sur le nez :

— Comme tu as bien fait de te casser un peu ! Tu seras réparée pour les grandes vacances et on aura eu le temps, d'ici là, de profiter de toi toute seule.

— C'est exactement ce que je pensais, dit Emma, rayonnant de la joie d'une cadette enfin promue au premier rang.

Au volant, Claude se tourna vers Lison :

— Nous avons un avenir assez chargé. D'abord, comme tu t'en souviens sûrement, nous recevons l'ambassadeur et sa femme à dîner la semaine prochaine, avec ce groupe de scientifiques. Il y aura des gens éminents, j'en ai la liste là pour toi ; et puis, d'autre part, écoute, cela ne tombe pas très bien, les Rompart sont là depuis hier et pour deux trois jours encore, je crois. Ils m'ont téléphoné, je n'ai pas pu...

— Les Rompart ? Qui, les Rompart ?

— Mad et Bob. Je t'en ai déjà parlé. Tu sais, elle est une vague cousine par ma mère. Je les ai revus à mon premier poste en Suisse, il était magistrat dans le Jura à ce moment-là. Et puis je les ai retrouvés des années plus tard, quand j'étais au Quai. Lui, faisait un stage à Paris. Tu te souviens, je t'ai raconté...

Le passé composé de Claude remonta à sa conscience.

— Ah oui, la fille qui...

Lison s'interrompit. Emma, bouche ouverte, guettait leurs visages avec cet instinct sûr des enfants à sentir virer le vent.

— Pourquoi sont-ils là ? demanda seulement Lison.

— Il avait un congrès en Suède. Il a dorénavant des attaches avec le Nord. Ils sont très curieux de te connaître.

— Et moi donc, dit Lison, la voix grise.

Elle se tourna vers la fenêtre pour cacher l'irritation qui s'emparait d'elle. Le marché au bord de l'eau battait encore son plein près du port. Comme c'était joli ! Elle regarda avec amusement, emmitouflées dans leurs châles, leurs traditionnelles casquettes enfoncées jusqu'aux oreilles, les marchandes dandiner sur les frêles barques dans lesquelles elles étaient venues des îles proches vendre leurs pommes de terre et leur poisson séché, et s'étonna du plaisir qu'elle éprouvait à revoir ce spectacle déjà un peu familier. Voilà, ce processus-là était aussi en marche avant qu'elle en eût vraiment conscience. Elle commençait à le comprendre et à l'aimer, ce pays.

Le spectacle avait su dissiper sa moue. Lison se tourna vers Claude :

— Tu ne m'as pas dit qu'il était sinistre, Bob Rompart ?

— Il est assez la barbe. Mais que veux-tu, des amis de plus de vingt ans, on ne les juge plus. On les jette ou on les garde.

C'est vrai, dorénavant la vie sera peuplée, pour l'un ou pour l'autre, de cartes de Noël anonymes, de lettres sans sens et de visages sans passé..., pensait Lison. Mad, si je ne me trompe, c'est la cousine avec laquelle il a couché dans les foins vers les quinze ans et qui, dépitée de ne pas l'avoir épousé, s'est empressée de le réinviter dans son lit chaque fois qu'il était possible. La maîtresse à répétition, comme une carabine, qui s'est toujours démenée pour renouer avec lui sa petite aventure sournoise. La voilà qui débarque maintenant. Elle ne croit quand même pas qu'elle va recommencer cela sous mon règne, celle-là ?

Lison se sentit brusquement un appétit de grand fauve :

— Naturellement, tu les as mis dans la chambre rose ? Pââvo s'est bien occupé d'eux, j'espère ?

Quand la voiture de Claude tourna dans la grande allée, Mad et Bob ouvrirent la porte de la maison et se tinrent sur le perron. Lison eut l'impression fugitive et désagréable qu'elle arrivait chez eux. Elle sut tout de suite qu'elle ne les aimait pas beaucoup. Bob, affublé d'un nom et de vêtements trop jeunes pour lui, un grand mou, la peau en caoutchouc beige, les dents allongées du quinquagénaire, avait la tête de son emploi. Baissant le crâne où frissonnait un reste de duvet gris, il secoua chaleureusement la main de Lison, comme si son geste allait parvenir à faire entrer en elle vingt ans de souvenirs. Puis, tapotant la joue de « la petite éclopée », il se mit à disserter sans pitié sur les membres cassés dont avaient souffert son entourage, ses collaborateurs proches et les amis de ses amis. Comme les gens ennuyeux, il était intarissable.

— Allez prendre un verre dans le salon, dit Claude à ses invités, nous vous rejoignons dans quelques minutes.

Dès qu'ils furent dans leur chambre, il prit sa femme dans ses bras :

— Je me suis ennuyé de toi. Il ne faut plus que l'on se quitte. J'ai beaucoup pensé, tu sais, pendant ton absence. Tu es en train de me changer. Je ne me sens pas tout à fait le même. Il va falloir encore une fois que l'on parle jusqu'à l'aube, j'ai plein de choses à te dire. Et plein de choses à entendre aussi, je suppose ?

Il écarta Lison de lui et la regarda longuement. Pour la première fois, Lison crut voir l'inquiétude dans ses yeux. Non, j'invente, se dit-elle, et elle approcha son visage de celui de son mari :

— Je me sens bien d'être revenue.

Dans le salon bleu, Pââvo, qui aimait boire, insistait pour servir de nouvelles rasades d'apéritif aux invités.

— Je me laisse encore tenter, disait chaque fois Bob, feignant de ne pas voir sa femme qui le menaçait d'un doigt qu'elle voulait mutin.

Lison nota qu'une nouvelle marque de porto faisait dorénavant partie de la cave. Elle s'efforça de prendre l'air joyeux.

— Vous êtes gentils de nous avoir attendus pour déjeuner, vous devez mourir de faim. Mme Haakinen me dit que nous pouvons enfin passer à table. Elle offrit un sourire de confection à la cousine.

Menue, dodue, de ces femmes qui justifient le nom de « caille », Mad avait le visage traversé par un long nez en canule, piqueté serré d'imperceptibles points noirs qui donnaient à celui-là une autre surface que celle du reste de sa peau. Quand elle riait, ses narines palpitantes révélaient généreusement leurs grottes sombres. Elle avait de beaux yeux mordorés et faisait danser sans cesse sur eux des cils abondamment nappés de fard. Parfois, elle posait son regard sur Claude d'une façon dont Lison ne pouvait s'empêcher d'être touchée, car il était clair, ce faisant, qu'elle avait un instant, pour elle-même, encore quinze ans.

Claude ne semblait pas le remarquer. Insensible de naissance aux morales conventionnelles et visiblement doué pour les joies du harem, il posait des questions à Lison sur son voyage, racontait son propre séjour en Laponie, décrivant le ministre à la demande de Mad, qui semblait avoir un faible pour les grands. Il était parfaitement à l'aise. Bob, auquel son hôte offrait beaucoup à boire, écoutait, un peu débordé. Son visage consentant faisait la navette entre les propos de Claude et ceux de sa femme, qui continuait avec ténacité à encourager son cousin, auquel elle donnait d'ailleurs un surnom ridicule qui faisait sursauter Lison chaque fois, à revenir dans les chemins qui leur étaient personnels à tous les trois, sinon à tous les deux. « Leur » Claude n'était évidemment pas celui de Lison. C'était un jeune homme maigre avec lequel ils avaient joué au tennis et campé dans les forêts du Jura. Lison, qui n'avait pour ainsi dire pas vu de photo de Claude — il semait son passé de poste en poste —, se sentait partagée entre le désir de connaître mieux ce jeune homme dont certains caractères étaient définitivement abolis et l'irritation de devoir cette découverte à une ancienne maîtresse ; d'autant qu'avec cette façon qu'ont parfois les femmes de croire qu'elles continuent à avoir des droits sur les hommes qui ont honoré leur couche, Mad multipliait les apartés et les clins d'œil.

— Ah ! Ce que tu aimais danser ! Tu te souviens, Bob ?

Le grand bon veau de mari, le nez dans son navarin, acquiesçait à tout coup.

Lison se parlait à l'intérieur, comme on calme un cheval rétif : « Ho ! Ho ! Ne nous énervons pas. Laissons-la parler au contraire. C'est bon, ce qu'elle me donne. Elle raconte quelqu'un que j'aime. Chaque bribe est utile, pour le reconstruire. »

— Et ce barbecue que tu avais préparé toi-même ? Mad avait un fort accent du Sud-Ouest et prononçait « barbé-kiou ». — Ce qu'on s'était amusés ce jour-là !

Comme si tout portait à croire que la franche gaieté avait quitté pour toujours la maison de son cousin.

Ainsi, jusqu'au dessert, Mad tenta de faire renaître un peu d'émotion complice dans le regard de son amant d'hier, qui demeurait épanoui sans détour, riant de ses rires passés et se souvenant de tout ce que l'on voulait et en même temps de rien.

Une fois encore, Lison était frappée par son aisance profonde. Rien ne le désarçonne, ce gars-là ! Mais c'est drôle et c'est amoral, se dit-elle, cette nuit avec Sven m'a guérie, je crois que je ne suis presque pas irritée.

— A propos, demanda-t-elle, soudain lasse du ronron de Mad, tu m'as ramené un programme, chéri ?

— Oh, c'est vrai, j'oubliais. Les Seulstöms, Gunnar et Kaya, nous ont invités à passer la nuit dans leur île en pleine mer. Il y a des chances que la glace lâche cette nuit. C'est toujours un spectacle extraordinaire. Ils disent que le chalet de pêche est très primitif, mais il y a de la place pour tout le monde. Naturellement, Lisette, cela dépend de toi, si tu te sens fatiguée...

Tiens donc, la « Verte ». Elle prenait des allures de vieille complice, la « Verte ». Une rivale de sa taille, en tout cas. En fin de compte, on en veut moins aux hommes des femmes belles et brillantes qu'ils ont aimées. Ce sont les autres, les moches, les sottes, qui dévaluent le sentiment qu'ils vous portent.

— Moi, je serais ravie, dit Lison. Mais Emma, elle ne peut pas venir facilement, avec sa jambe.

— J'avais fait demander, à tout hasard, à la petite des Italiens, de venir passer deux jours avec toi, ici, Emma. Je pensais que tu avais droit à un week-end sans travail, dit Claude.

— Tu es super.

Emma regardait Claude avec application. Lison voyait passer le train de ses pensées sur le visage de sa fille :

« Mon père n'aurait jamais eu une idée comme celle-là, tout seul. »

Mad ouvrit ses narines :

— Vos amis sont fort aimables. Quelle chance nous avons d'avoir un cousin qui connaît tant de gens, n'est-ce pas, Bob ?

Bob était tout à fait d'accord.

XI

Un vent énervant soufflait dans les bouleaux. A travers les rideaux légers, on apercevait les minces troncs blancs danser sur leurs racines, toutes branches échevelées.

Un long, long bruit, comme une voix de bête inconnue, avait retenti au-dehors quelques minutes auparavant, et maintenant il y avait dans la pièce un de ces silences lourds comme au théâtre, juste avant les trois coups.

— Il y a quelquefois une heure ou deux entre le premier craquement et les suivants, annonça Gunnar, qui s'était posté près de la fenêtre. Il avait gardé ses bottes et repoussé en arrière son bonnet de fourrure. Il adressa ensuite quelques mots en finlandais à un vieil homme immobile au fond de la pièce, puis se retourna vers les autres : — Imberi est d'accord, on a encore le temps. Je propose que nous prenions une collation. Tout est prêt, n'est-ce pas, Kaya ? dit-il sans regarder sa femme. Celle-ci ne répondit pas, mais alluma dans ses yeux un éclat vert dont Lison capta l'intensité. — Ensuite, continua Gunnar, que ceux qui veulent venir à la mer me suivent. En tout cas, la nuit sera courte pour tout le monde. Le jour se lève plus tôt déjà. Savez-vous que, dans à peine plus d'un mois, nous aurons vingt-trois heures et demie de jour ? dit-il à Mad.

Elle arrondit ses yeux ronds.

Un autre bruit, plus proche cette fois-ci, sembla ceinturer la maison. Kaya serra ses bras contre elle :

— Je vais aller préparer le vin chaud.

Elle se dirigea toute droite vers la porte. Les longues franges de son châle en pointe touchaient presque le sol. Comme elle était frêle !

— Je peux vous aider ? lui demanda Lison.

Elle suivit Kaya dans la cuisine sombre au plafond bas.

Carrée, costaude, dense, la cabane était entièrement composée de rondins de bois clair superposés. Elle était sans âge, tant sa facture était éternelle. Une maison de pêcheur de tous les temps. Le contraste entre son apparence et son décor n'en était que plus frappant. A l'intérieur, malgré la sobriété de l'ensemble, on sentait à chaque détail le fruit d'une réflexion raffinée. Rideaux, sol, tapis, tout était bleu et blanc, couleur de mer. De temps en temps, une pointe de rouge acide rendait plus percutante l'harmonie à deux notes.

— Comme c'est bien, ici, dit Lison. Quel goût vous avez !

Elle s'étonna de se sentir débarrassée d'un malaise. Ça y est, elle ne détestait plus la « Verte ». Elle la voyait dorénavant telle que Sven l'avait décrite au déjeuner de chasse. Un être beau et triste, désemparé par un profond chagrin et qui parvient à s'étourdir par le truchement de sa séduction.

Kaya versait le liquide bouillant dans les gros verres taillés en diamant. Elle leva la tête, les lèvres à demi entrouvertes sur ses dents très blanches :

— Je m'amuse à décorer mes maisons, et puis, quand elles sont terminées, je ne m'amuse pas à y vivre.

Lison eut tout à coup l'impression que Kaya, elle aussi, était différente. Quelque chose de mystérieux s'était passé, à leur insu. Comme la glace là-bas, qui allait s'ouvrir en deux et libérer la mer, leur antipathie avait fondu. Elles restèrent debout une minute, sans rien dire, soudain confortables dans la compagnie de l'autre, presque gênées par cette révélation. Puis Kaya posa la louche luisante sur la toile cirée à carreaux :

— Vous voulez bien prendre les harengs et les pommes de terre ? Attention, ne vous brûlez pas.

Lison s'approcha de l'autre couple d'invités auxquels elle n'avait pas encore parlé, et leur offrit son plat.

— C'est drôle, dit-elle. Est-ce que nous ne nous sommes pas déjà rencontrés quelque part ? Il me semble que...

— Mais oui, tâchez de vous souvenir, lui dit le grand homme maigre auquel elle s'adressait. Il n'y a pas longtemps, même... Ne dis rien, Maxime.

— Ah, j'y suis. Leningrad. Nous nous sommes croisés dans le hall de l'hôtel.

— C'est ça. Juste avant que Sven ne nous mène à la gare.

Claude s'était approché :

— Sven était en Russie ? Tu ne m'avais pas dit.

— Je n'ai rien eu le temps de te dire, répondit Lison.

Elle allait se diriger vers Mad, mais la maîtresse de maison s'approcha de leur groupe avec les verres. Quand ils se furent tous servis, Kaya posa le plateau vide et mit la main sur le bras tendu de Lison :

— Vous voyez, More, je vous l'avais bien dit qu'il y avait des Français charmants à Helsinki.

Claude n'avait pas bougé. Il regardait les deux femmes debout l'une à côté de l'autre. Elles se souriaient. Il ouvrit la bouche, il allait dire quelque chose, puis changea d'avis et se dirigea vers Gunnar.

Le bruit reprit en s'amplifiant. Cette fois-ci, il semblait que l'on entendît tous les instruments d'un orchestre.

Mad mit sa main devant ses yeux :

— Vous êtes sûrs que ce n'est pas dangereux ?

Personne ne répondit.

— Ah, la voilà qui lâche enfin, la mâtine ! Elle y a mis le temps, cette année. Il y aura de beaux saumons. Gunnar, la babine retroussée, s'adressa au vieux qui tendait l'oreille lui aussi : — Vous venez, Imberi ? Moi, j'y vais, dit-il à la cantonade.

More suivit les deux hommes. Kaya referma la porte derrière eux.

— Le vieux qui vient de s'en aller travaillait avant pour le père de Gunnar. Il revient chaque année, exprès pour entendre la mer dégeler, sur l'île où il a vécu toute sa vie. Gunnar aussi n'aime que la nature en furie, ajouta-t-elle, et moi je ne peux pas la supporter. Il est tard déjà. Qui a sommeil, ici ? Je vais aller préparer le compartiment des femmes.

Claude s'approcha de Lison. Il sembla à celle-ci qu'il la regardait avec une douceur particulière :

— Je crois que je vais suivre les hommes et aller voir la mer. Mais toi, couche-toi, chérie, tu dois être lasse.

Lison appuya sa figure contre la veste de Claude. Il la regarda, comme s'il ne la reconnaissait pas tout à fait, puis lui caressa la joue et poussa la porte.

— Tu viens, Bob ? dit-il.

Une nouvelle bourrasque de vent fit voler en papillons les serviettes du repas.

Lison, tenant la poignée, écouta un moment le bruit brutal et inconnu.

Mad, pinçant sa bouche, serra ses mains l'une contre l'autre.

— Tiens, Claude n'a pas dit bonsoir à tout le monde. Je ne savais pas que c'était ce genre de maison où nous passions la nuit. Elle contemplait piteusement les paillettes de son chandail du soir. — J'aurais pu me vêtir plus chaudement, dit-elle, une nuance de reproche dans la voix.

Lison ne put s'empêcher de sourire :

— Je ne savais pas non plus, je ne suis jamais venue ici. Mais quel bel endroit, n'est-ce pas ?

— Je n'aime pas tous ces bleus, murmura tout bas Mad. Elle fit une grimace. — Comme la maîtresse de maison est maigre, ajouta-t-elle. Est-ce qu'elle est bien portante ?

— Elle est surtout très belle, dit Lison. Cela ne m'étonne pas que Claude ait été amoureux d'elle il y a dix ans. (Mais comment, par contre, a-t-il pu s'intéresser à « ça » ? C'est étonnant comme cela gêne rarement un homme qu'une femme soit bête et mesquine pourvu qu'elle ait un entre-jambes consentant et en état de marche.) Elle s'étira, confortable d'être longue et grande : — On va se coucher ?

Maxime et Kaya parlaient en se déshabillant quand Mad et Lison entrèrent dans le dortoir des femmes. Le fracas venant de la mer couvrait leur conversation.

— Non, aucune nouvelle de Sven depuis qu'il est en Russie, dit Kaya se forçant pour hausser le ton. Ce frère que j'ai est impossible. Je ne sais même pas quand il rentre. On dirait qu'il fait des mystères exprès. Mais il revient toujours aussi, comme le vieux, pour vivre les changements de saison. Elle souleva le rideau. — Vous la voyez qui s'échappe ? Vous l'entendez ? Et toute cette écume ! On dirait un animal en rage.

Lison se dirigea vers un des deux divans vacants, sans se mêler à la conversation.

Kaya se retourna.

— Alors, vous avez vu mon frère à Leningrad ? reprit-elle.

Lison se mit à fouiller dans son sac de voyage. Le Sven qu'elle avait vu, féroce et haletant, ses vêtements parsemés à ses pieds, passa devant ses yeux. Elle eut chaud aux joues.

— A peine. Il n'est pas venu au rendez-vous qu'il nous avait fixé à Sybil et à moi.

— More dit que c'est le meilleur joueur d'échecs qu'il ait jamais rencontré, dit Maxime. Et, de la part de More, cela veut dire quelque chose.

— Oh, Sven aurait été le meilleur en tout, s'il avait voulu, répliqua Kaya. Mais, après la mort de ma cousine

Erika, il a changé. Vous savez qu'ils avaient été fiancés quand ils étaient très jeunes ?

— L'Erika de ma maison ?

Lison sortit la tête de son sac. Kaya fit un signe affirmatif. Elles se turent un instant. Mad poussa un nouveau soupir :

— On dirait qu'il pleut aussi.

Elle était en train de déboutonner pudiquement son soutien-gorge, d'un rose déplorablement saumon. Lison aperçut deux lourds seins bruns qui s'engouffraient dans un pyjama. Elle éprouva une espèce de dégoût.

— Vous n'avez pas froid ? demanda-t-elle à sa voisine.

— Non, pas encore, mais pourvu que Bob ait pris son cache-col. Ça gronde toujours autant là-bas ? Vraiment je ne me sens pas à l'aise. J'ai l'impression qu'on tangue.

Les trois autres femmes échangèrent un clin d'œil.

— C'est merveilleux, au contraire, d'être à l'abri au cœur d'un drame naturel. Je sens que cela va être délicieux de dormir. Et puis de se réveiller à l'aube et de regarder et d'aller voir.

Maxime s'enfonça sous sa couverture.

— Alors, vous me direz quand vous voulez que je souffle la lampe ?

Kaya, à genoux sur son duvet, lissait d'un long geste ses cheveux plats.

Dans cette pièce, il y a trois femmes qui ont couché avec Claude, se dit Lison avant de sombrer dans le sommeil, et cela ne fait presque rien à la troisième. Bravo, ma fille, tu fais des progrès.

Le carcan de glace avait éclaté durant la nuit. Heure par heure, jusqu'à l'aube, après avoir atteint son apogée symphonique, le fracas s'était lentement apaisé. Fourbus, brisés par les excès de la nature, les habitants de la cabane se réveillèrent par un temps d'eau et de vent.

Au delà de la fenêtre, les arbres luisaient sous un ciel d'étoupe.

— J'ai passé un grand moment de la nuit près de la mer, dit Gunnar, botté, casqué, emmitouflé comme un Esquimau. Le vieux Imberi ne voulait pas aller se coucher. On va y retourner un instant maintenant, vous voulez ? Il prit Lison par la taille. Tous ses gestes semblaient avoir pour but de faire souffrir sa femme. — Et puis je vous ramène à terre, ajouta-t-il, si le moteur marche. Son œil impitoyable d'oiseau de proie se tourna vers Mad. Elle était prête à partir dès le matin et se promenait à travers la cabane, son manteau sur le bras, sans jamais accepter de sortir pour voir le spectacle. — Cela vous fera du bien, hein, de retrouver le confort après cette nuit à la dure ? On va vous emmener déjeuner à la grande maison.

— Moi, il faut que je retourne tout de suite à Helsinki, dit Lison, se dégageant de l'étreinte. J'ai promis depuis longtemps à l'ambassadrice de l'aider pour le goûter des vieilles dames de l'asile franco-finlandais qu'elle organise chaque année avant la fête du printemps. Mais restez, les autres. Il faut absolument que Bob et Mad voient « Kayalka ».

— Tu es sûre que tu veux repartir seule ? insistait Claude.

On eût dit qu'il avait envie de l'accompagner.

Enfin, il fut décidé que Kaya reconduirait les invités à Helsinki où elle rentrait ce soir-là.

Le ciel s'était soudain ouvert quand Lison les quitta à l'embarcadère, révélant derrière les nuages une grande nappe de bleu perçant. Elle chantonnait au volant, heureuse d'être seule et d'aller un peu trop vite, comme lorsque l'on n'a que son propre destin entre les mains. Il faisait doux, maintenant. C'est vrai, le printemps était proche. Quelque chose s'était passé cette nuit-là. Une odeur verte flottait dans l'air mouillé. Lison se sentait voler sur la route déserte.

Les grands candélabres d'argent brillaient dans la vaste pièce éclairée. Partout, sur les meubles, au centre des tables du goûter, clignotaient des bouquets de ces grosses bougies colorées dont les gens du Nord se servent si souvent pour remplacer le soleil.

Quelques invitées étaient déjà arrivées.

— Je suis désolée d'être en retard, dit Lison à l'ambassadrice. Mais je viens de Lantepaari et je me suis un peu perdue.

— Vous n'êtes pas en retard, lui murmura l'ambassadrice. Elles sont en avance, les pauvres chéries. Si les vieilles dames viennent toujours en avance, c'est parce qu'elles n'ont rien à faire. Soyez gentille, Lison, allez dans le vestibule et amenez-les dans le salon. Il y en a une qui s'est perdue dans les couloirs l'année dernière. Est-ce que notre gentil pianiste est arrivé ? demanda-t-elle au valet de chambre. Si vous saviez les ennuis que j'ai eus, ma pauvre Lison ! Ce matin, on m'a téléphoné que le fils du pasteur était malade et ne pourrait pas venir jouer. Il a fallu dénicher un remplaçant. Heureusement, j'ai pu joindre un ami.

Les vieilles dames avaient mis leurs chapeaux les plus fleuris pour honorer l'ambassade et la fête du printemps. A mesure qu'elle les aidait à se dévêtir, tandis que le maître d'hôtel, la bouche condescendante, empilait d'un air aveugle leurs manteaux sur les cintres, Lison sentait geste à geste le printemps se détacher d'elle.

Il y a une constante à travers les pays et les climats, se dit-elle, un dénominateur plus commun encore que la jeunesse : la vieillesse. Elle arrive inéluctable et creuse partout les mêmes sillons, décharne ou gonfle aux mêmes endroits, on finit par se ressembler toutes.

Habituées à elles-mêmes, les vieilles dames devisaient gaiement en attendant de prendre place autour des tables fleuries. Lorgnant les petits paquets que l'ambassadrice avait enrubannés, elles riaient, révélant sans contrainte les antres accidentés de leurs bouches.

Avec une immense pitié, dont elle se faisait à l'avance profiter dans l'avenir, Lison détaillait les jambes en fagots, les bréchets avachis où s'étalaient des masses molles, la tendre chair frisée qui pendait sous les mentons et les mains noueuses que prolongeaient des avant-bras marbrés de taches brunes.

— Allons, il faut que nous goûtions avant le concert, dit l'ambassadrice, frappant dans ses mains avec ce supplément de feinte gaieté que l'on réserve aux enfants et aux vieillards pauvres.

Elle s'approcha, souriante, d'une morte vivante, bouclée de neuf pour l'occasion mais dont l'œil de poisson pas frais n'avait pu être ranimé, lui, et, aidée de Lison, la transporta comme un sarcophage jusqu'à sa chaise.

— Notre doyenne, dit-elle amicalement, la tapotant comme un objet.

L'instinct de vie était fort. Les vieilles dames avaient faim. Leur présentant les plats, Lison les regardait avec satisfaction défier le temps en empilant sur leur assiette des réserves de gâteaux jamais assez crémeux, que leurs mains arthritiques saisissaient mal. L'ambassadrice ramassa un cracker qui garnissait la table et le tendit à une grosse aux yeux pâles :

— Faites un vœu.

Lison se sentit mal à l'aise. Tous les mots tombaient à côté, toutes les phrases étaient piégées. Quel vœu peut-elle bien faire ? Continuer, c'était peut-être là la seule espérance.

Cependant, entraînée par la maîtresse de maison, chacune à son tour se mit à tirer sur les pétards et à coller gaiement une couronne en papier crépon sur son crâne, un vestige d'excitation dans le regard.

Allons ! La vie semblait garder en réserve une infinité de petites joies. Lison auréola le visage de souris d'une des invitées d'une ridicule casquette à carreaux.

— Vous avez l'air du « Kid » de Charlie Chaplin.

Elle se pencha, honteuse de participer à la mascarade des mensonges pieux.

— Maintenant, nous allons avoir notre surprise, dit l'ambassadrice quand les dernières tartelettes eurent fini de couler sur les mentons.

Se réservant un autre plaisir quand elles seraient rendues à leur solitude, la plupart des vieilles dames, qui n'avaient pas ouvert leurs cadeaux, les enfournèrent vite dans leurs sacs, cependant que le maître d'hôtel tirait sur le rideau qui masquait l'estrade, au fond du grand salon blanc et or.

Lison se refusa à le reconnaître tout d'abord. Ce n'était pas plausible que ce fût lui. Mais c'était lui. Sven, étriqué dans son habit luisant, s'inclina en souriant devant son futur auditoire.

— La valse de Sibelius, dit-il.

Lison, debout derrière une des colonnes qui séparaient les deux parties de la pièce, eut la certitude qu'il ne l'avait pas vue. Elle le regarda un instant, avec une tendresse amie que ratifiait encore le souvenir du désir partagé. Et la phrase que prononce l'Ondine de Giraudoux, quand elle regarde une dernière fois le chevalier Hans, lui revint en mémoire : « Comme je l'aurais aimé. » Oui, si l'on accepte d'être libre, que de gens on aurait pu aimer, une fois réduite la flamme incomparable du premier sentiment. C'est rassurant, se dit Lison. Et elle se dirigea vers l'ambassadrice :

— Vraiment, cela ne vous ennuie pas que je parte maintenant ? Je vois que la femme du chancelier vient d'arriver pour me remplacer.

Elle monta dans sa voiture, pressée de revenir à la maison et de dire à Claude qu'il ne fallait pas perdre une minute du temps qui restait et vite abolir les sentiments inutiles et les gênes et les ombres qui accompagnaient leur nouvelle association, parce que la vieillesse était plus forte que le printemps.

La maison avait un air gai. Il faisait encore clair et,

pourtant, toutes les fenêtres étaient allumées. Par celle de la bibliothèque, qui avait été laissée entrouverte, on entendait Emma et la petite Italienne taper en désordre sur le piano mal accordé. Lison se sentit bien. Une maison à enfants !

Claude rejoignit sa femme dans le vestibule quand il eut entendu la porte claquer.

— Chérie, on va peut-être finir par se voir un de ces jours... Ils s'en vont demain soir, reprit-il plus bas. Ouf !

Il la serra. Lison se laissa aller contre lui. Elle aurait pu en aimer d'autres, mais c'est lui qu'elle aimait dorénavant.

— Où sont-« ils » ?

— « Ils » boivent leur doigt de porto dans le salon.

— Laissons-les finir la bouteille. Tu montes un peu avec moi ? Ce goûter m'a abattue. J'ai besoin de me rassurer avec ta présence... Et comment va ma fille ? ajouta-t-elle.

— Ta fille va comme un chef, cria Emma du haut de l'escalier.

XII

Le soleil, pourtant ardent, n'était pas encore parvenu à fondre complètement les restes de glace grise au coin des pelouses. Chaque nuit, la Baltique recommençait à frissonner d'une palpitation argentée.

On l'attendait avec de plus en plus d'impatience, on parlait sans cesse de « lui », mais « il » n'était pas encore là.

Précédant son apparition, sa fête avait été célébrée avec le faste habituel. Les Finlandais, comme chaque année à la même date, s'étaient coiffés à nouveau de leurs casquettes blanches d'étudiants, à la visière en carton bouilli, et pour vingt-quatre heures des êtres de tous les âges, de tous les groupes sociaux, avaient eu à nouveau vingt ans pour unir dans un même culte le printemps de leur vie et celui du climat. Attachant des ballons aux ailes des voitures, parsemant les chaussées de confettis, ils avaient réinventé rituellement une gaieté bruyante qui ne leur était pas habituelle et mêlé jusqu'à l'aube leur fraternité provisoire aux bords des plages et au fond des bars, dans une vaste orgie généreuse dont la griserie tenait autant à l'allégresse devant le miracle qui allait encore une fois se produire qu'aux effets de l'eau trompeuse, cette sorte de vodka rustique, à base d'alcool de bois, qui était consommée sans compter.

Comme chaque année aussi, Ida von Ranenberg avait retenu sa table dans un des grands restaurants d'Helsinki. Claude avait tenté de refuser son invitation. Il avait eu tant de travail dernièrement, Lison et lui avaient si peu eu l'occasion d'être ensemble, disait-il, depuis le départ de Mad et Bob. Il n'y avait pas assez de ces soirées où il était dans la possibilité de laisser pendu dans l'armoire « son bleu de travail », comme il appelait son smoking.

— Et puis je suis un peu las de l'atmosphère d'Ida, tu sais...

— Ma douée, je ne te reconnais plus, tu deviendrais un être asocial, tout à coup ?

— C'est l'effet que tu as sur moi. Réponds-lui que nous sommes tous les deux fatigués.

Mais Ida avait insisté :

— Vous ne pouvez pas rester chez vous ce soir-là, *darling*. Comment voulez-vous comprendre notre pays si vous ne l'observez pas quand il est en folie ? Cela ne lui arrive pas tellement souvent. Dites à Claude que je ne lui pardonnerai pas s'il vous chambre, ou bien venez sans lui.

Dès le moment où son mari et elle pénétrèrent dans le restaurant, il flottait déjà à chaque table la bienveillance floue qui accompagne un temps les excès de boisson et Lison sut qu'Ida avait eu raison. Il fallait voir cela, cette salle grouillante de convives à casquettes qui levaient leurs verres en chantant. Il fallait entendre cela, la stupéfiante introduction du bruit dans un monde dédié depuis l'hiver au silence. Lison avait enfin l'impression de faire partie d'Helsinki et d'y vivre ce soir-là un moment révélateur.

Elle s'assit et sourit d'une façon diffuse aux invités. Des visages connus dorénavant, des noms qu'elle n'écorchait plus et qui devenaient lentement familiers, de-ci de-là, même des espérances d'amitié. Le temps exerçait aussi des actions bienfaitrices.

Tandis que les serveurs immobilisés derrière les sièges attendaient un signal de l'hôtesse pour présenter les grands saumons harnachés de *dill*, dans un geste qui s'apparentait plus au ballet qu'au service de table, Sybil ignorant l'attaché de l'ambassade de France que le hasard lui avait octroyé — Ida faisait toujours tirer ses places au sort —, avait appelé Lison, assise de l'autre côté :

— Sais-tu que nous avons quand même fini par l'avoir notre dîner avec Sven ? Il nous a retrouvées le lendemain et nous a emmenées dans un restaurant caucasien FORMIDABLE. On a parlé de toi toute la soirée. C'était amusant après avoir tellement parlé de lui, la veille, quand c'était à lui d'être « l'absent ». Tu lui rappelles un amour de jeunesse, il paraît. Tu sais, tu as raison, ajouta Sybil, il y a quelque chose de poétique en lui.

Lison se souvint plus tard du déclic dans le regard de Claude. Assis non loin de Sybil, il semblait pourtant écouter la conversation d'Ida.

Sybil et Lison n'eurent plus l'occasion de se parler jusqu'à la fin de la soirée. Jean-Luc de Hun, enfin parvenu à se faire inviter par Ida, parvint aussi à attirer l'attention de sa voisine, l'ambassadrice d'Angleterre, et Lison, l'orchestre s'étant mis à jouer des airs de danse, fut entraînée dans une valse trop lente par son voisin, un général finlandais. Le bras haut, la jambe dure, il la serrait si fort contre ses décorations que, lorsqu'il la ramena soigneusement à sa place, il semblait à celle-ci qu'elle avait l'ordre du « Grand Ours Blanc » imprimé sur le poitrail.

Les tables étaient jonchées de serpentins, les videurs professionnels de l'établissement finissaient de déménager dehors, dans un de ces épais silences comme seul le Nord sait les répandre, quelques clients que l'alcool avait rendus incapables de se remuer eux-mêmes, quand Ida commanda le dernier magnum de champagne.

— Il faut attendre le soleil, dit-elle avec ce désir éperdu qui était le sien que les fêtes ne finissent pas.

Enfin, bien plus tard, elle libéra ses invités déjà las.

Lorsqu'ils sortirent du restaurant, la place Impériale était déserte, seuls quelques derniers fêtards zigzaguaient au bord de la fontaine centrale. Un ciel opalescent, traversé par endroits de zébrures dorées, éclairait une ville qui allait s'endormir avec le jour.

Lison s'assoupit dans la voiture à côté de son mari.

— Vous deviez dîner avec Sven à Leningrad ? demanda-t-il.

— Oui, je t'ai raconté que je l'avais rencontré dans le hall de l'hôtel.

— Bizarre comme il se retrouve tout le temps sous nos pieds, celui-là !

Ils atteignaient l'avenue de la Baltique, lorsque brusquement Claude freina à bloc. Lison se dressa, le vit ouvrir la portière de la voiture et courir vers le devant du véhicule. Presque sous les roues, elle aperçut un corps étendu. Une femme aux cheveux sombres était couchée par terre, la visière en berne sur ses boucles éparpillées. Elle avait une bouteille vide sous le bras. Son compagnon, un jeune homme surgi de l'ombre, l'aida à se relever sans qu'elle ouvrît les yeux.

Lison à nouveau s'appuya contre la banquette :

— Je n'ai jamais vu une femme vraiment saoule. Pourquoi est-ce beaucoup plus triste qu'un homme saoul ?

— Tu l'as reconnue ? dit Claude, un peu hagard, en se remettant au volant. C'était Ingrid.

— Bizarre qu'elle se retrouve encore sous nos roues, celle-là ! ne put s'empêcher de remarquer Lison.

Au petit matin elle s'endormit et, dans son rêve, le printemps avait la beauté tragique d'une fille brune, prostrée dans le sommeil impénétrable de l'alcool.

Les jours allongeaient maintenant avec une vitesse stupéfiante. Emma évoluait presque au même rythme. C'était comme si elle avait d'un coup craqué sa coquille et émergé, fraîche comme Candide, à un monde extérieur qu'elle prenait pour la première fois la peine de considérer.

Jamais auparavant elle n'avait montré l'envie d'échanger plus que quelques idées en l'air avec Lison, elle semblait maintenant avoir plaisir à provoquer leurs rencontres. Au retour de ses leçons particulières, elle s'asseyait aux pieds de sa mère qui travaillait souvent dans le salon bleu et lui parlait d'elle-même, de leur vie passée, de son propre avenir, avec une sincérité qui bouleversait Lison, car elle s'apercevait qu'elle s'était moins penchée sur cet enfant-là que sur les deux aînés. C'était l'enfant du divorce, cet enfant-là. Celui que l'on a fait pour tenter de préserver ce qui est déjà brisé et dont on a eu moins le temps, ensuite, de s'occuper, parce que votre vie et ses problèmes vous ont préoccupé sans cesse davantage. Et puis les hasards biologiques avaient fait que Lison accordait, depuis toujours, sa confiance à Emma comme à elle-même. Certains points communs fondamentaux, qu'elle avait cru discerner entre elle et sa fille cadette, avaient rendu celle-ci plus rassurante d'avance. Lison avait eu le sentiment diffus qu'Emma possédait, outre la défense que procure un certain égoïsme, un équilibre profond qui lui permettrait toujours de faire face. Et tout à coup, à la faveur de sa solitude fraternelle, celle-ci révélait à sa mère, sans même en avoir conscience, qu'elle avait souffert de la relégation des plus jeunes et de cette légère indifférence que montrent parfois les parents pour les enfants qui ne leur donnent pas de mal.

L'éternel va-et-vient qui continue mystérieusement à maintenir la balance au sein des familles opérait encore une fois. Tandis que se levait entre mère et fille cadette le voile qui les avait séparées, sans qu'elles l'eussent vraiment réalisé jusque-là l'une ou l'autre, la sœur aînée continuait à se dérober et à punir sa mère par le truchement du silence.

« Elle va finir par arriver dans quelques semaines sans

m'avoir envoyé un seul message en trois mois », soupirait Lison pour elle-même après le passage du facteur.

Un matin, Claude se mit à la fenêtre.

— Ça y est, dit-il, viens voir. Il est là !

Le printemps avait éclaté pendant la courte nuit de la fin mai. D'un coup, les feuilles d'un vert-jaune, encore pliées la veille, s'étaient ouvertes ensemble, comme des mains. Le jardin renfrogné et éteint au coucher du soleil éclatait maintenant de ses parterres multicolores. Là-bas, près du lac, les roseaux tendaient au bout de leurs longs cous les pétales charnus de nouvelles fleurs d'un jaune sombre piqueté de noir.

— Je ne peux pas y croire ! Emma entrait dans la chambre de sa mère avant de partir à son cours. — On se dirait devant un de ces films accélérés qu'on vous passe en classe de botanique. Est-ce qu'il n'y a pas de quoi devenir fou, pour des fleurs ?

— C'est le *Sacre* de Stravinski, dit Claude. Va me chercher la cassette dans la biliothèque, veux-tu ? Nous allons le jouer devant la fenêtre. Il s'étira. — J'aimerais rester la journée entière dans le jardin, à le voir renaître, ou bien marcher à travers les rues et regarder les gens assis sur les bancs qui boivent le printemps. Mais (nouveau soupir) j'ai plein de travail avec cette foire économique. Et puis ce déjeuner d'hommes, ici. Qu'est-ce que vous faites, vous deux ?

— Moi, mon prof' m'a invitée à prendre un sauna chez elle. Cela sera mon premier. Il paraît que cela aidera la cassure de mon fichu plâtre, la semaine prochaine, dit Emma. Et puis on cuira des saucisses dans le feu et je m'occuperai des petites filles quand elle ira faire ses courses. Des enfants blonds comme ça, c'est à vous dégoûter des autres, oui, à vous dégoûter.

Lison la regarda disparaître sur un pied. Emma s'était

prise pour sa répétitrice d'une de ces délicieuses passions qui rendent si ardent votre goût au travail à un certain âge. Il y a évidemment un moment dans la vie des filles où d'autres femmes agissent mieux que les mères. La chance est de trouver l'être bénéfique au bon moment et de savoir s'effacer devant lui, pensait Lison. Elle se tourna vers son mari :

— Tu as invité Gunnar à ton déjeuner, n'est-ce pas ? Kaya m'a téléphoné hier soir pour me demander de venir passer la journée avec elle. Elle s'ennuie. Elle songe à monter une affaire de stylisme. Elle aimerait mon avis. Il y aura Sybil aussi, je crois.

Claude regarda sa femme, interloqué :

— Mais je croyais que tu ne pouvais pas la supporter, Kaya ?

— Cela a changé. Nous nous sommes rencontrées. Je ne suis pas capable de t'expliquer exactement comment.

Claude eut un geste d'impatience qui ne lui était pas familier :

— Ce que vous pouvez être mouvantes, vous, les femmes ! Je finirai par comprendre les hommes qui disent que vous êtes incompréhensibles.

Il prit la cassette des mains d'Emma, qui avançait vers lui en sautillant, et poussa le bouton du son au maximum.

Pour la première fois depuis qu'elle la connaissait, Kaya était apparue à Lison naturelle et à l'aise pendant son déjeuner. Au café, après que ses grosses petites filles furent venues dire au revoir avant la promenade, elle avait proposé de montrer des photographies. Elle en possédait un plein panier dans lequel elle piochait dans le désordre. Sur l'une d'elles, Lison reconnut avec amusement un Claude tout jeune, déguisé en mameluk, un soir de Nouvel An. Elle se demanda si c'était à ce moment-là que lui et la « Verte »... Mais elle ne souffrit pas, elle ne souffrait plus. Ce qui l'avait rendue songeuse, c'était un instantané d'Erika, la jeune morte de la maison rose. Erika vers treize, quatorze ans, avait sous sa coiffure claire, ridiculement gonflée à la mode de l'après-guerre, un vrai air de Lison, qui avait troublé celle-ci. La photographie sépia était un peu floue. Erika baissait la tête, appuyée à un arbre. Lison eut l'impression déroutante que c'était elle qui avait posé là. Elle ne se sentit pas l'envie de faire de commentaires, mais l'œil de Sybil avait pris note :

— Tu vois, ton frère avait raison, Kaya, elle ressemblait à Lison, ta cousine.

Kaya repoussa nerveusement ses cheveux en arrière, dans un geste que Lison lui avait déjà vu faire quand son mari s'adressait à elle :

— C'est vrai. Je me demandais si vous vous en aperceviez. Depuis que je l'ai remarqué, j'ai envie de vous connaître mieux, Lison. Erika était ma meilleure amie, vous savez.

Lison se sentit un peu mal à l'aise. Comme si, après tout, il y avait une raison à l'étrange impression qu'elle avait éprouvée en pénétrant dans la chambre d'Erika pour la première fois. Elle n'avait pas envie qu'il en fût ainsi. Elle n'avait pas envie que l'on pense à Erika en la voyant.

— Votre cousine était blonde comme moi et elle avait des yeux gris, on dirait, c'est tout.

Puis elle parla vite d'autre chose.

Il faisait beau lorsque Sybil et Lison prirent congé. Sybil s'enroula dans un immense châle de laine.

— J'ai dit au chauffeur de ne pas attendre. Je te raccompagne par la mer ?

Elles marchèrent lentement sur la route qui cernait la Baltique. Lison était rêveuse.

— Il fait si doux qu'on ne voudrait jamais rentrer, mais continuer... continuer... jusqu'au bout de la dernière plage.

— Et, au lieu de cela, on va se retrouver à un bout ou à l'autre de la table chez les Belges, ce soir. Sybil prit le bras de son amie. — Encore un de ces dîners où l'on bouffe de la mort tiède. Je sens que je suis en train de devenir végétarienne à force d'avaler toutes ces viandes sans couleur et sans saveur. Végétarienne et misanthrope. J'en ai tout simplement assez des gens que je ne connais pas assez et que je n'ai pas envie de connaître plus. Ecoute, c'est l'air du temps peut-être, mais je trouve que l'on a envie d'être amoureuse, ces jours-ci. « La divine surprise » d'un sentiment qui vous emporte. Si je croyais en Dieu, cela serait ma prière : « Faites-moi encore aimer trop, Seigneur ! » Mais toutes les chances ne sont pas perdues. Par contre, qu'est-ce que je ferai quand je serai vieille ? Veux-tu me le dire ? Sybil lança les cendres de sa cigarette, qu'elle tenait à la main sans la fumer, vers le sable. — Heureusement que « l'amourtié » existe.

— Il y a des gens qui sont amoureux jusqu'à leur mort, dit Lison. Moi, je vois plutôt cela comme une catastrophe. C'est pour cette raison que la vieillesse ne me fait pas tellement peur, sauf sous son aspect physique. J'ai peur de dégoûter les autres si je m'abîme trop, mais, sans cela, il me semble que cela doit être très reposant de ne plus être la proie de sentiments violents. Imagine tout le temps que l'on perd à souffrir d'amour. Tu ne vas pas me soutenir que ce n'est pas torturant d'aimer trop ? Franchement, je n'aspire qu'à être tiède sans y parvenir.

— Et moi, je paierais pour être bouillante et moins blasée. Sybil lâcha le bras de Lison et baissa la tête : — Ma grand-mère, qui est très vieille, vient de m'envoyer son coffret à bijoux par la valise. Elle dit que je suis sa seule petite-fille. Ce qui est désolant, c'est que je n'en ai pas envie de ses bijoux. Cela me fait de la peine d'en hériter. Non seulement parce que la mort future de ma grand-mère, que j'aime beaucoup, me rapproche de la mienne, mais parce que cela ne m'amuse plus de me coller un saphir au creux du cou pour aller dîner chez les Belges. Alors que cela m'amusait. C'est affreux de voir ses plaisirs se réduire, ses jours d'amour s'envoler et d'accepter sans broncher, sans faire quelque chose, parce qu'il n'y a rien à faire. Tu ne trouves pas qu'une femme va mal quand un coffret à bijoux lui ouvre les yeux sur des idées comme celle-là ?

— Qu'est-ce que c'est qu'une femme qui va bien ?

— Tu dirais que c'est une femme qui réussit dans son métier. Moi, je pense que c'est une femme qui est amoureuse. Une femme qui est en train de vivre une nouvelle aventure, comme toi avec Claude. C'est peut-être cela qui me donne des *blues*.

Elles ralentissaient leurs pas avant d'arriver à la maison des Segalen.

— Tu veux rentrer un instant ? « *You seem to be in the mood for a drink* », dit Lison.

Sybil regarda sa montre.

— Non, il faut tout de même que je me décide à regagner le domicile conjugal. J'en ai pour dix bonnes minutes en marchant vite. Rupert aura fini de lire les colonnes mortuaires dans le *Times*, qu'il se réserve pour son premier whisky du soir, quand j'arriverai. C'est à ce moment-là qu'il me cherche. Rupert aime à heures fixes. Tiens, au fait, j'ai un petit truc pour toi. Sybil joua avec un papier de soie dans sa poche et fourgua quelque chose dans la main de Lison. — De la part de ma grand-mère. Et, vite, elle tourna le dos.

Zut ! Elle ne m'a pas laissé le temps de la remercier. Lison regarda un instant son amie qui courait sur la route devant elle, puis poussa la porte et marcha dans le jardin éclairé par le soleil du soir. Couleur de la nuit pâle qui n'en finissait pas de tomber, l'odeur des lilas était entêtante, l'odeur de toutes les fleurs. On eût dit que, consciente du peu de temps de vie qui lui était accordé, chacune se battait pour voir le jour, comme Sybil avait envie de se battre pour aimer encore. Espèces printanières, estivales, automnales, giroflées, phlox, chrysanthèmes, elles se pressaient en même temps pour s'épanouir.

Une grosse glycine d'un rose sombre, qui tordait son

vieux tronc contre le flanc de la petite maison, faisait soudain paraître pâle la couleur de ses murs.

Lison fouilla dans son sac, mit une clé dans le pêne rouillé et pénétra seule pour la première fois dans la grande pièce blanche. Elle ne savait pas pourquoi elle était rentrée, mais se sentait obéir à un besoin impératif.

Elle se dirigea vers la fenêtre, et longuement, de tout près, se mit à étudier le portrait d'Erika, tristement souriante, sur le chevalet d'acajou. Mais non, voyons, elles ne se ressemblaient pas du tout. Quelle idée ! Comme soulagée, Lison s'approcha de la boîte où elle avait ramassé la lettre à sa première visite. Etait-ce l'écriture de Sven et sa signature, ce serpent enroulé, à la fin du bref message qu'elle avait ramené sous sa cape ? Lison regarda autour d'elle, puis souleva lentement le couvercle. La boîte était vide. Un morceau de ruban en satin jauni en tapissait le fond. Lison resta stupéfaite, le couvercle cassé dans la main. Je n'ai pas rêvé, se dit-elle. Il y avait, là, une enveloppe pleine de lettres. Elle s'assit dans le fauteuil d'osier à côté de la table ronde et attendit, elle ne savait quoi. Le fauteuil craqua sous ses gestes. A l'autre bout de la pièce, la commode de bouleau clair émit un gémissement en écho. Lison eut froid tout à coup. Il faisait meilleur dans le jardin. Elle se leva et ouvrit la fenêtre, dont le rideau blanc se mit à voleter dehors comme une ombre.

Un cri retentit plusieurs fois dans l'allée, la voix d'Emma :

— Maman ! Maman !

Lison entendit le claudiquement de la jambe plâtrée se rapprocher de la petite maison.

— Le téléphone pour toi, c'est Paris. Il paraît que tu peux avoir la communication d'ici en branchant l'appareil qui est dans la chambre à côté.

Lison tâtonna dans la pièce aux volets clos dont elle ne reconnaissait pas les contours. Les housses avaient été remises sur les fauteuils.

— Lison ? C'est Lawrence. Il criait trop fort dans l'appareil. — Juste pour te dire. J'ai les billets. Nous arrivons tous les trois ensemble, le 27 juin. Cela te va, n'est-ce pas ? Sylvie passera une nuit à Saint-Simon en débarquant de Nantes. Délia n'a pas encore ses résultats, mais elle pense être reçue.

« Pourquoi n'a-t-elle pas écrit ? » allait demander Lison. Mais à quoi bon ? Elle savait bien pourquoi sa fille aînée n'écrivait pas.

— « Allons enfants de la fami...ii...lle », chantonnait Emma en retournant vers la grande maison, pendue au bras de sa mère. On était bien, pourtant, toutes les deux.

Lison lui serra la main.

— Regarde ce que m'a donné Sybil, dit-elle, défroissant le petit paquet tiède qui était dans sa poche. Je ne sais pas encore ce que c'est.

— Une perle grise. Tu en as de la chance. On dirait une larme.

Emma glissa le bijou contre son œil.

— Qui t'a dit que j'étais dans la petite maison rose ? demanda sa mère en faisant un signe de la main à Claude qui venait vers elles.

— Mme Haakinen, elle t'a vue entrer.

XIII

Les enfants avaient eu l'air contents de retrouver la maison. Elle était si belle au milieu de sa couronne de fleurs. Elle paraissait si spacieuse, aussi, avec toutes ses fenêtres ouvertes.

— Vraiment je ne me souvenais pas qu'elle était grande comme cela, dit Sylvie dès qu'elle eut pénétré dans sa chambre.

— Ni si rose, dit Claude. As-tu remarqué que nous l'avions fait repeindre ?

— Oui, la tienne est la seule qui a mérité ce traitement, dit Emma, parce que c'est la plus belle et que l'on y met les invités. Mais il n'y avait pas de rancœur dans sa voix.

Les deux cadettes avaient aussi montré du plaisir à se retrouver. Emma commençait à se lasser d'être fille unique, et sa mère, à l'affût des signes, accumulait toutes les raisons modestes de se rassurer malgré la première fausse note lancée par Délia à sa descente d'avion.

Lison avait eu du mal à la reconnaître du haut du salon d'attente. Qui pouvait donc être cette fille aux côtés de Lawrence et de Sylvie ? Cela aurait dû être elle, mais en même temps ce n'était pas Délia, puisque la fille en question était plus grande et qu'elle était rousse. Au fur et à mesure que s'approchaient les voyageurs, Lison avait dû se rendre à l'évidence, le mauvais rouge d'une décoloration hâtive striait les généreux cheveux de sa fille aînée et donnait à son visage, exagérément maquillé, une sorte de vulgarité bon marché qui n'allait pas à sa silhouette fine et cadrait aussi mal que possible avec le blazer violet bordé de jaune canari et le chapeau de paille du type Maurice Chevalier que Délia tenait à la main. Godillant sur des talons hauts que sa mère ne lui connaissait pas, Délia était burlesque à plaisir. Lawrence, de loin, leva les épaules, regardant en direction de sa mère, les sourcils en accent circonflexe.

— Cette fille est débile ! s'était exclamée Emma en reconnaissant sa sœur. C'est bien notre veine !

Après avoir embrassé les enfants, Lison n'avait pu résister plus longtemps :

— Mais qu'est-ce que tu as fichu là ?

— Libération capillaire, avait répondu Délia. J'ai fait cela le dernier soir, avant la fête de fin d'année, quand on allait proclamer les résultats. C'est du travail artisanal, j'en conviens, mais je n'ai pas dit mon dernier mot, ni ma dernière couleur. Les bonnes sœurs ne pouvaient rien me reprocher puisque je ne faisais plus partie de leur établissement. C'était délicieux de les choquer une dernière fois. Car, c'est vrai, à propos, je suis reçue. Douze en philo, ça m'a sauvée.

— Et tu te balades encore avec ton uniforme ? Tu es maso ! Emma secouait la tête. — Maso !

— Elle est surtout hideuse, j'avais honte de voyager avec elle.

Lawrence avait l'air furieux.

— Comment va Saint-Simon ?

Après avoir tenté de féliciter sa fille qui feignait l'indifférence à son succès, Lison avait surappliqué un sourire conciliateur sur son irritation.

— J'ai laissé notre chambre à Sylvie et j'ai dormi dans ton lit bleu ciel, avait répondu Délia. Je suis arrivée à la conclusion que ta chambre est la seule pièce agréable de l'appartement.

Il y avait de la bravade dans sa voix.

Encore une fois, le comportement de Claude avait été inattendu. Il avait feint de ne pas remarquer la coiffure de sa belle-fille. L'accueillant avec sa douceur coutumière sans même essayer de provoquer un échange de baisers, il l'avait entretenue posément de ses examens et félicitée de son résultat. Mais sur son apparence, rien.

Lison enviait cette maîtrise.

— Evidemment Jean-Jacques Rousseau avait raison, on est bien meilleur parent quand on n'est pas parent. On ferait mieux d'élever les enfants des autres, dit-elle à son mari le premier soir. Cela ne t'agace pas de voir ma fille transformée en cacatoès par ses bons soins et rien que pour le plaisir de crâner ? Moi, malgré moi elle m'irrite, et malgré moi je le lui signale. Opération réussie pour elle.

— Délia m'amuse. Quand Claude riait, il riait fort. — Elle exprime son caractère d'une façon un peu enfantine, c'est vrai, mais cela ne manque pas de panache. Il y a toujours un certain courage à braver le ridicule. Du reste, elle en aura marre dans trois jours de ses cheveux sanglants.

Dès le lendemain, Claës était revenu sur la scène. Pour une fois, lui si silencieux avait été péremptoire.

— *But what on earth has happenad to you ?* s'exclama-t-il quand Délia apparut. *It's terrible.*

Trois jours plus tard, au prix d'une intervention qui coûta très cher à sa mère, Délia avait retrouvé sa couleur naturelle.

— Il y a des moments où c'est l'autre sexe exclusivement qui exerce une action sur les êtres, dit Claude à sa femme, tu as bien fait de ne pas t'en mêler puisque c'est précisément cela que ta fille attendait, pour se faire le plaisir de ne pas te faire plaisir.

Les jours étaient démesurés dorénavant. Le petit instant « nuit » demeurait si bref qu'à peine avait-on le temps de se mettre à la fenêtre pour observer le semblant d'obscurité qui tombait sur un ciel dont la clarté nocturne gardait un étrange reflet perle, que la roseur de l'aube colorait à nouveau l'horizon. On finissait pas n'avoir plus envie de dormir, pour ne pas manquer un aspect de ce moment exceptionnel et déja menacé. Une atmosphère de vie continue régnait sur tout le pays. Beaucoup de Finlandais avaient quitté la ville pour retourner, par bateau, vivre à l'état naturel dans leurs îles qu'ils avaient visitées, à la mauvaise saison, en ski ou en voiture. Là, dans leurs maisons rustiques, ils pouvaient de nouveau satisfaire en eux le goût ancestral pour la solitude et le silence, que rompaient seulement avec éclat les grandes fêtes traditionnelles de l'été. Les petits Renan et Sylvie étaient sans cesse invités à des barbecues, à des journées nautiques ou champêtres. « J'ai pas envie d'y aller », répondait la plupart du temps Délia, et elle choisissait de faire bande à deux, avec Claës, mais cependant elle semblait plus épanouie et plus heureuse qu'à son arrivée depuis qu'elle avait retrouvé celui-ci. Quant à Emma, elle jubilait.

« Mon premier été de grande personne », chantonnait-elle en répétant des pas de danse dans sa chambre avec la petite Italienne.

Sylvie, en fin de compte, était la seule qui semblait ne pas s'amuser beaucoup. Elle suivait le mouvement, mais gardait cet air sage qui faisait s'interroger Lison sur son compte et l'amenait chaque fois aux mêmes conclusions un peu vaines : « Je ne la comprends pas. »

Un jour que les enfants avaient été invités à passer la journée sur la plage, que Claude était de service au bureau et que l'ambassadeur et sa femme se reposaient d'avance sur une île du coup de feu du 14 juillet, Lison se réjouissait de déjeuner seule. Elle avait ouvert un livre à côté de son assiette. Elle était bien. Délia tout à coup surgit derrière elle :

— J'avais pas envie de me baigner. Tu m'invites, la mère ?

Elle n'avait pas donné ce nom à Lison depuis longtemps, c'était de bon augure.

Après avoir créé le désordre dans ses aliments sans vraiment manger quelque chose, Délia posa sa fourchette :

— A propos, je te préviens, ça y est.

— Ça y est quoi ? demanda Lison qui savait déjà.

— J'ai baisé, mère. Une bonne chose de bien faite.

— De bien faite ?

— Oui, je trouve cela épatant. Le meilleur des sports. J'en ferais volontiers mon ordinaire.

— Tu es amoureuse ?

— Toujours cette question ! Oui, je crois, et non, je ne crois pas. C'est quand même un peu étrange, un homme. Il faut s'habituer. Au fond, ce qui m'a déçue, c'est que, la première fois qu'on l'a fait, cet amour — tu sais, avant-hier, quand on a tous passé la nuit dans cette petite île —, eh bien, après il s'est endormi. Il doit toujours y avoir un moment où l'homme ronfle et la femme veille, n'est-ce pas ?

Lison eut devant les yeux l'image lointaine. Un homme soudain inconnu, nu, endormi sur le lit où il vient de se battre avec la virginité de sa femme, laquelle rêve les yeux ouverts sur la nuit en se demandant si c'est cela le mariage. Il était bon que jeunesse du cœur se passât avant ce soir-là.

— Pour Claës, ce n'était pas la première fois, probablement. En tous les cas, si on fait ça comme un sport, il ne faut pas s'attendre à trop de sentimentalité de la part du coéquipier.

— Non, tu as raison, seulement de l'intérêt. Mais en ce qui me concerne, l'amour me réveille. Il y a donc divergence fondamentale sur ce point.

Délia se poussa en arrière dans son fauteuil, qu'elle équilibra sur deux pieds.

« Attention, tu vas le casser », allait dire Lison, mais elle se tut.

— Il y a trois mois que je prends la pilule en prévision. Je suis bien contente que cela me paye enfin.

Délia avait le ton d'une femme d'affaires qui vient de conclure un bon marché.

Lison eut soudain envie de prendre sa fille dans ses bras et de caresser sa joue ronde. Elle garde toujours le tendre pouvoir de m'émouvoir, celle-là ! Mais la tendresse avait un goût douteux pour Délia, ces jours-ci, mieux valait la garder pour soi.

— Tu veux des fruits ?

— Non, je veux te faire part de ma décision : j'ai l'intention, à la fin des vacances, de ne pas retourner à Paris, mais de vivre quelque temps avec Claës, pour savoir si je l'aime, justement.

— Tu es un peu jeune, je trouve... Dix-huit ans !

— C'est cela, je suis majeure. Délia se redressa. — Claës doit partir à l'université finir sa dernière année d'architecture avant d'aller faire son *Master of Arts* en Amérique. Je peux aller habiter avec lui à l'université, on a le droit de partager sa chambre avec une fille de l'extérieur, ici.

— N'était-ce pas déjà décidé que tu allais préparer le Conservatoire à Paris ? Est-ce que tu ne parles pas de cela depuis bientôt trois ans ? Ton père ne t'a-t-il pas inscrite au cours que tu voulais ?

— Oui, mais j'ai changé d'avis.

— Un amour que tu n'es même pas sûre d'éprouver te fait changer d'avis à propos d'une direction que tu étais sûre de vouloir prendre. C'est désolant comme les femmes sont encore les plus faibles quand il s'agit de sentiments. Alors, dit Lison en laissant retomber son couvert, il n'y a rien d'autre à ajouter pour l'instant. Tu as encore le temps de réfléchir. En tout cas, comme tu l'as deviné, je n'approuve pas ton projet.

— Mais tu ne l'empêcheras pas d'aboutir ?

— Non, chérie.

— Merci, merci beaucoup.

Délia avait l'air un peu déçue. Cette fameuse barrière contre laquelle on a tant envie parfois de faire ses poings ne se levait donc pas ? Sa mère ne discutait pas ?

— Tu ne me demandes pas ce que je vais faire de mon hiver ?

— Je présume que tu vas suivre des cours par correspondance. Ou bien te mettre au finlandais, ou attendre toute la journée que Claës ait quitté sa table à dessin en apprenant de la poésie et en confectionnant pour son retour des petits plats de cuisine français, mais, en fait, il faudra probablement que tu te trouves une façon de gagner de l'argent. Tu ne vas quand même pas vivre sur le dos de Claës ? Et je ne suis pas sûre que Maurice... Quoi qu'il en soit, tu te prépares à être tout ce que tu récusais. Une fille qui s'oublie pour l'amour de l'amour, aux côtés d'un garçon qui profite de ta présence sans porter, lui, atteinte à sa carrière...

— Quand tu montres les choses comme ça, évidemment, elles ont l'air bête, mais dis-toi que, si j'hésite sur mes sentiments, je sais par contre que je suis terriblement amoureuse de Claës, physiquement. Je trouve cela merveilleux, l'amour. Je ne pouvais quand même pas savoir ce que j'en pensais avant de l'avoir fait.

— Est-ce que Claës envisage de repousser d'un an ses études pour pouvoir continuer à faire l'amour avec toi, à Paris par exemple ?

— Tu sais bien que non, il perdrait sa place à l'université.

— Les places se perdent pour tout le monde.

— Bon, je ne suis pas venue pour entendre un sermon, mais pour te dire mes intentions et chercher ma valise. On part avec deux amis de Claës dans la maison de son père, à Panselââ. Il paraît que c'est très baroque, la maison du père de Claës. Du désordre et des instruments de musique partout.

— Tu me raconteras, dit Lison.

Elle aurait aimé, au fait, voir comment c'était chez Sven. Etrange qu'il n'invitât jamais personne.

Elle eut la brusque envie de dire : « Moi, j'ai couché une fois avec le père de Claës. C'est un très bon amant. Je me demande si son fils tient de lui. » Mais on ne pouvait jamais dire toute la vérité. D'ailleurs, Délia n'était plus présente. Elle tapotait des doigts sur la table en attendant avec impatience que sa mère eût fini sa pêche.

Elle a eu envie de me parler, se dit Lison, parce que, pour nous, c'est une habitude de parler, mais, dès qu'elle l'a fait, elle est reprise par son refus profond de moi, d'autant plus que je ne lui donne pas l'occasion de m'en vouloir puisque je ne m'oppose pas à son projet si je le juge.

— Adios ! dit Délia dès qu'elles furent levées de table. On sera sûrement revenus pour la fête que donne la tante de Claës dans son île. Je te téléphonerai peut-être un de ces soirs.

C'était un soulagement que sa fille fût partie. Elle pouvait se permettre un peu d'émotion. Enfin, ce n'est pas rien que votre enfant ait sauté le pas et accomplisse dorénavant avec l'autre sexe les mêmes gestes que vous. Que certaines filles fassent cela à treize ans, à quinze ans... cela n'en demeure pas moins une étape dans une vie féminine. A force de dévaloriser les choses jusqu'à les banaliser et de tout rendre simple et accessible, c'est l'acte de vivre même qui perd de son importance.

Décidément, on n'échappe pas à sa catégorie, se dit Lison. Je reste de la génération qui accepte d'avouer ses émotions. La virginité ne veut pas dire grand-chose pour moi, mais bien la découverte d'un nouveau geste, de nouveaux plaisirs, et, par eux, d'une nouvelle approche aux choses. Si seulement j'avais osé le dire à haute voix, mon sentiment, au lieu d'être conditionnée par les impératifs catégoriques des gens de vingt ans. C'est bien nous qui sommes des brimés aujourd'hui ! Lison eut tout à coup l'impression que l'exil ce n'était pas tellement de se trouver dans un pays étranger dont les mœurs et le climat demeuraient un mystère, mais bien plutôt de se sentir égaré dans un siècle que l'on commence à ne plus tout à fait comprendre.

En était-elle déjà arrivée là ?

Etait-ce cela, la vieillesse, plus que les rides ?

XIV

Délia était belle. L'amour lui allait bien. Elle avait le plaisir conquérant, comme si c'était elle qui avait inventé la chose. Debout à l'arrière du bateau, la masse de ses cheveux emprisonnée dans le col de sa vareuse, elle se penchait vers l'eau qui bouillonnait en s'échappant de la coque. Claës la tenait par la taille. Le soleil avait doré sa peau claire, Claës était beau. Il riait, tâchant de saisir le sens du poème que Délia déclamait à la mer et dont le vent, à mesure, emportait les mots au loin.

Lison était assise avec Sybil à l'avant du bateau, elle regardait sa fille. C'est toujours ça de pris, se disait-elle gravement. Le bonheur vécu est un capital dont on reçoit les intérêts jusqu'à la fin de sa vie. Sybil regardait Lison et souriait. Elle semblait lire ses pensées.

Claude aidait Rupert à préparer les boissons dans le bar portatif. Nez en l'air, le bateau glissait vers le grand large.

— Je me réjouis de revoir quelques vieux amis, dit Claude. *Skoll !*

(Et moi, je me demande si Sven sera là, pensait Lison. Mais d'après sa sœur, ne devait-il pas repartir en voyage ?)

— Combien serons-nous, ce soir ?

Elle leva la tête vers Gunnar qui tenait le gouvernail de la grosse barcasse à moteur, ses yeux féroces fixés sur l'horizon.

— Une vingtaine, ou vingt-cinq, je ne sais plus au juste.

C'est curieux comme certains hommes arrivent à se détacher absolument de certains problèmes, et il n'aura même pas un mot d'admiration pour les prodiges qu'accomplira Kaya. Lison se sentait méchante, elle aurait aimé dire quelque chose de cassant à Gunnar, mais demanda seulement :

— Comment Kaya pourra-t-elle coucher tout ce monde ?

— Oh, la plupart des invités viennent des îles avoisinantes avec leurs bateaux. Ils repartiront de la même façon. Ou bien, s'ils sont fatigués, ils coucheront à bord. Et puis il y a toujours le système de dortoirs de Kaya, dit Gunnar. Une idée impossible, mais elle y tient.

Sybil mit sa main sur la jambe de Lison :

— Madame, m'accorderez-vous le sac de couchage à côté du vôtre ?

Rupert fit jouer le tic sur sa joue maigre :

— Mais est-ce qu'il n'était pas convenu avec Kaya que nous dormirions ici, sur les banquettes, Sybil et moi ? J'adore, positively, dormir en bateau.

— Pas moi, dit sa femme, même sur un truc à moteur comme celle-là. *I feel sick.*

Même en parlant français, Sybil avait gardé l'habitude anglaise de mettre tout navire au féminin.

Le bateau, maintenant, sautait sur les larges vagues mousseuses, éclaboussant les passagers. Gunnar pressa encore sur l'accélération, puis tendit un ciré à Lison.

Il est attentionné à sa façon brutale, se dit-elle, un peu honteuse tout à coup de sa sévérité à son égard.

— Merci, capitaine ! Je me réjouis beaucoup, vous savez, d'assister à la cérémonie des écrevisses, la première nuit où on a le droit de les manger. Claude m'en a tellement parlé.

— Tiens, il en a gardé le souvenir ? Car il faut reconnaître qu'on l'a vu... comment dites-vous en français ? bien rondu, votre Claude, à certaines de ces fêtes.

— Et comment, toi, en as-tu gardé le souvenir puisque tu étais dans le même état que moi ?

Claude lui tendit un verre. Gunnar, les yeux au large, avait le visage tellement impassible que l'on ne pouvait déceler si un vieux vestige d'humeur s'était mêlé à son ironie. Il ignora la question de Claude.

— Oui, vous feriez bien de le surveiller, votre mari, ce soir, Lison. Cet individu est dangereux.

— Nous sommes tous des individus dangereux, dit Rupert. C'est ce qui nous rend vivables. Sans cela nous serions des individus ennuyeux, ce qui est beaucoup plus grave.

— La voilà ! cria Gunnar, le bras tendu vers une motte de verdure isolée au milieu de la grande étendue luisante. Mon île. J'ai toujours peur qu'elle ait pris le large. Sa voix se fit basse. — Mon Dieu que c'est beau !

Adouci par sa propre émotion, il avait un autre visage, soudain.

Kaya les attendait à la pointe de l'étroit embarcadère où étaient déjà amarrés quelques voiliers. Le vent plaquait sa chemise vert pâle contre son torse étroit, ses cheveux longs dansaient en ruban derrière sa tête. Lison tourna les yeux vers Claude. Il doit la trouver très séduisante, puisqu'elle l'est ? Que pense-t-il ? Un bref coup de gouge creusa un trou en elle. Allons bon, cette fichue jalousie qui poussait une pointe. Elle serra les dents.

Sylvie et Lawrence étaient déjà arrivés avec le fils de l'ambassadeur de France. Lawrence pêchait ; il fit signe aux navigateurs qu'il avait déjà attrapé un gros brochet. Sylvie, assise à côté de lui, les mains croisées, regardait l'eau sans rien dire.

Ça y est ! Je sais ce qu'elle a, pensa Lison, elle est tombée amoureuse de Lawrence. Au fond, je l'avais pressenti aux vacances de Pâques. Nous voilà bien ! Elle regarda dans la direction de Claude. Est-ce que, comme il arrivait parfois, leurs pensées s'étaient croisées ? Mais Claude ne la vit pas : il venait de sauter du bateau et, debout sur l'embarcadère, tenait les deux mains de Kaya :

— Ce que vous êtes belle !

Lison eut l'impression d'aller à reculons, d'être un spectateur dix ans en arrière et d'avoir à assister, ce soir-là, au début du « petit feu de paille », comme Claude l'avait appelé lui-même, qui avait précipité un moment Kaya et lui dans les bras l'un de l'autre. Tout allait recommencer, au même endroit, au même moment de l'année. Les acteurs étaient en place, la scène pouvait se jouer à nouveau, tandis que le soir, une fois encore, ne tomberait pas sur l'île verdoyante. Et elle, Lison, cela serait comme si elle n'avait jamais...

— Alors, vous n'allez pas à terre ? Vous avez peur ? Gunnar la prit par la taille. — Comme vous êtes mince !

Il sentait bon. Elle glissa un peu sur le rebord mouillé du bateau, le laissa la rattraper sans déplaisir et la serrer un peu contre lui avant de prendre son élan.

Kaya ouvrit ses bras et, pour la première fois depuis qu'elles se connaissaient, l'embrassa.

— Chère Lison ! Vous savez le chemin de la cabane, n'est-ce pas ? Je vous laisse aller au dortoir, je vois nos amis Myiri et Kerko qui arrivent avec leur canot. Presque tous les autres sont là, dit-elle en direction de Gunnar qui s'affairait avec les cordages et ne répondit pas.

Dans la grande pièce, Kaya avait fait disposer de gros bouquets de *dill,* ce fenouil scandinave, qui laissaient tomber leurs ombelles sur les deux longues tables du dîner. Les nappes rouges et blanches, les serviettes imprimées d'écrevisses, les larges bougies prêtes à s'allumer, tout était marqué du sceau de la maîtresse de maison. Lison ralentit le pas pour attendre Claude. Elle avait envie de lui fourguer un peu de la tendresse qui débordait d'elle, vite lui glisser furtivement un message, lui dire : « Je t'aime », avant de se séparer pour la soirée, afin de conjurer le passé et que la petite angoisse de tout à l'heure ne pût pas tisser à nouveau sa trame au cœur d'elle-même.

La porte de la cuisine s'ouvrit. Sven se tenait debout dans l'embrasure, un torchon à carreaux à la main.

— Je vous présente les hommages du chef, dit-il en s'inclinant devant Lison.

Lison ne lui avait pas adressé la parole depuis leur silencieuse rencontre de la nuit. Elle se sentit rougir et s'en voulut d'une gaucherie dont elle n'approuvait pas le motif. Elle ne serait donc jamais un être tout à fait libre ?

Sven s'approcha d'elle :

— Vous permettez que je vous embrasse ? On s'embrasse toujours à la fête des écrevisses.

Il lança son torchon sur l'épaule et, lui retenant les mains dans ses poignes dont elle se rappela tout à coup la douceur, il lui donna deux gros baisers volontairement paysans, puis récita un poème de bienvenue en finlandais.

— A vous de traduire, Claude.

Claude était resté immobile à côté d'eux. Il tendit la main au frère de Kaya.

— Vous êtes décidément de plus en plus mystérieux, Svenovitch. Alors, vous savez faire la cuisine aussi ?

— Seulement le court-bouillon d'écrevisses, mon cher. Vous avez la mémoire trop courte pour être honnête. Vous ne vous souvenez pas que c'était ma mission quand vous veniez ici, autrefois ?

Ça y est, les ombres n'avaient pu être dissipées ; tout recommençait. Le passé remontait à la surface comme dans les rêves tristes. Lison secoua la tête. Non, il ne fallait pas qu'elle se laisse aller à penser ainsi.

— Je vais me changer, dit-elle, et elle partit sans se retourner.

Sybil avait enlevé le pantalon qui lui collait à la peau dans le bateau. Les bras en l'air, elle était en train d'enfiler une robe de cotonnade multicolore.

— Qui est là ? dit-elle d'une voix étouffée par le tissu. Elle émergea. — Ah, *good*, ce n'est que toi. Je me sens comme au théâtre, ajouta-t-elle. Il y a une grande femme que je ne connais pas qui allait poser son baluchon pour se changer sur la banquette à côté. Je lui ai signalé, avec une voix d'ouvreuse, que la place était retenue, elle a été s'installer au fond. Tu ne perds rien, elle doit ronfler. Sybil pivota sur elle-même. — Comment aimes-tu ma robe ? J'ai acheté cela au Mexique. Au Mexique, j'ai été très amoureuse d'un homme. Ce qu'il était beau, ce qu'il était brun ! En fait, certains postes ne vivent dans mon souvenir que par les gens que j'y ai aimés. Et ici il n'y a encore personne. Je te dis, c'est ça qui m'inquiète.

— Rupert est au courant de tes triples vies ?

— Rupert sait tout et ne dit rien. C'est facile pour lui, le silence est son élément naturel.

— Mais est-ce que c'est facile pour lui, la jalousie ?

— Comment veux-tu que je le sache, puisqu'il ne dit rien ? La prochaine fois que je me marie, j'épouse un Latin, que ça saigne un peu. Elle tourna la tête de tous côtés. — Je sens qu'il va se passer des choses, ce soir. Tu ne trouves pas qu'il y a un mystère dans l'air ? Et regarde comme il est mauve, cet air. A Saint-Pétersbourg, il doit faire plus clair encore. Nous aurions dû y retourner pour les « nuits blanches ». On aurait marché main dans la main à travers les jardins de Lavra Nevska, et j'aurais cru entendre la voix de Pouchkine qui serait sorti de sa tombe pour venir parler à sa femme adorée et haïe. J'aimerais bien, au fond, être un peu sorcière. Une bonne sorcière, cela doit exister, comme un bon fantôme.

— Je déteste les histoires de fantômes parce que j'y crois. Raconte-moi plutôt quelque chose de léger, ou je vais dormir à côté de la dame qui ronfle.

Lison fit mine de ramasser son sac.

— Je connais une femme qui n'est pas légère pour un sou. Elle prend chaque chose au sérieux : l'amour qu'elle éprouve pour tous ses maris, pour quelques amants passés et futurs, et même pour les sentiments qu'on éprouve pour elle. Sybil s'arrêta de tourbillonner. — Allez, ne recommence pas à faire ta tête d'institutrice. Je n'ai plus rien à dire sur cette femme-là, je m'en vais, j'ai promis à ton Sven de dresser ses plats.

— Mon Sven, dit Lison, tu es folle.

— Mais c'est ce que je viens d'essayer de t'expliquer. Allez, dépêche-toi de venir boire quelque chose, toi, tu es trop sage et c'est très malsain le soir de la fête aux écrevisses !

Après que, selon une coutume dont Lison se fit expliquer les raisons par ses voisins, on eut encore une fois évité de chanter la dernière des chansons symboliques qui accompagnent les tournées d'écrevisses, quand chacun eut fait cul sec un nombre impressionnant de fois avec son petit verre d'eau trompeuse, rempli sur-le-champ, et que les assiettes où se devaient d'être rangés militairement les vestiges rouges des bêtes crochues eurent été remplacées sans cesse par d'autres assiettes vides, le dernier buisson ardent effondré au milieu de la table, les viandes — dont personne ne pouvait accepter la fadeur faisant suite au sublime goût des crustacés — reparties dans la cuisine sans avoir trouvé d'amateurs, la maîtresse de maison donna le signal.

Sa tête très droite prolongée d'un chignon haut émergeait d'une de ces amples robes-tentes comme en portent les Finlandaises. Dans sa petitesse, elle avait une grâce et une dignité de dame à la licorne.

— Nous allons prendre le café dehors et manger les framboises, dit-elle, distribuant aux frileux de gros châles rugueux du pays. Est-ce que tu as surveillé le sauna ?

Elle se tourna vers son mari qui examinait de très près sa jolie voisine, puis alla ouvrir la porte.

Dès le seuil, l'air avait une délicieuse fraîcheur marine,

et pourtant il faisait chaud. Les invités s'égaillèrent sous les arbres où les robes vives des femmes ponctuaient de couleur les fines colonnes blanc et noir des bouleaux. Claude s'approcha de Lison.

— Il y a quelque chose d'enchanté dans cette île, à la bonne saison. Il ajouta : — Il était gentil, ton voisin de table, n'est-ce pas ? Un vieil ami, qui habite la Laponie. Il ne vient pas souvent à Helsinki, hélas. C'est un écrivain célèbre, tu sais, modeste et silencieux comme un Finlandais. De quoi avez-vous parlé ?

— De littérature et de toi. Je te découvre dans les yeux des autres. Tu es bien.

— Tiens, voilà nos enfants, dit Claude. Enfin ton enfant et son jeune amant. Elle l'emmène danser. Regarde-la qui court, la biche au bois ! J'étais près de la table des jeunes, au dîner. Je les ai observés, c'était très instructif. Le garçon est subjugué par Délia, c'est évident. Ma foi, elle justifie le sentiment. Les petits Finlandais n'ont cessé de rire à ses boutades. Par contre, tu as raison, Sylvie était très silencieuse. Il va falloir que je lui parle.

— Justement, j'ai quelque chose à te dire à ce sujet. Ah, mais plus tard, voilà la belle Sybil dans sa robe kaléidoscope.

— Je viens inviter Claude. Il faut bien que quelqu'un commence. Comment danse-t-il, ton mari ?

— Laissez-moi répondre à la place de ma femme. Je danse abominablement mal. Mais, comme les gens qui chantent faux et que cela ne dérange pas, j'adore cela. Il prit la main de Sybil. — Kaya installe toujours la même piste de bois, près des rochers de granit rose. Je me souviens, un soir, il y a dix ans...

Sa voix fut happée par la musique.

Lawrence s'approcha de sa mère.

— Je suis sous le charme, dit-il, et un peu saoul. On aimerait être amoureux par une nuit pareille. J'envie Délia.

— Tu as remarqué comme on envie toujours les amoureux quand on ne l'est pas soi-même. Et pourtant, c'est douloureux parfois, l'a...

— Conseils d'une mère à son fils ! C'est du joli. Vous n'avez pas honte de dégoûter les gens à l'avance ? N'écoutez pas, garçon. Allez vous chercher une fille et comportez-vous comme si vous étiez amoureux. Le reste viendra par surcroît.

Sven, qui semblait légèrement saoul, venait de surgir de l'ombre. Il s'assit sur le banc de bois, sous les arbres. Lawrence le regarda un instant et opina, comme si le frère de Kaya avait dit là quelque chose d'original, puis il partit d'un grand pas et s'approcha d'une fille blonde qui mangeait des framboises.

Sven tendit la main.

— Venez vous asseoir à côté de moi, femme fatale, nous avons beaucoup de choses à nous dire.

— J'ai même des choses à vous demander.

Lison se posa sur le banc. Sans s'expliquer pourquoi, elle n'éprouvait plus de gêne. Tout paraissait simple et délicieux, comme la nuit claire qui les enveloppait.

— A vous l'honneur de parler la première.

— Erika, votre cousine...

— Oui, quoi, ma cousine ?

— Je suis fascinée par elle. Il paraît que je lui ressemble.

— Erika était, comment dire ? plus « elfique » que vous. Elle aimait moins la vie, elle lui appartenait moins. Elle était tout empreinte, vous savez, de cette espèce de mélancolie nordique qui est notre climat même. Ce n'est pas votre nature, cela. Vous êtes une femme des quatre-saisons. Mais par ailleurs, oui, il y a quelque chose qui vous est commun à toutes les deux. J'en ai été frappé dès notre première rencontre, quand vous veniez d'arriver et que nous étions pour vous des étrangers étranges... La couleur, la forme du visage, cet air de rêver, mais surtout des yeux qui ne rient pas, même quand le reste de vous est gai. Erika était comme cela aussi. J'ai tout de suite eu envie de vous aimer, même sans que vous le sachiez, comme une espèce de consolation dans le recommencement. Et puis, autre chose — à vous on peut se permettre de parler un peu cruellement, n'est-ce pas ? —, vous êtes à l'âge magnifique où les femmes sont à peine fragilisées par ce qui va leur arriver, mais encore « tout fruit », dans la perfection de leur maturité. C'est un très beau moment, très émouvant.

Près de la mer, quelques-uns des jeunes allumaient des pétards qui lançaient leur pluie brillante au-dessus de l'eau.

— La dernière étoile du feu d'artifice ?

Lison dessina une étoile sur le sol avec sa chaussure.

— Non, c'est beaucoup plus que cela. Allons, disons-le, je suis tombé amoureux de vous comme un très jeune homme, comme le jeune homme d'Erika, sans avoir besoin de demander quelque chose.

— ...

— Soyez sincère avec vous-même, nous en avions envie tous les deux, je n'ai pas vraiment demandé.

— C'est vrai, dit Lison.

— J'aime cela aussi en vous. Vous n'avez pas le côté « fefemme » des femmes.

Kaya s'approcha d'eux, les bras écartés par son grand panier de fruits.

— Parfait, ton court-bouillon, chéri.

Elle se tourna vers Lison et la fixa avec un air soudain triste, si triste.

— Kaya ?

— Pardon, Lison, nous avons nos mirages du Nord, vous savez, en été. Je vous regardais assise là, et je voyais... et je voyais... Ah, je suis bête et Claude m'a forcée à boire une vodka pendant le dîner. Je ne devrais pas, je ne tiens pas le coup. Ne m'écoutez pas, et ne l'écoutez pas non plus, dit-elle en montrant son frère.

Le triangle pâle de sa robe d'infante disparut derrière

le bosquet. Elle avait repris sa voix douce et gaie : « Framboises ? Framboises ? »

— Kaya dit vrai. Il ne faut pas nous écouter, surtout pas dans les nuits de la mi-juillet, quand la lune et le soleil associés s'emploient à nous faire perdre la raison.

— Alors, écoutez-moi. Voilà, un jour, dans la grande pièce de la maison rose, j'ai trouvé une lettre. Je l'ai prise. Est-ce vous qui l'avez écrite à Erika ? J'aurais dû l'apporter, cette lettre, ajouta-t-elle, mais je ne savais pas si j'avais envie que vous soyez là ce soir. J'avais un peu peur, surtout.

— C'était inutile de vous en charger. Oui, c'est moi. On vous l'a peut-être dit, j'ai été fiancé à Erika. Et puis ses parents ont fait pression sur nous. Nous étions cousins, nous avions le même âge, et moi je n'avais pas une tellement bonne réputation dans la famille. On l'a empêchée de me voir pendant un an, ensuite on lui a plus ou moins imposé un garçon nanti d'une très bonne réputation, et qui l'a rendue très malheureuse. Je suis parti pour la France, puis pour l'Amérique où je me suis marié avec une femme que j'aimais bien et avec laquelle je me suis mal entendu. Quand je suis revenu des U.S.A., Erika était déjà un peu neurasthénique. Ses parents, qui sont morts maintenant, habitaient la grande maison où vous êtes. En cherchant bien, vous pourrez trouver des photos d'eux et de leurs ancêtres dans l'escalier, je crois. Quand Erika pouvait s'échapper de la ville du Nord où son mari avait ses usines, elle revenait dans son pavillon. Nous nous sommes revus. Elle avait été très malade à la naissance de sa fille. Nous nous aimions toujours, mais elle n'avait plus la force de lutter. Elle n'a pas osé divorcer non plus, comme je le lui demandais. Toujours l'influence des parents. Son mari lui affirmait qu'elle ne reverrait plus sa fille si elle le quittait. Il ne l'aimait pas vraiment, mais il la voulait ; elle ne l'aimait pas, mais il exerçait sur elle une sorte de fascination. Un soir, à cette époque-ci de l'année justement, elle s'est jetée dans le lac devant votre maison. J'étais en Russie, je suis arrivé après l'enterrement. Je me fais beaucoup de reproches, c'est le drame de ma vie.

— Où est sa fille maintenant ?

— Ici même, ce soir. Elle dansait avec votre fils tout à l'heure. Elle s'appelle Erika, comme sa mère, mais, à part les cheveux, c'est à son père qu'elle ressemble. Elle ne sait rien, bien sûr. On lui a dit que sa mère avait été emportée par une maladie. Kaya s'occupe beaucoup d'elle, en souvenir de son amie. Moi, je ne peux pas. Je ne pourrais pas m'empêcher de lui parler de sa mère et plus encore de son père, d'une façon qui ne lui serait pas utile.

— Ecoutez, Sven. Quand je suis retournée dans la petite maison, les autres lettres n'étaient plus là. J'étais sûre de les avoir vues dans la boîte d'acajou, je ne sais que penser.

— Mais il ne faut pas penser, voyons, Lison ! Gunnar s'approchait d'eux. — Il faut danser. Qu'est-ce que tu as, toi, à faire le trouble-fête en gardant Lison pour toi tout seul ? Il donna une bourrade à son beau-frère. — Va jouer les Don Juan ailleurs. Et vous, Lison, venez sur la piste avec moi, s'il vous plaît. Un slow ! Tout ce que j'aime.

Elle se leva à regret.

Gunnar dansait très bien. Léger et musclé, il savait diriger délicatement, en acceptant à l'occasion une pression, une invitation de sa partenaire. Dans ses gestes, il y avait une part animale dont on était obligé d'avoir conscience. Lison se laissa aller. C'est le genre d'homme dont je ne peux supporter ni le comportement ni les goûts, et pourtant je suis obligée de reconnaître qu'il est particulièrement agréable de danser avec lui. Après tout, mon corps fait quelquefois cavalier seul. Mais non, en fait, ce n'était pas cela. Son corps avait de la mémoire. Gunnar dansait un peu comme Maurice. Maurice aussi était grand fumeur, il soufflait d'une certaine façon en dansant : quelque chose d'oppressant et de sensuel dont elle croyait avoir perdu jusqu'au souvenir. Mais là, soudain, contre un autre, le corps de Maurice reprenait existence.

Gunnar ne se donnait pas la peine de parler, il était à ce qu'il faisait, de la même façon qu'il appartenait à sa lame quand il avait dépecé l'élan devant elle. Lison eut envie de lui être désagréable, c'est-à-dire d'honorer sa femme.

— Je n'ai jamais vu une maîtresse de maison aussi inspirée que Kaya, dit-elle. Les hommes ont de la chance qui sont mariés à des femmes aussi parfaites.

— Et vous ne trouvez pas que les femmes ont de la chance de tomber sur un homme comme moi, hein ? Vous êtes une petite Française frondeuse. J'en ai connu quand je faisais mon stage à Paris, et je les aimais bien, mais je m'en méfiais.

— Ah, Gunnar, vous vous méfiez de ceux qui se méfient de vous, sage précaution.

— Ecoutez, Lison, je crois que nous pourrions très bien nous entendre, vous et moi, si vous n'étiez pas si tranchante. Si un jour nous avons le temps de...

— *Tap Dance ?* L'attaché naval américain, joyeux, rond et rose, posait sa main sur l'épaule de Gunnar. — *Tap dance ?*

Décidément, cette soirée s'obstinait à avoir un goût de passé. Lison se souvint de ce séjour aux U.S.A. avec Maurice, et de l'habitude, en vigueur à ce moment-là, d'interrompre sans cesse les danseurs.

— A tout à l'heure, je n'ai pas dit mon dernier mot. Gunnar marcha vers le sauna en relevant sa babine.

Et moi, si ! pensa Lison. Je ne donnerai jamais à ce genre d'homme le plaisir de savoir qu'il plaît à une partie de moi-même. Sans désir de parler à son vis-à-vis, elle regarda autour d'elle. La nuit brève était presque révolue. On discernait clairement à nouveau les couples de danseurs. Sybil était dans l'étau étroit des bras de Rupert, il caressait sa joue de sa moustache rase et fermait à demi les yeux. Elle fit un clin d'œil en direction de Lison.

Lawrence tournoyait avec application devant Sylvie. Tiens, comme elle dansait bien, Sylvie, la musique donnait à son visage une vie et une gaieté qu'on ne lui connaissait pas. Claude n'était pas visible. Kaya non plus. La femme de l'attaché naval faisait une exhibition bruyante au milieu de la piste avec un Finlandais que la boisson semblait avoir mis sous son influence. De temps en temps, le coéquipier de Lison criait : « Hye ! » à sa moitié et elle répondait de même. Sven, sur le banc là-bas, regardait dans la direction de la piste sans bouger. Il avait un nouveau verre à la main.

Pourvu que Kaya et Claude... se dit Lison. Et, en même temps, basta ! Il y a quelque chose d'exceptionnel dans cette soirée. Rien ne devrait être considéré avec sa valeur habituelle. Moi-même, je me sens différente de celle que je connais, et je me fais l'illusion de comprendre quelque chose de plus. Elle embraya la rumba avec une fausse bonne humeur devant son partenaire gigotant.

Kaya apparut avec un plateau de boissons. « Vin chaud ? Qui veut du vin chaud ? Il commence à faire humide. »

— J'ai soif, dit Lison à l'attaché naval. Il dansait par trop jovialement, et elle le dépassait d'une demi-tête, il y a des limites à la générosité. — *Would you mind if we stop ?*

Lison s'approcha de Kaya :

— Je disais à Gunnar que vous étiez une maîtresse de maison incomparable.

— Inutile d'ajouter qu'il ne vous a rien répondu. Kaya posa le plateau sur la table de bois. — Oh, ils se serviront eux-mêmes. Vous venez faire un tour jusqu'à la mer ? Elle est belle au moment où le jour se relève... Si l'on peut dire qu'il s'est couché !

Lison marcha à côté d'elle. La plage était déserte. La marée remontait. On entendait, tout près, le bruit recommencé de l'eau caressant doucement le sable : « flishh, fllishhh »...

Elles se turent un instant.

— Claude est au sauna avec Rupert et Gunnar, dit enfin Kaya. Puis : — Vous saviez pour Claude et moi ?

— Oui, je l'ai deviné.

— Claude m'a été très utile, vous savez. Il m'a redonné confiance. Gunnar venait de se lancer dans une nouvelle aventure. Erika s'était suicidée peu de temps avant, j'étais désemparée. Alors, un jeune Français brillant, charmeur. Je lui dois beaucoup, il m'a aidée à retrouver le goût de vivre.

— J'ai été terriblement jalouse de vous, en arrivant.

Lison baissa la tête.

— De moi, qui ne sais même pas retenir l'homme que j'aime ?

— Vous êtes si belle.

Les feuilles furent froissées dans leur dos.

— Vous êtes si belles, toutes les deux, devant l'eau qui est si belle.

Sven s'approchait d'elles, trapu et carré : on eût dit un gros chêne égaré parmi les minces bouleaux.

— Vous vous souvenez du jour de la chasse à l'élan, Lison, quand je vous ai assuré que nous deviendrions des amis ? Vous ne me croyiez pas.

— Je me souviens que vous écoutez sans cesse des conversations qui ne vous sont pas destinées.

— Non, je viens seulement terminer celle qui m'est destinée et qui a été interrompue par le capitaine de l'île, puis par la marine américaine.

Les yeux de Kaya allèrent de l'un à l'autre.

— Bon, eh bien, moi, je vais aller préparer le bouillon chaud. A tout de suite.

— Kaya passe son temps à passer les plats, dit Sven. Elle espère encore que Gunnar va s'en apercevoir. Elle avait tant de talents, elle chantait si bien. Nous faisions un petit orchestre à nous trois avec Erika. Ah, tout est trop bête. Il s'approcha près de Lison. — Alors, mes lettres ont disparu ? Et si vous les aviez trouvées, vous les auriez lues ? Comme la première que vous avez volée ?

Pour quelqu'un qui n'aime pas que l'on écoute aux portes... Il mit son bras sur l'épaule de Lison. — C'est moi qui les ai, ces lettres. Je les ai parcourues à nouveau, tiens, justement quand votre fille était à la maison. Elles m'ont troublé et rassuré. Au moins « j'ai aimé ». Cela serait bien d'avoir cela comme épitaphe : « Il a aimé. » A propos d'amour, quelle créature, votre fille ! Je ne sais pas ce qui va rester de mon Claës si elle continue longtemps à ce rythme-là, mais je ne suis pas contre le dressage intensif auquel elle se livre. Et puis c'est agréable de voir ces deux beaux êtres vivre heureux un moment ensemble.

— Continuons, dit Lison. Vous êtes entré dans la maison rose pour prendre les lettres ?

— Non, on me les a rendues. La duègne Haakinen vous surveille, vous savez, et je suis l'ami de la duègne Haakinen. Soyez tranquille, elle n'a rien contre vous. Mais nous avons communié dans l'amour d'Erika, elle demeure la vestale de la maison rose. Elle fait ce que je lui demande. Elle vous avait vue prendre un feuillet. Elle m'a fait son rapport. Vous savez, Lison. Il vida son verre et se plantant devant elle, la saisit par les deux bras. — Bien sûr, vous allez rire, avec votre esprit cartésien. Ce n'est pas à vous, les Français, que l'on peut raconter des histoires comme celle-là...

— J'ai une grand-mère irlandaise.

— Alors, il y a une chance. Dans mon pays, on accorde toujours sa confiance aux gens des îles. Vous savez, Lison ? Mme Haakinen est de mon avis, c'est vrai, vous êtes un peu Erika, un peu de son âme vous a effleurée. C'est pour cela que vous avez tant de curiosité pour elle. Laissez-moi croire cela, dit-il voyant Lison avoir un geste de recul. Allez, soyez-le, Irlandaise, à minuit, sous le soleil au bord de la mer et quand j'ai trop bu. Il s'immobilisa. — J'ai une idée ! Vous seule pouvez le faire. Il faut que vous désensorceliez la petite maison. Il faut lui offrir des jeux funéraires, comme faisaient les Grecs et les Romains pour apaiser l'âme des défunts. Il faut lui offrir une fête en souvenir d'Erika. Il la regarda doucement, elle reconnut ses yeux de tendresse. — Oui, Lison, si vous donniez une fête dans notre maison ?

— Une fête blanche ? Pour aller avec les murs et les rideaux ?

— Cela nous procurerait un bonheur particulier, à Kaya et à moi, d'être à nouveau gais, là où nous avons été tristes, et puis que cela soit avec vous. Ensuite, reprit Sven après être resté silencieux un long moment, ensuite votre fille épousera mon fils et vous et moi nous nous aimerons longtemps, de loin, et chaque automne nous donnerons une fête blanche, et parfois, quand vous voudrez, nous coucherons dans la chambre blanche où je n'ai jamais couché avec Erika.

— Et puis cessez de vider cette bouteille, Sven. Vous allez bientôt avoir trop bu.

— Alors, à vous. Il lui tendit son verre. Lison laissa l'eau-de-vie stridente traverser sa gorge en poignard. — Lison, nous allons nous retrouver, n'est-ce pas ? Vous le savez aussi, n'est-ce pas, qu'il y a quelque chose entre nous ?

— Oui, je le sens, Sven. Mais justement, je ne veux pas. Il faut en rester là. Je viens de recommencer ma vie avec quelqu'un que j'aime. Je veux tenter de m'engager tout à fait dans les choses, même s'il est un peu tard pour être absolue. Vous êtes aussi quelqu'un avec lequel j'aurais pu m'engager tout à fait, je crois, dans une autre vie... Mais dans ma vie, ma nature ne me permet pas les demi-mesures ni les partages.

— Je comprends, dit Sven. Il n'avait plus l'air saoul du tout. — Nous sommes semblables sur ce point et cela serait normal que je vous perde puisque j'ai perdu Erika. Mais il vous faudra accepter l'idée que je vais continuer un peu à vous aimer un peu, à rêver aux choses qui ne sont pas.

Il la regarda un moment sérieusement, puis la prit par

les épaules avec rudesse et plaqua ses lèvres contre celles de Lison.

La musique, là-bas, venait de s'arrêter. Lison eut l'impression que son souffle aussi s'était arrêté. Elle sentit le corps dur de Sven contre le sien et ferma les yeux.

Il y eut un bruit, des pas précipités dans les feuilles. Essoufflés, Délia et Claës se tenaient devant eux, main dans la main ; ils arrivaient en courant du petit bois.

Délia resta stupéfaite un instant, puis lâcha violemment la main de Claës.

— Je te déteste ! cria-t-elle en direction de sa mère. Je voudrais que tu sois morte.

— C'est ton affaire, s'entendit répondre calmement Lison.

Elle s'étonna de la pondération dans sa voix.

Un temps, quand ils furent partis, Lison ne fit pas d'efforts pour s'éloigner de Sven, puis ce fut lui qui s'écarta et lui donna un baiser léger sur la joue.

— Elle ne pense ni l'un ni l'autre, vous le savez bien. Elle accède à l'âge adulte. C'est toujours une opération douloureuse. Un peu d'elle-même vient de mourir avec l'aide de mon fils.

— Et un peu de moi-même vient de naître. Vous m'avez enlevé la honte qui m'a souvent empêchée d'être naturelle depuis que je me connais. Je viens de répondre à Délia exactement comme j'en avais envie.

— Et nous venons de nous dire adieu ?

— Oui, Sven.

— Nous aurions pu, Lison.

— C'est vrai.

Un grand élan de tendresse lui monta à la gorge. Elle s'éloigna de lui et se mit à marcher sur l'étroite brèche de sable qui longeait la côte. A mesure que Sven et elle avançaient, un brouhaha de voix mâles allait en s'amplifiant. Claude et Gunnar, en compagnie de quelques Finlandais, venaient de se jeter dans la Baltique. La musique n'avait pas repris depuis tout à l'heure, le clapotis de leurs gestes se mêlait à celui de la mer. Claude sortit de l'eau quand il eut reconnu sa femme.

— Au revoir, dit Sven en reculant. Adieu, Lison ! N'oubliez tout de même pas la fête.

Il se dirigea vers la maison. Lison le regarda. Il avait l'air très petit, tout à coup. Oui, comme elle aurait pu l'aimer.

— C'est promis ! cria-t-elle.

— Qu'est-ce que tu promets ? dit Claude en saisissant sa serviette de bain.

— Oh, rien, une fête.

Il n'entendit pas.

— Attends-moi une minute, je prends mon chandail... Il revint en courant. — Je vais t'emmener, dit-il, à l'endroit où j'ai failli me noyer la première fois que je suis venu ici, en étant péché par le plus gros brochet que j'aie vu de ma vie. Claude riait à grande bouche en montrant du doigt un léger monticule qui avançait sur l'eau. — Il m'a raté de justesse, le monstre.

— Je suis contente que tu aies tenu bon, sur le bord.

— Oui, si j'avais été par le fond, tu ne serais probablement jamais venue ici et Sven ne serait pas tombé amoureux de toi... et...

Lison regarda son mari.

— Et je n'aurais pas commencé par être jalouse à gueuler de Kaya, dit-elle.

— Toi, jalouse ? Ce serait trop beau. C'est moi qui suis jaloux comme un ours, c'est-à-dire en silence.

Lison lui prit la main, la leva vers ses lèvres et l'embrassa.

— Tu n'as pas de raisons d'être jaloux, dit-elle. Je sais maintenant que je ne pourrais pas me passer de toi.

— Et moi, je sais que je peux dorénavant me passer de ma liberté.

— Rentrons, tu as froid, dit Lison.

— Et c'est l'heure du vin chaud.

Les invités étaient rassemblés dans la grande pièce.

Lison, au premier coup d'œil, vit que sa fille aînée était debout devant le feu et parlait avec les jeunes. Elle était là, vivante, souriante. Rien d'autre n'avait d'importance.

Kaya, elle, avait maintenant dénoué ses cheveux et avait plus que jamais l'air d'une divinité nordique. Elle s'approcha de Lison :

— C'est vrai ? Vous allez faire une fête dans notre maison rose ? Quelle belle idée, chère Lison. Puis elle se tourna vers les autres : — Je ne veux pas vous encourager au sommeil, mais il ne faut pas que nous oubliions qu'Ida a promis qu'elle viendrait avec un groupe d'amis et un pique-nique, demain, enfin tout à l'heure. Vos parents seront là, n'est-ce pas ? dit-elle au fils de l'ambassadeur de France et aussi le conseiller d'Afrique du Sud. L'île d'Ida n'est pas loin, son bateau est rapide, ils seront sûrement à l'heure.

— Que d'îles, que d'îles...

Délia tournait la tête en tous sens.

— Quatre-vingt mille, sur lacs et sur mer, dit Gunnar. Nous sommes des citoyens dont la carte de géographie est plus bleue que verte.

— Quatre-vingt mille ? intervint le poète qui avait été assis à côté de Lison pendant le dîner. Tu es sûr ? Je croyais qu'au dernier recensement on avait constaté que quelques-unes d'entre elles s'étaient noyées et qu'il en restait soixante-dix-neuf mille neuf cent trente ?

— Le Sud-Africain ? La bête ? Mais voyons, Kaya, ce n'est pas sérieux du tout de votre part d'avoir accepté de l'accueillir ici. Comment voulez-vous que l'on échappe à ses pressions sur une île ? dit Sybil avec une mimique comique.

— Confiez-le-nous, on le noiera.

Debout, mince dans sa robe blanche, la fille d'Erika avait parlé lentement. Sa voix était très calme. Elle regarda autour d'elle, étonnée par l'étrange silence qui tomba sur sa famille.

— Mais qu'est-ce que tu as, tante Kaya ?

— J'ai que, j'ai que j'ai sommeil.

Il semblait tout à coup que le charme qui les avait tous enveloppés jusqu'à ce moment s'était estompé avec la revenue du grand jour.

Sybil prit Lison par la main :

— Les voyageuses pour le compartiment de dames seules, en voiture !

Avant de quitter la pièce, Lison chercha Sven des yeux. Elle ne le vit pas.

XV

— Maman ?

Il était rare que sa fille aînée donnât son nom traditionnel à Lison.

— Oui, quoi ?

— Je regrette d'avoir dit ça, l'autre jour. Comment veux-tu que je désire ta mort ?

— Mais je ne le veux pas. Je ne t'ai posé aucune question à ce sujet, et ce qui a été dit n'a pas besoin d'être évoqué à nouveau.

Debout devant sa mère, Délia ne bougeait pas.

— Et puis même si tu as désiré ma mort un instant, reprit Lison, n'en faisons pas un péché mortel. Tu ne serais pas le premier enfant auquel cela serait arrivé. Je n'ai pas besoin de dire cela à quelqu'un qui a eu un premier prix en littérature classique. L'amour, la haine, il y a des moments où cela se mélange. D'ailleurs, il y a probablement toujours une minute ou une autre où l'on désire, plus ou moins confusément, la disparition d'un de ses géniteurs, mais on ne le dit pas toujours tout haut.

— Mais moi, pas du tout, jamais je n'ai désiré cela, je viens de te le dire.

Lison se poussa un peu pour encourager Délia à s'asseoir à côté d'elle sur le divan.

— Bien. Alors, il faut que tu t'habitues une bonne fois à l'idée que je suis encore une femme. Un peu de patience, cela ne durera pas éternellement. Mais tant qu'il en est ainsi et puisqu'il faut t'habituer aussi à l'idée que j'ai quitté ton père et que je suis, comme toi, un être libre, il est préférable que tu ne juges pas trop vite les situations que tu n'as pas appréhendées en entier. Lison releva sa mèche rebelle sur son front. — Oh, excuse-moi pour ce jargon. En effet, cela n'a pas dû être très agréable pour toi de me trouver dans les bras du père de ton, de ton... amant. Appelons les hommes par leur nom. Mais on dit des choses, on fait des choses dans les îles, l'été, tu sais, grougnasse, et puis l'automne vient, cela s'efface. Il faut regarder cet incident comme un échange de gifles entre deux adultes qui possèdent le moyen de se faire souffrir et parfois, ensuite, le regrettent. Elle ajouta : — C'est le mot « déteste » qui m'a fait mal. Pour le mot « morte », je regrette de ne t'avoir pas répondu avec le vers d'Anna de Noailles : « Je suis morte déjà, puisque je dois mourir. » Quoi qu'il en soit, n'en parlons plus, tu ne m'as pas tuée.

— N'y pense plus surtout, dit Délia. Elle eut l'air de lutter avec le désir d'embrasser sa mère, mais elle n'en fit rien. — Maman ?

— Quoi d'autre ?

— Je suis en pleine hésitation sur mon avenir. Je ne suis plus sûre de moi à cent pour cent au sujet de Claës et de cet hiver.

— Mais, il y a encore quelques jours, tu me disais que cela allait de mieux en mieux entre vous ?

— Sur un certain plan, oui. Sur les autres, nos différences s'accentuent. Et puis (Délia avait le visage hargneux) il veut me crocheter.

— Te quoi ?

— Eh bien, il veut être sérieux. Il emploie même le mot « mariage ». Non mais, tu me vois, moi, mariée ? Ou bien il voudrait que l'on fasse ce qui se pratique couramment ici, une sorte de pacte provisoire. Tu sais, les gens échangent des anneaux renouvelables. Un genre Sartre et Beauvoir, quoi... Mais je ne veux rien de tout cela. C'est un acte de liberté que je cherchais à commettre, pas une acceptation d'esclavage.

— Tu es ton maître.

— Oui, c'est cela qui est difficile. Délia tira sur ses cheveux. — Cela m'amuse moins, l'amour physique, si cela devient une raison de contrainte morale. Je ne l'aime pas assez peut-être ?

Emma entra en bourrasque dans le petit salon bleu :

— Tu veux m'aider, quelqu'un ? Je viens de recevoir ma dernière semaine de devoir de vacances, et il y en a déjà deux autres qui m'attendent et sur lesquelles je n'ai pas posé les yeux. J'ai jamais le temps. Et maintenant j'ai rendez-vous avec les enfants des Canadiens, on va à la piscine, la mer est trop froide. Qu'est-ce que je vais faire ? Délia, je m'engage pour l'ensemble de tes corvées pendant les prochains six mois, « crachi-jura ! », si tu me fais mon latin.

— Ma chère enfant, tu es à côté de tes pompes. Je ne serai pas dans la même maison que toi pour les prochains six mois. J'ai passé mon examen terminal, moi.

— Ah, c'est le bouquet ! C'est vrai, j'y pensais plus. Je vais être seule à Sainte-Marguerite l'année prochaine. Me voilà bien. Je sens que je vais peut-être m'apercevoir que je tiens à toi si tu n'es pas là. Alors, raison de plus, sois une sœur. Traduis-les-moi, ces preps.

— Mets-les dans ma chambre, avec ton dictionnaire. Je vais tâcher de faire autant de fautes que toi.

Emma lança un chewing-gum dans la direction de Délia : « Tiens ! Premier paiement en espèces ! », et fila par la porte ouverte.

Délia gobait la pâte rose :

— C'est vrai, on ne le réalise qu'à tempérament. Je ne serai plus jamais une élève. C'est délicieux, et en même temps c'est peut-être maintenant que je vais commencer à aimer l'école.

— On regrette peut-être le temps de l'école toute sa vie. Lison hasarda sa main sur l'épaule de sa fille. — Si je me permettais des phrases de mater familias, je dirais que tu entres à l'école de la vie. Pas facile non plus. Et susceptible aussi de susciter des regrets par la suite.

Claude poussait la porte du salon bleu avec les pieds, ses bras plein de papiers et de journaux.

— Vous vous êtes disputées, toutes les deux ? Vous avez l'air sinistres.

— Non, on s'est réconciliées, dit Délia. N'est-ce pas, la mère ?

— Ah, tout s'explique. Claude posa son barda sur la table. — C'est un exercice beaucoup plus difficile, en effet... J'ai des nouvelles importantes, dit-il. Est-ce que je peux parler devant toi, Délia, et être assuré que tu n'en toucheras mot à personne ? C'est encore secret. Mais puisque tu es là. Et si telle mère telle fille...

Délia tendit la main.

— Crachi-jura ! comme nous disons dans la famille. Ça aussi, c'est une formule confidentielle.

— Eh bien, ceci nous concerne tous dans cette famille, précisément. Il est question, ce ne sera pas officiel avant quelques mois, que je sois changé de poste. Une promotion. Je ne peux pas en dire plus.

Lison se leva.

— Tu ne peux pas en dire plus ? C'est affreux de rester quelques mois dans le doute.

— Si, je peux en dire un peu plus. Mais je vous laissais le temps d'assimiler ma première phrase.

— Où ?

Mère et fille avaient parlé en même temps.

— En Afrique. Chef de mission.

Lison ne disait rien. Claude lui caressa les cheveux.

— Tu n'aimes pas l'idée ?

— Si, je salue ton ascension et j'aime l'idée. Mais il y a beaucoup d'idées que j'aime mieux lorsque je ne les mets pas en pratique. J'ai toujours peur que mon exilite me reprenne et que je fasse une crise aiguë. J'ai déjà planté des radicelles ici. Je commence à avoir des amis. Et il faut se conditionner à les quitter.

— C'est comme en gymnastique, tu sais. C'est le premier geste qui coûte ; on se rompt à la technique des adieux et on finit par regarder toujours devant soi.

— Mais justement, moi, je ne veux pas m'habituer à quitter, dit Lison, je veux que cela continue à me faire mal.

— Je n'aurais pas dû aborder le sujet maintenant, dit Claude. On en reparlera ce soir, chérie, on a le temps d'y penser ; et moi, maintenant, je n'ai pas le temps, j'ai un rendez-vous à deux heures. Il faut que l'on se mette à table. Que l'on n'attende pas Sylvie, elle est au tennis et arrivera en retard, dit-il en allant se laver les mains.

— Et à propos, qu'est-ce que va en penser « l'autre » ? demanda Délia lorsque Claude eut quitté la pièce. Et qu'est-ce qu'on va en faire de « l'autre » ? Elle vous accompagne dans la brousse ?

— Sûrement pas. Claude était déjà convenu avec sa mère qu'elle resterait avec elle jusqu'à la fin de sa philo. Encore un an.

— Je m'adoucis.

— Tiens donc ?

— Oui, je me suis adoucie depuis que je suis une femme. Enfin, depuis que je couche. Je ne lui en veux presque plus, à l'autre. Au fond, on est toujours « l'autre » d'un autre. Et ce n'est pas notre faute, à l'une ou à l'autre, si nos parents se sont associés. Et ce n'est pas si, si mal après tout, une fois accepté le postulat que toi aussi tu es une femme... La brousse, la brousse, continuait-elle à marmonner en allant vers la salle à manger. J'aime cette idée, moi.

— Maman ! dit Lawrence en dépliant sa serviette.

Décidément, tout le monde m'appelle maman aujourd'hui, cela sent les adieux, se dit Lison.

— Claude ! Maman ! Je vais repartir plus tôt que je ne croyais. Des copains organisent une série de sous-colles et je crois que cela me serait très utile d'y participer.

— Grand lâche ! Dis plutôt, le fils, qu'il y a une femme qui t'attend à Paris.

Sylvie ouvrit la porte et lança sa raquette sur une chaise.

— J' m'excuse, mais j'avais dit à papa... Qui attend qui à Paris ? ajouta-t-elle.

Délia prit sa voix stridente :

— Sans nul doute une créature follement éprise de mon frère. « Lawrence ou la vie dissolue d'un jeune étudiant en médecine ».

Sylvie but une gorgée d'eau qui fit du bruit en glissant dans sa gorge.

— Tu repasses par Paris, hein ? Avant d'aller à Nantes. On se reverra. Lawrence prenait une voix très douce comme s'il parlait à un enfant. — On ira à cette pièce de Beckett dont nous avons parlé.

Comme elle le regarde, se dit Lison. Décidément cet été aura crépité d'élans du cœur. Elle se sentit fatiguée, tout à coup.

— Alors, dit-elle en faisant un effort, raison de plus pour que nous organisions la fête vite, avant que vous soyez envolés.

Les enfants tournèrent la tête :

— Quelle fête ?

— Celle que Kaya et Sven nous ont demandé de donner dans la petite maison rose de leur enfance. Cela sera une bonne occasion, dit-elle en regardant Claude.

Une bourrasque de vent ouvrit la fenêtre de la salle à manger. Quelques feuilles déjà rousses tourbillonnèrent en travers du carreau.

— « Un seul ennui, les jours raccourcissent », dit Délia lentement.

— On ne sait jamais si c'est toi qui parles ou un livre.

Lison sourit à sa fille. Elle pourrait continuer à la tuer tant qu'elle voudrait, celle-là, ça ne changerait rien.

— Hélas, j'aimerais bien avoir écrit les livres des autres, avant d'écrire les miens. Par un mauvais hasard, c'est du Tchekhov.

— Tu y a mis beaucoup de sentiment. Je ne badine pas, j'ai l'impression que tu as un vrai talent d'acteur. Claude regardait sa belle-fille le visage rêveur. — Je me réjouis d'aller t'écouter quand tu te présenteras au concours. J'ai toujours voulu faire du théâtre, ajouta Claude en pelant sa poire, sans remarquer le regard qui s'échangeait entre Lison et sa fille.

— Tu as toujours rêvé de tout, dit Lison.

Il y avait de l'admiration dans sa voix.

XVI

Une pile de nappes blanches fraîchement amidonnées sur les bras, Mme Haakinen traversait la grande pièce, le feu aux joues. Son visage imperturbable était éclairci par une ombre de sourire. Lison la suivit des yeux.

— C'est étonnant, tu ne trouves pas, comme elle a bien accepté l'idée de donner une fête ici ? Il a suffi d'une visite de Kaya.

Déplaçant la boîte d'acajou sur la table de bouleau clair — tiens ? le couvercle avait été réparé —, Lison posa une rose blanche, toute droite, dans un globuleux verre de Venise, puis s'agenouilla près du fauteuil d'osier où s'était assis Claude.

— Quelle folie de tenter de réveiller une maison endormie ! Elle soupira. — Je me réjouissais de cette soirée et, maintenant qu'elle va avoir lieu, j'éprouve la même angoisse que la première fois que j'ai pénétré ici. Le sentiment de violer un mystère. Je me dis qu'il n'aurait pas fallu déranger les ombres de cet endroit. Oui, c'est vraiment des jeux funèbres auxquels nous allons nous livrer.

— Mais puisque Kaya en avait tellement envie. Claude posa la main sur les genoux de sa femme. — Au contraire, moi je trouve que c'est une jolie idée. Nos amis nous ont donné les fêtes du printemps, nous leur offrons celle de la fin de l'été. Tu es triste ?

— Oh, laisse, c'est peut-être seulement mon exilite chronique qui me reprend. Ce Nord finit par me troubler. Tu te rends compte que l'été est en train de nous filer entre les doigts et nous ne sommes qu'à la mi-août ? Et ce ne sont pas seulement les folies du climat, mais l'atmosphère des esprits aussi qui me déroute. Par moments, je me sens terriblement française. J'ai besoin de mes congénères, j'ai envie de ma façon de rire et de pleurer à moi.

— Oui, toi, tu as besoin de ton air. Allez ! courage, nous serons bientôt à Saint-Simon.

Il avait été convenu que, Lawrence partant le premier comme il en avait exprimé le désir, Claude, Lison et leurs deux plus jeunes filles retourneraient à Paris quelques semaines avant la rentrée des classes. Sylvie connaissait mal la capitale et Emma voulait passer un moment avec son père avant de retourner à Sainte-Marguerite. Quant à Délia, elle n'avait pas encore précisé sa décision. Elle se comportait envers Lison avec une nouvelle douceur, presque un peu encombrante. On eût dit que, se doutant que, s'il est facile parfois de pardonner, il est difficile d'oublier, Délia tentait sans cesse d'effacer le souvenir du coup de poignard qu'elle avait lancé au cœur de sa mère. Mais, après avoir une fois exprimé ses doutes à Lison, elle évitait maintenant d'aborder le sujet de son avenir. Elle n'avait pas non plus écrit à son père pour le mettre au courant de ses projets fluctuants ; le combat se poursuivait en silence entre des désirs inconciliables.

Claës continuait à faire partie de la toile de fond de la maison. Il arrivait qu'on ne le remarquât plus à force de savoir qu'il était là, silencieux et calme. Puis le climat tournait à la discorde. On entendait des éclats de voix dans la chambre de Délia. Elle claquait violemment les portes. Claës partait, puis revenait penaud quelques heures plus tard. Ou bien c'était Délia, les yeux en pomme cuite, qui courait à ses trousses. Lison apprenait lentement l'art d'être mère d'une femme et prenait sur elle-même de ne pas précipiter les choses par ses questions. En fait, pour elle aussi les désirs étaient partagés. L'idée que Délia passerait l'hiver près d'Helsinki la comblait d'une certaine façon, la pensée aussi que cette décision serait la garantie provisoire d'un premier amour épanoui, avec ce qu'une expérience réussie porte en elle-même de constructif, rassurait sa féminité instinctive, mais elle ne pouvait se faire à la perspective que sa fille sacrifiât d'un cœur si léger et d'un corps si consentant les chances immédiates d'une carrière qui semblait tellement bien convenir à son tempérament.

Pour une fois, Claude se montrait plus interventionniste que sa femme lorsqu'ils abordaient le sujet ensemble.

— Tu te dois de l'influencer, disait-il. On a besoin de l'aide et même de la pression de ses parents, parfois. Et puis ce garçon a beau être beau... il ne semble pas très intéressant.

— Il a choisi un des métiers les plus intéressants qui soient, rétorquait Lison, et il réussit bien dans ses études d'architecte, je crois. Ce que je lui reproche, c'est que je ne le connais pas. Nous demeurons des étrangers l'un pour l'autre. J'ai du mal à admettre qu'il puisse aimer ma fille et ne pas manifester la moindre curiosité pour son entourage. C'est tellement peu le caractère de son père, par-dessus le marché. Pas une fois Claës ne m'a abordée en direct pour m'expliquer la façon dont il envisage son hiver avec Délia. Il me fuit. Il a l'air de se méfier de moi, et moi, avec cette espèce de doute qui ne me quitte pas tout à fait, je me dis que c'est Délia qui l'a empêché de me parler. Elle a changé à mon égard, j'ai l'impression de l'avoir retrouvée telle qu'elle était ou presque, mais je n'ai pas retrouvé la paix en ce qui concerne ses sentiments. Alors, je ne bouge pas. Tu sais, ce genre de réaction qu'ont les Blancs qui ont une conscience, aujourd'hui. Ils finissent par être exagérément attentifs à la susceptibilité des Noirs, à se sentir coupables, même si ce sont eux les innocents de l'espèce qu'ils représentent. Je considère, par exemple, qu'il y a plus de torts du côté de Maurice que du mien en ce qui concerne notre échec marital, mais quand je l'ai quitté, c'était déjà moi qui avais honte vis-à-vis de mes enfants. Maintenant, si tu ne me protégeais pas de moi-même, j'aurais honte aussi d'être heureuse avec toi.

— Il faut te défendre contre l'abus de conscience, mais, au sujet de tes rapports avec Claës, Délia n'a probablement rien à voir là-dedans. Le fils de Sven a pratiquement été abandonné à la naissance par sa mère. Même pour un pays du Nord, Sven est un pionnier dans le genre des relations parentales modernes. Je me souviens de lui, il y a dix ans, accompagné partout de son petit garçon. Il s'en occupait vraiment comme une femme. Son fils, d'ailleurs, a l'air d'avoir un culte pour lui. Mais ce Claës sans mère a tout simplement une méfiance *a priori* pour celles qui sont d'âge à être la sienne. Il ne sait pas être naturel avec elles et il lui est facile de porter un jugement sévère en général, dont toi tu pâtis en particulier... Sven sera là, ce soir, bien entendu ? demanda Claude en effleurant des doigts le bouquet blanc que Gunnar et Kaya venaient de leur envoyer. Il y a longtemps que nous ne l'avons pas vu, on dirait ? Drôle de type, vraiment.

— J'espère avoir l'occasion de lui parler un peu de son fils et de Délia, dit Lison. Oh ! Regarde comme elles sont belles !

Mme Haakinen, suivie de Pââvo qu'elle inondait de recommandations grommeleuses, portait vers les tables de grandes assiettes blanches bordées de bleu et d'or. Lison termina sa phrase en murmure : « Elle a quand même condescendu à les descendre du grenier, mais quel mal Kaya a eu pour la convaincre. »

— C'est un buffet ? Claude se leva. — Et nous avons dit « rosé de Provence ». Bon. Eh bien, je vais aller voir si tout est en ordre du côté cave.

Il se dirigeait vers la porte quand celle-ci s'ouvrit sous la pression de Délia. Elle ne vit pas le sourire que lui adressait son beau-père et fonça vers Lison. Ebouriffée, bouillonnante, la brusquerie de ses gestes en disait long sur son humeur.

— Je viens de rompre, lança-t-elle. Il ne viendra pas ce soir. Tant pis pour l'entrée que nous devions faire tous les deux. Du reste, je peux me dégoter quelqu'un d'autre.

— Que s'est-il passé ?

— Ah ! S'il faut donner des explications quand on rompt !

Délia ne laissa pas à sa mère le temps d'en dire plus, elle se retourna et claqua la porte sur ses pas.

Lison fut étonnée d'éprouver un petit chagrin. Quels que soient les jugements que l'on porte sur eux, on finit par s'attacher aux garçons et aux filles de ses enfants comme à des chiens familiers. Ils ont parfois une vie de chien d'ailleurs et, comme pour les animaux domestiques, souvent on les pleure un coup et puis on les oublie. Elle commençait à oublier Claire, la fille de Lawrence, qu'elle avait bien aimée à l'époque. De toute façon, il ne fallait pas se mettre à porter le deuil trop tôt, ces choses-là sont sujettes à révision.

Elle regarda autour d'elle la pièce blanche. Décidément cette fête allait avoir un goût d'adieu ! Délia aurait dû mieux choisir son jour, se dit-elle.

Lison ferma la porte et se dirigea vers la grande maison. L'air du soir gardait un souvenir des douceurs estivales. Quelques jours auparavant, pourtant, Karl Haakinen, le jardinier, avait menacé : « J'ai senti la bora ce matin, toutes mes fleurs vont tomber d'un coup. Vous verrez, il fera déjà froid pour votre fête. » Mais le vent du nord avait suspendu un peu ses effets. Seules quelques feuilles de ce rouge intense qui donne sa violence aux paysages d'automne finlandais espaçaient des taches de feu sur les arbres encore verts. Près du portail, Lison se retourna vers la maison rose. Mme Haakinen en avait allumé les fenêtres donnant sur le parc. On dirait une maison enchantée dans un livre d'enfants, pensa-t-elle, mais je n'arrive pas à savoir si son enchantement est bénéfique ou maléfique. Une espèce de tristesse continuait à l'habiter. Elle avait beau faire, elle n'arrivait pas à avoir envie de se déguiser pour la fête blanche.

Dès l'antichambre, elle sentit qu'il régnait dans la maison une de ces effervescences dont elle avait eu tant de plaisir à multiplier les occasions pendant l'enfance des petits Renan. Les portes claquaient, on entendait des glissades et des rires. Emma et l'Italienne s'étaient barricadées dans la salle de bains et en interdisaient l'entrée ; Lawrence, en collant blanc au milieu du salon, tentait d'enfoncer un clou dans une botte qui paraissait bien trop étroite pour son pied. Sylvie, si muette d'habitude, chantait à l'étage au-dessus d'une voix acidulée. S'il n'y avait qu'elle de mélancolique, c'est qu'elle ne devait pas l'être non plus. Redressant les épaules, Lison se dirigea vers sa chambre.

— Ah, tu arrives bien ! Pourrais-tu m'attacher mon machin ? dit Claude, claudiquant vers elle sur une patte. Il faut que l'on se dépêche, tu sais, ou encore une fois nous arriverons après nos invités.

Il avait été convenu que la famille se retrouverait à neuf heures devant la maison rose, chacun ayant tenté de préserver jusque-là le secret de son déguisement.

Lison arriva la première au lieu de rendez-vous. Elle avait sacrifié sur l'autel de Tchekhov, auquel l'atmosphère de ce pays ramenait sans cesse. Pensant qu'elle aussi elle allait bientôt se séparer, joie et mélancolie mêlées, de cet univers où tant de choses s'étaient nouées et dénouées, elle avait choisi d'être pour un soir cette Liouba Andréevna qui conjuguait si subtilement douleur et légèreté en quittant sa Cerisaie. Ida lui avait prêté un ensemble ayant appartenu à sa mère. Debout près de la porte, frissonnant un peu dans sa blouse linon dont la guimpe montait haut sur le cou, elle se sentait faire corps avec le paysage mélancolique et ne plus être elle-même, ni cette Erika à laquelle on tentait de l'associer, mais plutôt une des ancêtres de celle-ci, une de ces femmes pâles qui rêvaient dans leur cadre et dont les yeux tristes la suivaient toujours lorsqu'elle montait l'escalier.

Une à une, leurs contours encore flous, les ombres claires se mirent en marche vers les bouleaux.

— Bougies ! dit Mme Haakinen, qui se tenait sur le pas de la porte, et elle se pencha pour allumer les fanaux blancs qui bordaient l'allée sur chaque flanc.

Claude surgit du petit bois.

— J'ai envie que nous fassions connaissance, dit-il en s'approchant de sa femme. Il avait choisi d'être en arbre. Tout blanc tacheté de noir, il portait les branches de bouleau qu'il venait de cueillir au-dessus de sa tête. — Tu vas voir, dit-il. Comme d'habitude, chacun se sera déguisé selon les lois de son propre rêve et ressemblera à qui il aurait voulu être.

— Végétal, toi ? Lison le regarda. — Je t'aurais plutôt cru animal.

— Qui va là ? criait Claude, avant d'avoir entendu le mot de sa femme.

Sylvie arrivait au galop, poursuivie par le chasseur Lawrence dont les flèches étaient déjà fichées dans le costume laineux. Elle s'était fabriqué un grand museau d'élan, blanc, qu'elle tenait contre son visage comme un éventail. Marchant à pas entravés, Emma et la fille des Italiens la suivaient, vêtues de longues chemises de nuit venues d'un grenier. Elles avaient honoré l'amitié en se déguisant en sœurs siamoises que reliait un cordon ombilical en coton torsadé. Derrière elles, Délia, soleil de minuit, la tête auréolée de papier d'argent, fermait la marche. Elle était accompagnée à distance par sa victime consacrée, Signor Bouton, dont les boutons étaient dissimulés sous le grand masque blanc de la lune.

— Je nous trouve très réussis, déclara Claude. Dommage que nous ne puissions pas rester un moment à nous admirer les uns les autres, mais il n'y a pas d'espoir, même pour un bal costumé les Finlandais trouvent le moyen d'être à l'heure. Tiens, les voilà !

Les invités déferlaient vers le jardin, Ida en tête. Son caniche blanc marchant contre sa robe, pomponnée, perruquée comme lui, Ida était précédée d'un jeune Hindou habillé de satin. Il tenait dans ses mains, comme une offrande de roi mage, la pièce montée qu'Ida avait proposé d'apporter au dessert. « C'est un prince, glissa-t-elle à Lison. Je me suis permis... » Dans son sillage, Kaya, jeune homme à la flèche, une demi-cape sur l'épaule, les crevés vert pâle de ses manches assortis à ses yeux, allait menue, ses jambes fines gainées de soie. Elle avait posé de gros nœuds de velours sur ses escarpins. D'une main, elle tenait une cage vide. Derrière elle, un casque en plume sur les cheveux, Gunnar avait planté sur son nez busqué un bec de faucon.

Ombres blanches sur ombres blanches, les invités se succédaient. Parfois Lison n'arrivait pas même à les identifier. Ils passaient, disant des phrases mystérieuses, et s'égaillaient par petits groupes dans le jardin. Lison reconnut pourtant Ingrid, dont le déguisement constituait une seconde nature. Esclave consentante de sa propre beauté, les hanches drapées de peau, ses chaînes masquaient mal la pureté de son buste. Gambadant sous un drap, Sybil arriva enfin. Elle fit grincer ses clés de bon fantôme en embrassant la maîtresse de maison, tandis que Rupert, impeccable dans son smoking blanc, s'excusait d'être de ceux qui ne savent pas changer de personnage.

Mais à propos de personnage ? Lison regarda autour d'eux quand tous les invités furent rentrés dans la maison. Il manquait un des acteurs.

— Je n'ai pas vu passer Sven, glissa-t-elle à Claude. C'est bizarre. Si tu allais demander à Kaya ?

Celle-ci s'avançait vers eux :

— Qu'est-ce que mon frère peut bien fiche ? Il m'a téléphoné il y a trois jours qu'il serait revenu ce matin. Je ne me suis pas préoccupée d'avoir d'autres nouvelles. Il ne m'appelle que lorsqu'il est à Rio ou à Samarcande, mais jamais de la maison d'à côté. Claës est-il là ? Je ne l'ai pas vu non plus. Il doit savoir, lui, quand vient son père. Sven m'a même décrit son déguisement, ajouta-t-elle, mais je me tais.

— Aux dernières nouvelles, Délia et Claës se sont fâchés ce matin, lui dit Claude. Il ne devait pas venir à la fête en principe.

— Allons bon, mon neveu s'en mêle pour tout compliquer ! Mais commencez sans Sven. Claude, vous le connaissez, on ne peut rien prévoir avec lui.

Les ailes de son drap déployées, Sybil vola vers Lison.

— Je vais te hanter jusqu'à la fin de mes jours, dit-elle, tu ne m'échapperas pas. Et elle secoua sa clinquaille. — Oh, je m'ennuie à périr, là-dessous, mais j'ai un autre déguisement pour quand on se mettra à table. Quand se met-on à table ? J'étouffe.

— Sven n'est pas là, dit Lison. Cela a beau être un buffet, comme c'est lui qui en a eu l'idée, j'attends encore un peu.

On attendit encore un peu.

Enfin, Mme Haakinen, les yeux luisants, s'approcha de Kaya et lui chuchota quelques mots à l'oreille. Kaya lui mit affectueusement la main sur le bras en se levant pour aller vers la maîtresse de maison.

— Je vous demande pardon, Lison, d'avoir été consultée à votre place, mais la vieille Seya a été ma nourrice, vous savez. Elle me dit que tout va être brûlé si on attend davantage. Elle ajoute qu'on ne peut pas savoir l'idée qu'a mon frère. Elle a raison, il attend peut-être que nous soyons tous à table pour faire une entrée fantastique.

Mais quand ils furent tous à table, Sven ne parut pas. La collation s'étira en longueur et se termina comme à regret. On eût dit que chacun avait tenté le plus longtemps possible de donner sa chance à l'absent. Une irrépressible ombre de mélancolie pesait sur l'effort des invités pour demeurer joyeux. Chacun semblait un peu mal à l'aise dans son costume. Après que la pièce montée apportée par Ida se fut écroulée sous l'attaque réitérée des cuillères, Sybil réincarnée en mouette s'approcha de Lison :

— Tu ne trouves pas que c'est bizarre à quel point Sven nous a souvent fait faux bond ? Déjà ce soir-là, à Leningrad... Toi aussi, tu vas nous faire faux bond et partir à Paris. Je vais m'ennuyer de toi, tu es ma seule vraie amie ici. L'envie d'être amoureuse m'a passé avec le soleil, c'est bientôt l'automne et il n'y a rien de meilleur que l'amitié. N'est-ce pas ?

— Mais oui, bel oiseau. Mais pourquoi ne viendrais-tu pas à Paris, toi aussi ?

— C'est vrai, j'habiterais chez Agnès. On pourrait recommencer nos balades... amitié... amourtié...

Kaya les interrompit :

— Vous ne pouvez pas vous imaginer, Lison, comme cela m'a fait du bien de revenir ici. Je n'avais jamais eu le courage de le faire depuis la disparition d'Erika. Sven avait raison, l'autre soir, dans l'île : depuis que vous l'habitez, la petite maison rose n'est plus une maison de chagrin. Vous l'avez désensorcelée. Ce soir, elle revit. Mais je ne peux pas vraiment profiter de tout cela sans mon frère. Pourquoi n'est-il pas arrivé ? C'est trop bête. Je ne comprends pas.

A minuit passé, alors que les invités songeaient à ramener chez eux leurs costumes déjà fanés, on entendit le grelot de la sonnette.

— Enfin, il était temps ! Kaya s'éventa avec son grand béret blanc. — Je me demande ce qu'il va bien avoir trouvé comme excuse.

Chacun tourna les yeux vers la porte.

Claës, un vieux chandail noué autour du cou, les cheveux en désordre, fit irruption dans la pièce et se tint un instant sur le seuil, sans même remarquer une Délia éberluée qui s'apprêtait à lui tourner le dos. Il courut enfin vers sa tante et s'agenouilla pour lui parler à l'oreille, puis se releva, les yeux sans expression.

Kaya resta immobile sur son siège. On eût dit qu'elle ne respirait pas.

— Sven est mort, dit-elle enfin. Sven est mort en Russie.

Sans changer de ton, elle répéta la phrase plusieurs fois, les yeux au sol. Elle mit ensuite ses mains sur ses yeux. Le chignon qui avait retenu ses cheveux sous son béret se dénoua d'un coup, recouvrant son visage d'un voile blond.

Lison s'approcha d'elle sans rien dire. Elle lui prit la main.

— Kaya ?

Kaya restait immobile. Lison vit, en relevant les yeux, les invités se lever, se presser en silence vers le vestibule. Délia, sans regarder personne, lançait son masque sur un siège et quittait la pièce. Tout mouvement semblait déraisonné, absurde. Le temps était suspendu. Claude vint près de sa femme.

— Gunnar a été chercher sa voiture, dit-il. Je viens de parler à Claës. Le pauvre est tellement choqué qu'il ne peut pas expliquer grand-chose, mais il paraîtrait que c'est un accident. On en saura peut-être davantage. Viens, dit-il en prenant le bras de sa femme. Allons près de la porte, les autres ont l'air d'être prêts à partir maintenant, il faut leur dire au revoir.

Les déguisements avaient l'air ridicules soudain. Certains invités gênés s'en étaient défaits et tenaient leurs oripeaux à la main comme une dépouille. Mme Haakinen, tapotant ses yeux avec son mouchoir, soufflait les bougies une à une. A mesure que l'ombre s'installait dans le salon, chacun prenait de plus en plus l'air d'un revenant mélancolique.

— Où est Délia ? demanda Lison quand, fermant la marche des invités, Ida eut posé sa joue contre la sienne.

Sans attendre une réponse, Lison courut vers le petit bois à nouveau silencieux. « Délia ? » criait-elle. Les plis de sa jupe longue froissaient les feuilles tombées au passage. « Délia ? » Lison se trouva, sans savoir comment elle était arrivée là, devant le lac, avec au cœur une irrépressible épouvante. « Délia ? »

Elle se pencha sur l'eau noire et crut y discerner un autre profil que le sien. Tournant la tête, elle aperçut un peu plus loin une silhouette blanche courbée vers le lac elle aussi.

— C'est toi ?

Mère et fille s'approchèrent lentement l'une de l'autre. Délia parla la première :

— Claës vient de me quitter. Le pauvre, il aurait besoin de moi maintenant. Mais c'est trop tard, dit-elle, c'est trop tard. Il a décidé d'aller à la recherche de sa mère aux Etats-Unis. Délia s'agenouilla sur la berge. Les grandes manches de sa blouse blanche donnaient à son ombre l'air d'avoir des ailes. — Il y a des moments où l'eau vous appelle, tu ne trouves pas ?

— Viens ! dit Lison. Viens !

Elle prit rudement sa fille par la taille. Elles marchèrent d'un même pas vers la grande maison.

XVII

— Quand nous serons à Paris, une des premières choses que je vais m'offrir, c'est des visites aux musées, dit Claude. Il y a longtemps que je n'ai pas revu des masques aztèques. Il faut quand même que je m'y mette si je veux terminer mon livre.

— Avant tout, des bottes ! Délia caressa sa jambe d'une main. — Des bottes un peu pute. Ce n'est pas parce que je vais apprendre à jouer les ingénues au cours Simon que je veux avoir l'air d'une.

Elle eut un petit sourire triste.

Elle est courageuse, pensa Lison en évitant de poser ses yeux trop longtemps sur sa fille. Cela a été dur pour elle, ces jours derniers.

Emma s'empara du journal.

— Un film par jour, au minimum, pour moi. Tous interdits aux moins de dix-huit ans, bien sûr. C'est le moment de soigner ma réputation pour la rentrée. Et peut-être un petit porno ou deux. Il faut un commencement à tout, n'est-ce pas, la mère ?

Lison secoua la tête.

— Vous allez tous avoir des emplois du temps très chargés, si je comprends bien. Cela me va. Parce que moi, je ne veux rien faire, pas même vous faire cuire un œuf.

Je veux respirer jusqu'à la saoulerie l'air de ma ville, me sentir chez moi de partout et manger mon pain et boire mon vin. Ces choses-là n'ont jamais le même goût quand on s'éloigne de Paris-VIIe. Et puis je veux revoir mes vieux amis, ranger mes armoires avec un soin infini, m'asseoir dans ma chambre et rêvasser en silence.

— Pourquoi ranger tes armoires, ma pauvre Lison ? Puisque Lawrence et moi, nous allons habiter ensemble à Saint-Simon. C'est du temps de perdu. Délia remuait la tête en regardant sa mère. — On ne la changera pas.

— Parce que Saint-Simon, c'est moi. Et que, si je range mes armoires, vous aurez peut-être honte de les déranger. Parce qu'il faut bien le dire, l'idée que vous allez habiter là me fait plaisir et déplaisir. C'est chez nous, mais c'est surtout chez moi. Ma bulle.

— Tu sais bien que le fils est une très bonne maîtresse de maison. Et c'est lui qui sera en charge du ménage et de la cuisine. On peut compter sur lui pour être impec. D'ailleurs, rassure-toi, tu auras le droit de revenir, et j'aurai si bien rangé ta chambre que tu ne sauras même pas que j'y ai habité.

— Non, pas ma chambre, dit Lison.

— Tiens, ça m'amuse pas tout ce que vous racontez. Je suis la seule des trois qui ne sera pas à Paris cet hiver. C'est merdique. Emma froissa son journal. — Et puis je suis triste d'avoir quitté Helsinki et la petite Italienne. Même le cinéma ne me consolera pas. Les vacances les plus géniales de ma vie... les plus géniales.

Emma traça des lettres sur la buée du carreau : « Finlande. »

— Je ne te promets pas que nous serons encore là à Noël, mais, dans le cas contraire, je te garantis d'autres plus belles vacances, dit Claude.

— Oui, mais la petite Italienne.

Délia donna un coup de pied à sa sœur.

— Est-ce que tu ne vas pas bientôt cesser de jouer « la fin des ambassades » ? La petite Italienne s'appelle Amata, c'est un assez joli nom pour qu'on ait plaisir à le lui donner.

Ils étaient assis dans l'avion qui les emmenait à Paris.

— Moi, dit Sylvie qui s'était tue jusque-là, la première chose que je fais, c'est d'aller au théâtre ce soir avec Lawrence. *Oh ! Les beaux jours !*

Lison lui sourit. Elle avait enfin le sentiment que le dialogue allait pouvoir s'établir entre sa belle-fille et elle. Peut-être que l'espèce de restriction que Délia avait exercée et qui avait retenu Lison un temps dans ses élans n'agissait plus si fort sur elle ? Ou était-ce la gentillesse témoignée par Lawrence à Sylvie les derniers jours de ses vacances qui avait changé le climat intérieur de celle-ci ? Quoi qu'il en fût, Sylvie témoignait un peu d'abandon avec Lison, avec eux tous d'ailleurs, comme si, enfin, elle se sentait bien dans cette famille. C'est bon, nous allons finir par faire connaissance, pensait sa belle-mère.

Avec Délia, les échanges avaient repris selon leur rythme habituel où s'entremêlaient, par saccades, tendresses et fureurs. Le départ d'Helsinki n'avait pas été sans poser de problèmes. Jusqu'au dernier moment, Lison avait envisagé un revirement de sa fille. Claës avait-il insisté en vain ? Ou bien, au lieu de les rapprocher, la mort de Sven avait-elle participé à éloigner plus encore les jeunes gens ? Claës avait finalement maintenu sa décision d'aller aux Etats-Unis, un an plus tôt que prévu. A partir de cet instant, Lison avait noté un soulagement chez Délia, qui s'était comme apaisée.

Claës était tout de même venu dire au revoir, la veille du départ. A sa façon, sans prévenir. Délia n'était pas encore rentrée quand Lison avait croisé le garçon dans le vestibule. Il ressemblait à Sven plus que jamais auparavant. Comme si, malgré sa grande taille, il tentait de faire survivre son père en lui par le truchement de l'apparence. Appuyé contre la porte, ses cheveux blond clair ébouriffés, il attendait sans impatience la fille qu'il aimait peut-être encore dans la même pose où Lison l'avait aperçu, il y avait longtemps — oh, il lui semblait qu'il y avait si longtemps déjà —, ce soir où il était venu prendre congé de Délia au moment des premières vacances. Troublée par le sentiment fugitif du lien qui la reliait à Claës malgré eux, Lison avait eu envie de l'embrasser et de pleurer un instant en disant des choses bêtes sur la bêtise de la mort, des choses qui ne servent pas à grand-chose, mais elle se souvint à temps que Claës n'aimait pas les mères, et puis Délia entrait dans la pièce. Il allait falloir porter en silence le lourd fardeau des pensées non exprimées. Lison avait serré la main du garçon, sans parler. Elle rêvait maintenant en regardant à travers le hublot un ciel gris perle où les nuages glissaient à vive allure. Comme la vie, se dit-elle. Tout ce qui n'a pas été fait, tout ce qui n'a pas été dit file inéluctablement en nuage, du côté de l'ombre.

Quand Lison tourna les yeux, Claude la regardait avec amitié. On avait toujours l'impression qu'il avait deviné.

— Qui veut du champagne ? demanda-t-il. Je déteste ça, mais dans l'avion on remarque moins les bulles. Et puis nous partons tous pour Paris ensemble et apparemment nous avons tous des choses d'extrême urgence à y accomplir. Cela se sable.

Il appuya sur la sonnette du steward.

— Il est gentil, ton mari, dit Délia. Et moi, je ne suis pas de son avis, j'adore le champagne. Mais c'est lui que l'on sable, pas ce que nous allons faire à Paris. D'ailleurs, qu'est-ce que cela veut dire, « sabler le champagne » ?

— Cela veut dire « boire d'un trait », dit Claude. C'est le sort que ta mère réserve à sa ville.

Lison eut l'impression que son mari venait de passer son examen final et qu'on l'avait reçu.

— Tu n'as jamais habité Saint-Simon, dit Lison. C'est comme si tu franchissais un seuil important de ma vie.

Claude posa sa valise en soufflant.

— Je peux te dire que je suis un peu ému. Cet endroit a pris tellement d'importance pour toi, j'aimerais bien qu'il m'accepte.

Les voix des enfants brinquebalant les bagages se répondaient à l'étage en dessous.

— Puisque tes filles vont voir leur père et que Lawrence emmène Sylvie au théâtre, tu m'invites à dîner ici ce soir ?

— Je t'invite à ouvrir quelques boîtes.

Ils restèrent longuement ensemble dans le petit appartement calfeutré où Lison avait vécu sa solitude avec délices. Lison était consciente, malgré le plaisir qu'elle avait à vivre avec Claude, de l'effort qu'il lui faudrait faire pour accepter un homme dans cet endroit-là. Ce que tant de femmes ne parviennent pas à achever, en dépit de leurs rêves, elle s'était forgé, elle, la force de l'accomplir. Elle s'était passé de compagnon, un temps, elle avait vécu seule avec bonheur et elle avait joui de la liberté. Les plus grands cadeaux que l'on fait sont souvent ceux dont on tait l'importance. En introduisant Claude à Saint-Simon, en acceptant l'idée — puisque Maurice n'aimait pas cohabiter avec ses enfants et que ceux-ci éprouvaient parfois des irritations devant les maîtresses passagères de leur père — que Lawrence et Délia habitent chez elle cette année, Lison avait conscience d'une générosité dont elle ne pourrait définir à personne l'ampleur.

Claude ne s'assit pas après le dîner. Il se mit à marcher dans le salon de long en large. Lison avait la sensation, depuis le début du repas, qu'il voulait aborder un sujet et qu'à sa façon diplomatique il hésitait entre les manières de le faire.

— Je me prépare avec beaucoup de curiosité à rencontrer ta mère, lui dit-elle. On ne connaît jamais tout à fait un être si l'on n'a pas croisé sa mère. Elle peut être un reflet négatif ou positif, mais elle éclaire un des volets essentiels du personnage.

— Oui, d'autant que nous sommes particulièrement démunis d'éclairage, toi et moi, sans frère ni sœur l'un et l'autre. Mais, écoute, j'aimerais te parler une dernière fois de Sven, dit Claude. Asseyons-nous, tu veux ? Nous l'avons un peu trop systématiquement évité dans nos conversations depuis sa mort. J'ai eu des renseignements divergents au sujet de celle-ci. « Accident de voiture. » C'est ce qu'ils disent de l'autre côté quand ils ont supprimé quelqu'un, ou même quand quelqu'un a choisi de le faire lui-même. Note, ce qui complique les choses, c'est que cela existe aussi, les accidents de voiture. On ne saura jamais le fond des choses... Claude regarda Lison dans les yeux. — Tu as été un peu amoureuse de lui, n'est-ce pas ?

— Mettons que, dans d'autres circonstances, cela aurait pu m'arriver.

— J'ai senti dès le début que vous étiez attirés l'un vers l'autre. J'espérais que tu ne t'en apercevrais pas ; enfin, que cela ne mènerait à rien.

— C'est étrange de penser que, toi, tu avais été attiré par sa sœur.

— Oh, pas de la même façon. Moi, c'était épidermique, toi, cela aurait pu être plus grave. Tu as couché avec lui, je crois. Je n'arrive pas à deviner où et quand, mais je le sens.

— Une fois, à Leningrad.

— Je n'ai rien à dire. J'ai toujours prôné la liberté et, partant, le droit à l'infidélité. Mais je dois avouer que, maintenant que nous sommes... associés — je sais que tu te méfies du mot « mariage » —, c'est un concept qui s'est détaché de moi. Je n'ai plus envie d'être infidèle, ni que tu le sois. Il sourit dans le vague. — J'ai beaucoup de chance, au fond, que tu me sois revenue.

— Mais je ne t'ai jamais quitté. Je t'avais déjà choisi. Evidemment, quand tu m'as donné des raisons de mélancolie, au début, je me suis dit que j'avais le devoir de rester disponible, comme toi, mais cela ne devait pas être dans ma nature. Je n'ai pas pu. Peut-être que, comme tout ce que l'on n'a pas fait, je le regretterai un peu un jour. Cela s'applique également à ce que l'on a fait, parfois. En tout cas, je regrette la disparition de Sven, sa mort m'a fait beaucoup de chagrin. J'aurais pu l'aimer aussi en tant qu'ami. Mais nous parlerons de lui encore à Helsinki, une fois revenus dans son cadre. J'aimerais oublier pour l'instant et profiter de Paris. Au printemps, j'ai eu l'impression de régresser en retournant en Finlande, maintenant je reçois le cadeau d'un été auquel je ne croyais plus. On va aller s'asseoir à une terrasse de café et regarder les gens passer en ayant le sentiment de les connaître, qu'ils sont un peu de notre famille et que nous avons le droit de les critiquer puisque nous appartenons au même sang et au même sol. Cela ne te grise pas de revenir dans ton pays ? Moi, cela me donne chaque fois des bouffées de tendresse à m'en faire picoter les yeux. En croisant la place de la Concorde, ce matin, je n'en revenais pas de mon plaisir. Au fond, j'aime les lieux de la même façon que j'aime les gens.

— Quand nous irons à Nantes la semaine prochaine, tu me verras éclater moi aussi. C'est là-bas « chez moi ». Les arbres me parlent, et le port et les façades des maisons. Paris demeure la grande inconnue.

— Viens faire connaissance, dit Lison.

Le blond vert des feuilles de marronniers dorait un air du soir sans nuages, il faisait doux. Claude et Lison marchèrent en musardant jusqu'à Saint-Germain-des-Prés.

— Et ici cela reste mon village, dit Lison, malgré les touristes.

Ils déambulèrent longtemps, dans les cafés ils reconnurent l'un ou l'autre quelques amis avec lesquels ils échangèrent des signes vagues et des promesses qui n'avaient pas besoin d'être tenues. « Il faut que l'on se voit un de ces jours... Je vous téléphone... » Ils étaient chez eux.

— Heureusement que j'oublie, chaque fois que je la

quitte, qu'il n'y a pour moi qu'une ville au monde. Heureusement que ma curiosité m'aveugle, dit Lison ; sans cela, je ne pourrais jamais repartir.

— Et, cette fois-ci, nous changeons de continent, dit Claude. Mais tu verras, plus on va loin, plus on est proche de ce que l'on aime, et plus on se découvre soi-même. Le pouvoir révélateur du départ, c'est une des richesses de la vie diplomatique. Il regarda sa montre. — Mais pour l'instant, nous, il faut que nous revenions chez toi, ou nos enfants respectifs vont encore trouver que nous ne sommes pas sérieux.

— Ce n'est pas si facile de recommencer sa vie, dit Lison. S'il faut aussi être sérieux. D'ailleurs, en ce qui te concerne, pourquoi veux-tu devenir ce que tu n'as jamais été ?

— « Pas trop de zèle. » Claude sourit à sa femme. — Il y a plus d'une façon d'être sérieux.

Les enfants étaient attablés dans la cuisine, une boîte de biscuits mous devant eux. Sylvie et Lawrence feuilletaient leur programme. Emma, qui venait de mettre un disque, en pianotait le rythme, les yeux dans le vague.

— J'ai changé, dit-elle, j'aimais ce tube avant, je ne l'aime plus. Elle leva la tête. — Alors, pas encore rentrés ? Vous êtes impossibles.

— C'est vrai, dit Délia, vous ne serez jamais réveillés demain pour nous conduire aux Puces à l'aube, comme il avait été convenu.

Claude éclata de rire.

— Je te l'avais dit qu'on allait se faire attraper. Mais du calme, du calme, vous pouvez compter sur nous demain matin. « Crachi-jura », comme tu m'as appris à dire, Délia. Il prit Lison par la main. — Tu vois, fit-il quand ils furent arrivés dans sa chambre, nous sommes peut-être en train de devenir un couple.

ACHEVÉ
D'IMPRIMER
SUR
LES PRESSES D'AUBIN
DOULLENS (SOMME)
LE 8 AVRIL
1977

D. L. : 1er trimestre 1977. — Edit. : n° 8689. — Imp. : n° 277.
Imprimé en France

UN SEUL ENNUI, LES JOURS RACCOURCISSENT.